큰비

제13회 세계문학상 우수상

큰비

초판 1쇄 인쇄 2017년 9월 4일
초판 1쇄 발행 2017년 9월 8일

지은이 정미경
펴낸이 이수철
주   간 하지순
디자인 이다은
마케팅 정범용 김지운
관   리 전수연

펴낸곳 나무옆의자
출판등록 제396-2013-000037호
주소 서울시 마포구 성미산로1길 67 다산빌딩 301호 (03970)
전화02) 790-6630 팩스 02) 718-5752

페이스북 www.facebook.com/namubench9
인쇄 제본 현문자현 종이 월드페이퍼

ISBN 979-11-6157-014-3 03810

제13회
세계문학상
우수상

큰비

정미경 장편소설

나무옆의자

:: 차례

청배

무진년 7월 13일 새벽 3시

하늘의 별이 쏟아지기 시작한 것은, 새벽녘 우물이 칠성의 기운을 담아 첫 일렁거림을 시작할 때였다. 북두의 일곱 별이 먼저 흔들렸다. 이어 구진별자리의 북극성이 청룡과 주작, 현무, 백호를 거느리고 허공으로 떨어졌다. 하늘기둥별자리의 다섯 별이 고요히 뒤를 이었다. 별과 함께 별이 떨어지고, 별을 좇아 별이 내려앉으니 거대한 별줄기가 땅으로 흘렀다. 별줄기는 빗줄기보다 가늘고 그보다 빛났다. 원향의 얼굴로, 가슴으로, 배로, 별줄기가 쏟아졌다. 하늘감옥별자리의 외롭고 신령스러운 별 하나가 원향의 정수리에 내려앉았다. 머리가 이글이글 타오르는 듯 뜨거웠다.

원향은 일어섰다. 손에 든 아흔아홉 성수방울이 달궈졌다. 방울이 몸을 울리며 쇠의 소리를 냈다. 바람처럼 가벼운 소리에 태고

처럼 무거운 쇠의 세월이 흘렀다. 방울의 울림은 인간의 신청울림을 이끌어냈다. 하늘이 울어 벼락주당이야, 땅이 울어 지둥주당이야, 동서남북 사방주당이야, 대마당에 벼락주당이야, 만신주당 본산주당 일구등신 각귀신명의 주당이야……. 굿당에 스며 있는 부정한 것을 씻겨 정한 것으로 만드는 의례였다. 허나 오늘의 굿당은 황해도 은율에 있는 원향의 당집이 아니요, 굿판이 벌어지고 있는 이곳 산신단도 아니었다. 오늘 정결히 해야 할 곳은 원향의 몸이었다. 그 몸이 가야 할 신성한 길, 그 몸이 행해야 할 영의 일을 위해, 지금 원향은 스스로의 몸을 정결케 하고자 함이었다.

하늘과 맞닿을 듯 솟아 있는 산봉우리는 강직했다. 그 단단하고도 허허로운 산정에서 원향은 신을 청하기 시작했다. 원향 뒤로 올망졸망 앉아 있는 무리들의 기도 소리도 높아지기 시작했다. 수십 명의 무리는 신단 앞에 다소곳이 앉아 물속에 잠긴 물고기처럼 입을 들썩였다. 무리 오른쪽의 사람 크기만 한 돌탑에는 색색의 종이를 묶은 대신발이 걸려 있었다. 이승의 누군가에게 전해지지 못한 구슬픔과 애달픔이 노랗고 빨갛게 나부꼈다. 신단에 가지런히 놓여 있는 향그릇과 옥경수, 술잔, 쌀그릇, 떡그릇이 미진한 인간이 바치는 정성을 표했다. 굿상의 떡시루 위에는 언제나 그렇듯 서리화가 피어났다. 겹겹이 쌓인 종이꽃잎들이 한 가닥 축원을 담고서, 하늘의 영험함으로 땅의 복덕을 바라는 탐스러운 꽃으로 만개했다.

원향은 눈을 감았다. 신들의 형상을 그린 무신도가 눈앞에 펼쳐졌다. 일월도신장과 천문신장, 성수장군과 백마장군, 최영 장군, 삼불제석, 미륵, 칠성이 눈을 부릅뜨고 원향을 바라보고 있었다. 만 가지 인간지사를 제각각 맡고 있는 신령들이 인간의 청배를 기꺼이 맞아들일 얼굴을 하고 있었다.

신을 청하는 방울 소리가 더욱 달궈졌다. 별줄기는 쉼 없이 땅으로 흘러들었다. 신령 세계의 문이 열리고 있었다. 원향은 방울을 내려놓고 대신칼을 양손에 들었다. 징 소리가 무거운 어둠을 갈랐고 장구재비의 손놀림도 덩달아 빨라졌다. 별줄기가 만들어낸 가락에 맞춰 원향의 몸은 왼쪽으로 연풍돌기를 시작했다. 왼발을 땅에 뿌리박고 오른발을 돌려가며 서 있는 자리를 맴돌았다. 원향의 몸놀림에 신바람이 불기 시작했다. 오금을 오므렸다 접었다 하며 두 손에 든 칼을 마주하자 징징 소리가 울렸다. 춤이 점점 빨라지고 칼을 든 손도 위아래로 빠르게 움직였다. 붉은색의 철릭이 휘날리고 붉은 꽃 장식을 한 꽃갓이 사뿐거렸다. 신령한 기운에 홀린 듯 칼은 더욱 엄하게 징징 소리를 냈다. 맞이 가요 맞으러 가요, 칠성님 전에 맞이 가요, 천지신명님 하강할 제 일월성신님 안암 받아 북두칠성님 하강하고…… 팔도명산 높이 올라 만신령들을 모셔놓고 천신님을 청합니다…….

청배를 한 지 사흘째, 어제 신령은 먹구름을 휘장처럼 두른 하늘을 내보이며 강림이 임박했음을 알렸다. 이제 신이한 영이 친히 원향의 몸에 강림하시기를, 이 밤이 지난 내일도, 모레도, 그분의 일을 끝내는 날까지 머무시기를, 원향은 청했다. 빙빙 돌아가는 원향의 몸 위로 잔별들이 우수수 쏟아졌다. 별을 따라 몸이 돌고 별을 좇아 몸이 뛰니 까무러칠 듯한 쾌미가 찾아왔다. 그 순간 원향은 천지간 그 무엇도 되었다. 별이었고 나비였으며, 연못 위의 연꽃이었고 사각거리는 구름이었다. 병 얻어 죽은 원혼이었고 병 낫기를 소원하는 어미였다. 동시에 원향은 그 무엇도 아닌 것처럼 텅 비어 있었다. 텅 비어 하늘이 내려왔고 비어 있어 별이 흘렀다. 바람이 드나드는 동굴처럼 허허로웠고 제 얼굴을 비추는 우물물처럼 투명했다.

검은 물처럼 앉아 있던 무리 사이로 반백의 상투머리가 뛰쳐나왔다. 상투머리는 두 손을 하늘로 쳐든 채 원향과 함께 춤을 추다가 갑자기 신단을 돌며 소리쳤다. 밭 한 뙈기, 논 한 뙈기, 천신님, 미륵님, 밭 한 뙈기, 논 한 뙈기, 그거면 먹고사오, 그거면 되오. 군데군데 찢어져 천 쪼가리에 지나지 않는 그의 옷이 바람에 날려 마른 몸이 드러났다. 상투머리는 하늘을 향해 비쩍 마른 두 손을 들어 올렸다가 맞대고 비비기를 쉬지 않았다. 무리 중 몇이 일어나 상투머리를 달래어 자리에 앉혔다. 이 사람아, 조용히 기도나 할 것이지 왜 그리 설치는가, 때가 되면 미륵님이 뜻대로 해주실 것을 그리 조른다고 되겠나, 혀를 끌끌 찼다. 그사이에도 상투머리는 밭 한 뙈기, 논 한 뙈기를 중얼거렸다. 히죽거리는 상투머리의 입술 사이로 눈물인지 침인지 모를 진득한 것이 흘러내렸다. 원향은 몇 개 남아 있지 않은 그의 이를 바라보며 더욱 힘차게 발을 구르고 몸을 돌렸다.

원향의 몸짓은 원향만의 것이 아니었다. 그 몸짓은 사람들 마음에서 피어난 염원의 표징이었고, 청배를 받은 신령이 간절한 인간에게 표하는 신호였다. 이 세상의 혼 있는 모든 것들의 슬픔이 원향의 손가락을 타고 흘렀고, 저세상의 혼 가진 모든 것들의 회한이 원향의 어깨에 머물렀다. 원향의 몸짓에 염원은 부풀어 올랐고, 원향의 발구름에 회한은 불타올랐다. 사람의 몸으로 사람이 닿을 수 있는 가장 먼 곳에 다다른 자의 아득한 꿈이, 이 세상과 저세상의 보이지 않는 경계에서 그리는 거룩한 그림이, 원향의 몸짓이 되어 너울거렸다.

　문득 격렬한 연풍돌기가 멈추고 소리마저 끊겼다. 내려오던 하늘이 멈추고 흐르던 별줄기도 멈칫했다. 우르르 쾅쾅, 천지가 빈 그 자리를 천둥소리가 갈랐다. 이어 천둥소리가 거짓이 아님을 알리듯 대나무처럼 강직한 빗줄기가 쏟아졌다. 꽃갓이 흔들렸고 철릭이 젖었다. 대신칼등 위로 물줄기가 흘렀다. 무리들은 모두 일어나 빗줄기를 영접했다. 과연, 비로다, 영험하도다, 감읍하며 두 손을 고이 모아 고개를 숙였다. 세찬 빗줄기에 방울 소리가 다시금 도르르 울렸다. 어느새 별은 지상에서 천상으로 돌아가 있었다. 하늘과 땅과 인간이 비에 젖었다. 원향은 별줄기 대신 빗줄기 가운데 서서 하늘을 향해 큰절을 올렸다. 무리도 원향을 따라 하늘을 향해 절을 했다. 강직하고도 허허로운 산정에서 납죽 엎드려 있는 인간들의 염원이 하늘에 닿는 듯했다. 원향의 청배에 하늘이 외면하는 일은 없었다. 청하는 것은 인간의 일이었고 답하는 것은 신령의 몫이었다. 원향은 어떤 답을 달라 청하지 않았다. 그저 청할 뿐이었고 답을 받을 뿐이었다. 오늘의 청배는 큰비로 화답을 받았다. 원향은 이마를 땅에 대고서 큰 숨을 내쉬었다. 신령의 화답을 받았으니 이제 길을 떠나면 될 터였다.

한탄강

무진년 7월 13일 아침 5시

한탄강은 넘실대고 있었다. 좌우 양쪽의 석벽들이 마치 대해의 섬처럼 솟아 있었다. 수직 절벽의 협곡 사이로 큰물이 굽이쳐 물살을 만들어냈다. 금방이라도 뭍을 치고 올라올 기세였다. 장대처럼 강직한 비가 강의 기세를 몰았다. 오늘 새벽부터 내린 비는 그칠 줄 몰랐다. 수표가 육 척을 넘어갔다고 누군가 전했다. 이웃한 임진강도 불어나 강 건너 사람들이 건너오지 못하고 있다고도 했다. 한탄강이 영평천과 합류하여 흐르다가 신천의 물줄기와 만나는 곳이 이곳 양주 대전리였다. 양주 청송의 오십노동과 다탄을 아우르고, 동쪽으로는 영평현, 북쪽으로는 연천, 다시 연천 북서쪽의 삭녕과 장포까지 사람들이 오고가는 곳이었다. 허나 불어난 한탄강 때문에 삭녕과 장포 사람들의 발이 묶였다. 그들을 제하고도 수십 명이 이곳에 모였으나 한양으로 가는 대열에는 열세 명이 선택되었다. 신령스러운 일을 치를 준비가 되어 있는 성인聖人들이었다.

여환은 길 떠나는 행렬을 바라보았다. 양주의 황회와 황해도에서 온 전성달이 있었다. 이어 영평의 정호명과 정대성, 정만일이 나란히 자리했고, 여환 내외가 거처하고 있던 양주 김돌손네의 두 아들 시동과 시금이 그 뒤를 따랐다. 오경립과 이말립은 커다란 봇짐을 지고 일행의 말미를 이뤘다. 일행 오른쪽에서는 계화와 황회의 처 어진 등 양주의 무녀 여남은 명이 원향을 둘러싸고서 인사를 나누고 있었다. 영평의 아전인 정원태와 향리인 전시우, 허시만은 보이지 않았다. 무리에서 제외되었다는 소식을 전해 들은 모양이었다. 길 떠나는 자들과 남은 자들의 말소리가 빗소리와 섞여 두런두런했다.

출발하시지요, 갈 길이 멉니다. 황회가 말했다. 여환은 고개를 끄덕였다. 무리들에게 이 발걸음의 의미를 되새길 필요는 없었다. 이 길의 끝이 어디인지를 짚어볼 필요도 없었다. 여환은 넘실대는 한탄강을 바라보았다. 뭍을 탐하는 강의 기세에 마음이 울뚝불뚝해짐을 느끼며 묵묵히 첫걸음을 내딛었다. 두 걸음, 세 걸음을 마저 내딛었다. 원향이 뒤따랐고 황회가 발걸음을 뗐다. 전성달과 정호명, 김시동과 이말립이 뒤따랐다. 무리는 서 있는 차례 그대로 빗속을 걷기 시작했다. 앞 사람이 내딛은 자리를 따라 걷는 사람들은 이내 작은 행렬을 만들어냈다. 빗속의 지렁이처럼 느리지

14

만 끊임없이 앞으로 나아갔다. 강 너머에서 사람들이 손을 흔드는 것이 까마득히 보였고 함성을 지르는 것도 희미하게 들렸다. 여환 옆의 원향은 한 걸음 두 걸음 멀어지는 계화에게 고개를 까닥 해 보였다. 계화와 성인무당들은 허리를 굽혀 원향에게 절했다.

여환은 한탄강의 넘실대는 강물을 바라보며 걸었다. 강물이 여환의 마음을 출렁이게 했다. 굽이쳐 흘러내리는 거대한 물 뭉텅이들은 금세라도 휘몰아치며 세간을 쓸어버릴 기세였다. 이 비가 계속 온다면 그리 될 것이었다. 세상은 그리도 부실한 것이었다. 큰 비 한 번에 흔적 없이 사라질지 모를 야속한 것이었다. 야속한 세상에서 사람만이 야속하지 않으리란 법은 없었다. 이 세상에 태어나본 적이 없는 것처럼 떠날 수 있는 것이 사람이었다. 헌데 영원한 생명을 얻은 것처럼 구는 것도 사람이었다. 더 많은 재물과 더 큰 힘과 더 강건한 육신을 원했다. 허나 달이 차면 기우는 법, 영원한 것처럼 여겨지던 것들도 기운이 다하면 스러지기 마련이었다. 속절없이 스러지고 다시 기세 좋게 차오르다가 또 사라지는 것이 만물의 이치였다. 지금이 바로 스러지는 것과 차오르는 것이 엇갈리는 시대였다. 말세였다.

비는 세차게 내리고 있었다. 원향의 말대로 신성한 영이 하는 일이라면, 이 비는 내일도 모레도 그치지 않을 것이었다. 도성에 입성하여 도모할 일이 어떻게 되어갈는지 알 수 없었다. 사람의 뜻대로 이루어진 일은 없었다. 사람의 의지랄 것이 없는 일들이었다. 말세를 온전히 견디는 것만이 사람이 할 수 있는 일이라 여겼던 여환이 말세를 끝내야 한다는 뜻을 품게 된 것도 사람의 의지가 아니었다. 모든 것이 미륵의 뜻이었다.

천불산에 미륵이 산다…….

여환은 얼굴을 때리는 빗물을 쓸어내리면서 김화의 천불산을 생각했다. 쉬이 다가설 수 없는 산이었다. 산이라기보다는 바위기둥에 가까웠다. 기이한 바위가 온 산을 뒤덮어 거대한 기둥을 이루었다. 바위는 제각각 다른 얼굴, 다른 표정을 갖고 있었다. 눈이 멀쩡한가 싶으면 입이 없고 코만 덩그렇게 놓여 있거나 귀 하나만 삐죽했다. 웃고 찡그리고 화내고 입을 벌리고 노려보고 허허거리었다. 바위 하나하나가 천 분 미륵의 현현이었다. 천 분 미륵이 합해져 거대한 하나의 미륵을 이루었다. 그 거대한 미륵은 천 개의 얼굴을 가졌으되 어떤 표정도 짓지 않은 채 비어 있었다.

미륵은 천불산에서 현현하고 있었다. 석가의 입멸 후 오십육억 칠천만 년 후 인간세에 도래한다는 그 미륵이, 첩첩산중 깊은 골에서 세상의 중심으로 나설 준비를 하고 있었다. 하늘에 뿌리를 두고 푸른 가지들을 땅으로 뻗은 채 거꾸로 서 있는 용화수 나무 아래 현현하여 중생을 위해 설법한다는 그 미륵이, 지금, 이 조선에, 내려오실 것이었다. 말법 시대임이 틀림없었다. 불법은 쇠퇴한 지 오래고 인심은 날이 갈수록 흉흉해지며, 하루가 멀다 하고 피 부림이 일어났다. 백성들의 삶이 뿌리째 흔들리고 있었고 앞날을 기약할 수 없는 혼란과 불안이 사람들 사이로 떠다녔다. 말세를 사는 백성의 원망이 하늘을 찌르니 중생에게 지복을 약속한 미륵이 외면할 리 없었다. 내일 살아 있음을 기약할 수 없으니, 천상의 도솔천이 아니라 현세의 용화 세계가 약조되어야 했다. 석가의 시대가 다했음이, 하여 미륵의 시대가 올 것임이 계시되어야 했다. 이 모든 약속의 징험, 미륵출세彌勒出世의 증거가 바로 여환 자신이었다.

한탄강 앞에서 출렁거리고 있는 지금의 마음이, 여환은 낯설지 않았다. 열아홉 살 그날의 마음도 지금과 같았다. 넘실대는 마음을 좇아 천불산으로 들어갔다. 왜 그랬는지 자신도 알 수 없었다. 아버지는 가끔 이르셨다. 너는 미륵이 점지한 이다, 하여 언젠가는 미륵에게 돌아갈 것이다……. 천불산 중에서도 미륵과 칠성, 산신이 어우러져 있는 삼존三尊 바위가 있었다. 예로부터 자식 없는 이가 치성을 드리면 꿈속에서 아이를 점지해주고 귀한 자식을 낳게 해준다는 바위였다. 그곳에 성스러운 재齋를 세 번 차리고 태어난 이가 여환이었다. 미륵의 영험함으로 자식을 낳은 이가 한둘이 아니었다. 누구든 성혼한 후 태기가 없으면 미륵에게 치성을 드렸다. 미륵은 중생의 고달픔과 함께하는 부처이기에, 몸이 아프고 손이 없고 화를 당할 때면 중생들은 미륵에게 달려갔다. 달리 의지할 곳이 없었다. 애를 쓰고 기를 써도 안 되는 인간사를 의탁할 곳이 없었다. 하여 미륵에게 달려갔다. 미륵에게 빌고 나면 고달픔이 덜어졌다. 아픈 곳이 나았고 태기가 있었고 화가 가라앉았다. 미륵은 그런 존재였다.

여환의 아버지도 미륵에게 치성을 드렸다. 부부의 연을 맺은 지

십 년이 지나도 자식이 없었다. 미륵은 석 달이 채 지나지 않아 아이를 점지해주었다. 여환은 미륵이 점지해준 수많은 아이들 중 하나였을 뿐이었다. 그렇게 태어난 자식에게 그들의 아비 중 누구도 미륵이 점지했으니 미륵에게 돌아가라는 말을 하지는 않았을 것이었다. 여환은 아버지가 왜 그런 말을 했는지 그때는 알지 못했다. 대장장이인 아버지를 따라 대장간에서 불을 만지고 쇠를 달구면서야 어렴풋이 자기에게 다른 길이 준비되어 있다는 생각이 들곤 했다. 어렴풋하지만 확실히 있었고, 잡히진 않았지만 느낄 수 있었던 운명이었다.

대장장이 여환이 만든 칼과 삼지창, 호미 들은 일품이었다. 불을 조절하고 쇠를 다루는 것이 보통의 품이 아니었다. 쇠를 두드리는 소리는 강직하고 단단하면서도 여유가 있었고, 풀무질할 때는 바람과 불을 조화롭게 놀게 하여 과한 법이 없었다. 누가 가르쳐주지 않아도 여환은 쇳물의 부드러움과 굳은 쇠의 강단을 스스로 깨쳤다. 시뻘건 쇳물이 은빛 칼로 저절로 모양을 바꾸는 듯 여환의 손에서는 모든 것이 자연스러웠다. 쇳물에서 도끼가 나왔고 호미가 나왔다. 쇳물 속에 숨어 있던 도끼와 환도가 여환의 손에서 제 모습을 드러냈다. 없는 듯 보이지만 있는 것들을, 어렴풋하지만 명백히 존재하는 것들을, 여환은 사람들에게 보여줄 줄 알았다. 아버지는 신인神人을 보는 듯한 표정으로 그런 여환을 말없이 바라보았다. 여환을 가졌을 때, 꿈에 금빛 옷을 입고 후광에 싸인 중이 집 안으로 들어왔다는 이야기는 하지 않았다.

열아홉 살의 그날도 여환은 쇠를 두드리고 있었다. 망치가 쇠를 때리는 소리에 유달리 쾌한 가락이 넘쳤다. 이마에 흐르는 땀방울을 닦던 중 묘한 기운이 몸에 스몄다. 탁주 한잔 걸친 것처럼 마음이 허공을 떠다녔고 잠에 막 들 무렵처럼 정신이 이곳저곳을 배회했다. 몸이 절로 떠밀렸다. 누군가 부르는 듯도 했다. 뭔지 모를 그리움이 밀려왔다. 두드리던 쇠를 팽개치고 나섰다. 다리가 저절로 길을 재촉했다. 없던 길이 생겨났다. 어느새 몸은 천불산 한가운데 있었다. 여환 앞에는 하늘을 향해 굳게 서 있는 바위가 보였다. 아버지를 따라 천불산 구석구석을 누볐을 때 한 번도 보지 못한 바위였다. 바위는 거대했다. 눈 코 귀가 온전하고 눈썹과 입술까지 갖춰 가히 천지가 깎아낸 신의 형상이었다.

미륵이었다. 두 눈을 부릅뜨고 노여워하는 미륵이었다. 눈썹은 가장자리가 위로 치켜 올라갔고 입술은 천둥 번개라도 삼키고 있는 듯 일그러져 미륵의 노여움을 짐작케 했다. 금방이라도 바위를 뚫고 세상에 나와 미륵을 노여워하게 만든 그것들을 쓸어버릴 기세였다. 노여움을 품은 미륵이었지만 무섭지 않았다. 미륵의 눈에서 끊어질 듯 가느다란 물줄기가 쉴 새 없이 흘러내렸던 탓이었다. 노여워하지만 울음 우는 미륵이었다. 울음 울면서도 노여워하기를 멈추지 않는 미륵이었다. 시절 좋을 때 미륵이 우는 법은 없다고 여환의 아버지는 말하였지만, 여환은 그 미륵이 울음 울지 않는 때를 본 적이 없었다.

미륵바위 앞에서 여환은 자신이 짊어질 운명이란 것을 만져보

왔다. 어렴풋하지만 확실히 있었고, 잡히진 않았지만 느낄 수 있었던 운명을 만졌다. 가슴이 찢어질 듯했다. 태어나 처음으로 큰 울음을 뱉어냈다. 그립고도 서러웠다. 한스러웠고 불끈거렸다. 가슴속 가장 깊고 습한 곳에서 울음의 덩어리가 물컹거렸다. 한참을 그렇게 목 놓아 울었다. 미륵바위의 눈에서 물줄기가 거세어졌다.

울음을 그치자 모든 것이 명징해졌다. 여환이 가야 할 길이 드러났다. 미륵이 점지한 이라는 아버지의 말을 헤아렸다. 여환은 바위가 기둥을 이루는 틈새에 난 동굴로 기어들어가 기도를 시작했다. 사람 하나 앉으면 그만인 그곳에서 미륵이 점지한 이의 삶을 시작했다. 계곡으로 흐르는 물을 마시고 칡뿌리를 뜯어 먹었다. 차가운 물에 몸을 씻고 명상과 기도로 마음의 때를 벗겨냈다. 마음의 눈을 얻었고 세상 이치를 꿰뚫는 눈을 얻었다. 바야흐로 구백 일째 되던 날, 첫 징후가 나타났다.

*

—부인, 먼 길 강녕하소서.

원향은 계화를 안았다. 당집의 향냄새가 물비린내 속에서 피어났다. 어머니뻘 되는 나이의 계화였지만, 원향을 향한 경외심을 숨기지 않았다. 빗줄기가 사정없이 얼굴을 때려 눈조차 제대로 뜨지 못했지만 계화의 큰 몸은 의젓했다. 원향은 어진과 그의 신딸 소율, 계화의 신딸 진덕, 그 외 뒤따른 무녀들과도 인사를 나누었다.

―곧 만나오, 오는 길에 행여 욕을 볼까 걱정이오.

　　―저희 걱정은 마십시오, 아무쪼록 부인께서 마음을 평안케 하십시오.

　　원향은 발걸음을 뗐다. 빗줄기는 거침이 없었다. 오늘 새벽의 별줄기처럼 원향에게 달려들었다. 여환이 원향에게 지우산을 씌워주었다. 원향의 어깨를 감싸 안듯 비를 막았다. 나머지 사람들은 삿갓과 도롱이로 비바람을 막으며 걸었다.

　　―우산을 접으시오.

　　원향이 여환에게 말했다.

　　―한기가 걱정되오.

　　―폭염보다 낫소, 시원한 걸 왜 피하려오?

　　여환이 지우산을 접어 봇짐 사이로 넣었다. 두 사람은 곧 비에 흠뻑 젖었다. 황회가 다가와 쓰고 있던 도롱이를 벗어 원향의 몸에 걸쳐주었다. 원향은 황회를 바라보았다. 황회는 고개를 끄덕이며 어르는 듯한 얼굴을 해 보였다. 원향은 황회의 삿갓에 흐르는 빗물을 보며 늙은 아비를 떠올렸다. 만신에게 딸을 내어주면서 울던 아비를 떠올렸다.

　　별줄기를 처음 보았을 때, 원향은 아홉 살이었다. 정월대보름이었고 동무들과 함께 뒷산에 올라 달맞이를 하던 중이었다. 조짚으로 제 나이만큼 아홉 개의 매듭을 만들어 불을 붙인 뒤 달을 보며 절을 했다. 활활 타들어가는 조짚을 발로 밟으면서 제 눈에만 보이는 것들이 제발 나타나지 않게 해달라는 소원을 빌었다. 제 눈에만 보이는 것들이 나타나더라도 말은 걸지 않고 따르지 않고 그저 못 본 척 스쳐가게 해달라고 빌었다. 동무들이 저를 괴히 여기고 쉬이 놀지 않는 것이 서럽던 아홉 살이었다. 불에 타던 조짚이 꺼져갈 즈음 하늘을 바라보았을 때, 북두칠성이 흔들렸다. 제 눈을 의심할 사이도 없이 밤하늘의 온갖 별들이 원향을 향해 쏟아져 내렸다. 별과 함께 천지가 저를 겁박하는 듯했다. 별이 없는 밤하늘이 아가리를 벌려 저를 삼켜버릴 것만 같았다. 무서웠다. 별들이 닿지 않을 곳으로 도망쳤다. 밤하늘이 덮치지 못할 곳으로 달렸다. 달리고 뛰었지만 별과 밤하늘을 벗어나지 못했다. 그래도 다시 달렸다. 그러다 쓰러졌다. 꿈속은 꿈 밖보다 더한 별천지였다. 그러나 무섭지 않았다. 별들이 원향에게 사뿐히 내려앉자 마음이 토닥여졌다.

밤하늘의 별은 그렇게 우수수 쏟아지곤 했다. 그 별들을 손바닥에 받아 이리저리 흔들며 희롱하고 부비고 날리다가 다시 붙잡고 놀다 보면 원향도 별이 되곤 했다. 쏟아져 내릴 땐 우수수 하던 별들이 하늘로 올라갈 때는 제각각이었다. 태 자리를 찾아가듯 고요히 날아올라 가만히 박혔다. 언제 밤하늘을 떠났냐는 듯 시치미를 뗐다. 그럴 즈음 원향은 잠잠해졌다. 지상의 별과 놀다 천상의 별로 돌려보낸 뒤 땀범벅이 되어 깨어나곤 했다. 제 눈에만 보이는 것들도 여전했지만 무섭지 않았다. 그것들과 말을 섞었다. 그것들의 사연을 알았다. 동네에 소문이 났다. 미쳤다고도 하고 귀신 보는 계집애라고도 했다. 당집 무당을 찾아갔다. 신병이라 했다. 부모는 신내림을 원하지 않았다. 삼 년을 끌었다. 열두 살 되던 해 동무들과 숨바꼭질을 하던 중 다시금 쏟아지는 별을 받아내고는 홀로 달음질을 쳤다. 한참을 달리다가 누군가 부르는 소리에 이끌려 낯선 집에 들어섰다. 그 집으로 들어가 부뚜막을 찾았다. 무쇠 솥 뚜껑을 부딪치며 노래를 부르고 춤을 추었다. 에헤 얼싸, 쇠 열러 가요, 쇠 열러 가요, 팔도 명산에 쇠를 열러 가요, 먼 산 신령에 쇠를 열러 가요, 서낭님 전에도 쇠를 열어요, 성수님은 외길쇠로만 열어요, 죽은 쇠를 모아다가 산 쇠를 만들려고 왔소……. 열두 살 원향의 입에서 백 살 여인의 목소리가 나왔다. 들어본 적 없는 쇠타령이었다. 내림굿을 할 때 무구를 장만하기 위해 쇠 걸립을 하러 온 마을을 돌아다니면서 부르는 노래라는 것을 나중에야 알았다. 방문이 열렸다. 하얀 옷을 입은 키 큰 아낙네가 원향에게 다가왔다. 원향이 하는 짓을 보고 말했다. 어이 오너라, 간밤에 신령님이 이르셨다, 크고 강한 딸이 온다 하셨다. 그이가 원향을 데리고 집을 찾았다. 만신에게 딸을 내어주면서 아비는 울었다.

빗줄기는 더욱 거세어졌다. 원향은 물줄기를 그대로 받았다. 이마를 때리는 빗물이 코로 흘러 입술에 닿았고, 어깨를 치던 빗물이 가슴골을 거쳐 배로 흘러갔다. 땀과 빗물에 젖은 아랫도리가 날렵해졌다. 길 떠나는 이의 봇짐 속에서 성수방울이 도르르 소리를 냈다. 한양까지 백오륙십 리 길이었다. 열아홉 원향에게 고단한 나들이는 아닐 것이었다. 황해도와 평안도를 넘나들며 치병治病과 피흉화복避凶禍福의 굿을 했던 원향이었다. 길 떠나는 일이 두려울 리 없었다. 그것이 어떤 길이냐가 문제였다.

빗속을 뚫고 오는 한 사내의 모습이 원향을 깨웠다. 도롱이도 없이 비에 젖은 채 누구에게 쫓기기라도 하는 듯 바쁘게 걸어오고 있었다. 영평현의 아전인 정원태였다. 황회가 걸음을 멈추고 원향 옆에 섰다. 무리도 행렬을 멈추었다. 원향은 자신에게 밀려오는 성난 마음을 조용히 기다렸다.

—나를 빼놓고 거사를 도모한다는 게요? 연유가 무에요?

정원태는 무리를 향해 누구에게랄 것 없이 물었다. 빗소리만이 쏴아 무리를 감쌌다. 여환이 정원태에게 다가가 말했다.

—빼놓는 것이 아니오. 예서 동태를 살피고 기별을 기다리시오.

—기다리라니, 동태만 살피라니, 여환님이 이러실 수는 없소, 나한테 이러실 수는 없소.

정원태는 원향에게 다가갔다. 선돌처럼 원향 앞에 버티어 섰다.

—대체 연유가 무에요?

원향은 정원태의 몸에서 피어나는 훈김을 바라보았다. 이 세찬 빗물도 저이의 달아오른 마음을 식혀줄 수 없는 모양이었다.

—불경하오.

—불경? 지금 불경이라 한 게요? 불경했으면 목숨 걸고 이 일을 했으려오?

빗물이 정원태의 입안으로 사뿐히 새어 들었다가 다시 진득하게 흘러내렸다. 원향은 강 건너를 바라보며 말했다.

—금욕과 치재致齋를 어겼소.

—허, 이런.

　—무릇 제를 지낼 때는 사흘 동안 부정한 일을 하지 않아야 한다는 걸 잊었소? 우리 일은 사흘이 아니라 석 달, 삼 년, 삼십 년 치성을 드려도 부족하오. 모르오?

　—허, 다 차린 밥상에 숟가락만 얹어놓고선, 불경? 치성?

　—이 사람 원태, 큰일 앞두고 그 무슨 망발인가?

　원향의 옆에 서 있던 황회가 정원태를 막아섰다. 정원태는 원향을 노려보며 말했다.

　—내 얌전히 기다리지만은 않을 것이오.

　정원태는 휙 몸을 돌려 오던 길로 걸어갔다. 그의 뒷모습을 쫓던 황회가 원향을 바라보았다.

　—개의치 마시오.

　—개의치 않소. 저어될 뿐이오.

　오늘 새벽 천신제를 올리고 처소로 돌아온 뒤 원향은 여환에게 말했다. 아전과 향리 들은 이곳에 남아야 할 것입니다. 원향은 여환의 눈을 바로 보며 말했다. 사심 없는 맑은 눈이었다. 그 눈에 옅게 서린 불안을 원향은 놓치지 않았다. 아전이라 함은 정원태를 말함이오? 전시우와 허시만까지? 무슨 연유로 그리 말씀하시는지, 누구보다 이 일을 위해 애쓰는 자들이오. 술과 고기 냄새가 납니다, 불가합니다. 원향은 여환이 고개를 갸우뚱하는 것을 바라보았다. 그러더니 이내 고개를 끄덕이는 그를 보고 마음을 놓았다. 한 점 불경한 것도 허락할 수 없었다. 술과 고기, 담배까지 즐기는 그들이었다. 정원태의 입에서 돼지 노린내가 났다. 전시우의 소매에서 묻어나는 찌든 담배 냄새가 역했다. 그들이, 그들의 부정이, 신령한 일을 그르치게 놔둘 수는 없었다. 마음의 신령스러움은 몸의 정결함에서 나온다고 원향은 믿고 있었다. 몸을 정결케 하는 것은 곧 마음을 맑게 하는 일임을 믿었다. 이를 게을리하여 마음이 흐려지고 탁한 기운에 사로잡힐 때, 사심은 무럭무럭 피어나기 마련이었다. 사심을 품은 이들은 어떻게 해도 사심을 숨길 수 없었다. 사사로운 마음이 일을 그르친다는 것을, 일을 그르친 후에나 깨달았다. 그러나 지금 원향이 행하려는 일은 결코 그르쳐서는 아니 되었다. 하여 사심을 품은 자들이 그 사심에 더욱 센 불을 지핀다 해도 원향으로서는 어쩔 수 없었다.

정원태의 말이 맞았다. 원향 자신이 시작한 일이 아니었다. 판을 짜고 사람을 모으는 모든 일은 여환과 황회, 정원태와 정호명, 양주의 무당들의 손으로 이루어졌다. 그들이 만들어놓은 판에서 걸지게 굿판 한번 벌이면 되는 것이 원향이었다. 그러나 원향은 그렇게 하지 않을 것이었다. 황해도에서 이곳 양주까지 건너오면서 원향은 그들의 판 위에서 꼭두 놀음은 하지 않을 것이라 다짐했다. 이것은 신령의 일이었다. 그것을 모르는 것이 사람들이었다. 원향은 눈을 감았다. 빗줄기는 끊임이 없었다.

＊

　불경하오.

　정원태는 빗속을 걷는 내내 용녀 부인의 말을 생각했다. 불경하오, 금욕과 치재를 어겼소. 자신을 무리에서 제하기로 한 것은 분명 부인의 뜻이었다. 오늘 새벽 천신제가 끝난 뒤 황회가 정원태를 찾았다. 정호명, 정만일과 함께 군복과 환도를 채비하고 있을 때였다. 자네는 한양으로 함께 가지 않을 걸세. 기가 막힌 일이었다. 한양으로 가지 않을 것이라니, 이곳에 남을 것이라니, 생각할수록 기가 막혔다. 그동안 부인이 자신을 마뜩잖게 여긴다는 것은 알고 있었다. 허나 성인의 대열에서 제할 줄은 몰랐다. 미륵의 계시를 전하고 참서를 배포하는 일을 도맡아 한 중한 이가 바로 자신이었다. 삭녕과 장포, 연천 등지의 사람들을 모으는 데 결정적인 역할을 했던 이도 자신이었다. 영평현의 아전을 지내면서 사람들의 동태와 관아의 소식도 빨라 무리로서는 믿음직한 이라는 것은 명백했다. 헌데 성인의 대열에서 제하다니, 불경하다니.

　용녀 부인은 양주에 온 날부터 정원태를 마땅찮아 했다. 정원태가 술과 고기를 즐긴다는 것이 그 이유였다. 스물세 살의 장정이라면 술과 고기를 가까이하지 않는 것이 오히려 이상한 일이었다. 고기를 즐겨 한다고는 하나, 말단 관리인 그가 매일 고기를 먹지는 못할 것이었다. 허나 부인은 가끔의 육식조차 용납하지 않았다. 이번 거사가 성공하려면 성인의 경지에 이른 이들만이 입성해야 한다고 했다. 신령이 하는 일이니 신령을 온전히 받잡는 이가 성인이라 했고, 몸을 정결히 하고 마음을 순수하게 하는 자만이 신성한 행로에 참여할 수 있다 했다. 용녀 부인이 몸과 마음을 정결히 하는 것을 정원태가 모르진 않았다. 신령을 받드는 만신이기에 그러함이 당연하다고 생각했다. 허나 보통 사람에게 만신의 정결함을 요구하는 것은 과한 처사라 여겨졌다. 황회 역시 신령의 세계를 드나드는 이였지만 부인만큼 철저하지는 못했다. 고기를 금하지는 않았고 가끔 술을 기울이기도 했다. 황회가 무녀인 처 어진과 함께 치병과 양재禳災를 하는 몸이었지만, 그는 산을 보는 지관이기도 했고 목화와 삼베를 매매하는 상인이기도 했다. 세간의 일을 하다 보면 금욕과 치재에 소홀할 때도 있었다. 하물며 보통 사람들로서야 신령을 온전히 받잡는 일이 버거울 수 있질 않은가.

정원태는 용녀 부인보다 황회에게 서운한 마음이 더했다. 정원태가 거사에 목숨을 걸었다는 것을 누구보다 잘 아는 이가 황회였다. 두 사람이 경기도 북부를 다니며 미륵의 말씀을 전하고 회합을 주선한 것이 어디 하루 이틀이었던가. 하여 정원태로서는 어젯밤 소식을 전하는 황회에게 따질 수밖에 없었다. 고깃국이 거사를 망치오? 고깃국을 묻고 있으나 원향의 정결함을 겨냥한 것이었다. 황회는 그를 나무라지도 그렇다고 그의 편을 들지도 않았다. 고기 냄새를 풍기면 신령이 달아나오? 술을 마시면 용이 취해 승천하지 못하오? 정원태의 서운함과 억울함이 비아냥거림으로 튀어나왔다. 황회는 쉽게 입을 떼지 않았다. 미륵이 오신다고 사람들을 모으고 돈을 모으고, 그 일을 누가 다 했소? 양주뿐 아니라 삭녕, 장포, 연천, 영평, 포천까지 내 안 가본 데가 없소. 열 냥, 스무 냥, 돈으로, 쌀로, 삼베로, 거사에 필요한 자금을 모으는 것이 쉬웠겠소? 그 노고를 누가 모르는가? 노고를 알아달라 하는 것이 아니오, 미륵의 일을 하는 이가 성심을 다하지 않았다는 게 말이 되오? 자네의 성심을 누가 모르는가?

성인의 경지에 이르지 못했다는 이유로 정원태가 제외된 것을 황회는 안타깝다고 했다. 허나 부인의 결정에 토를 달지는 않았다. 용녀 부인의 신이한 능력에 거사가 달려 있으니 따르지 않을 수 없다고 했다. 부인이 거사의 화룡점정이 되어줄 것이라 했고, 미륵의 세상을 여는 문이 되어줄 것이니 부인의 뜻에 따르는 것이 모두의 일이라 덧붙였다. 미륵출세의 그 믿음이, 부인이 양주로 온 후 더욱 확고해진 것은 사실이었다. 사해용왕의 딸로 추앙받고 있는 용녀 부인이 무리와 함께 도성에 입성한다는 소식에, 땅 파먹고 사는 이들이 소를 팔았고 남의 논밭에 풀을 매주고 삯으로 받은 쌀을 팔았다. 내일 일을 기약할 수 없는 빈천한 이들이 거사 준비에 쓰라며 이백이십오 냥이라는 거금을 모아주었다. 한양에서 기와집 한 채를 살 수 있는 큰돈이었다. 소도 없고 쌀도 없는 이들은 직접 삼베에 푸른 물을 들여 꿰매어 동달이를 만들어 입었다. 얼기설기 엮은 저고리에 뒷솔기가 길게 터진 동달이를 입고, 이 정도면 입성해도 되겠소, 하고 웃던 삼돌이가 생각났다. 주인을 죽이고 도망쳐 팔도를 떠돌며 숨어 지내다 어찌어찌해 영평까지 오게 된 이였다. 삼돌이는 새로운 세상이 미륵의 것인지 용왕의 것인지는 상관하지 않았다. 다만 세상이 뒤집어져야 한다고는 생각했다.

용녀 부인이 미륵 세상의 문을 열어젖힐 수는 있을지 모르나, 그 길목을 닦은 건 정원태 자신이었다. 빈천한 이들이 미륵의 계시를 전하는 여환에게 마음을 내어주도록 다리가 되어준 그 대가가 이것이었던가. 정원태의 마음이 다시금 불끈거렸다. 사람들의 마음에 조용히 들어앉아 같은 꿈을 꾸도록 만드는 여환을 지켜보았고, 그들의 마음속에 똬리를 틀고 들어앉은 서러움과 원망을 새 시대에 대한 염원으로 바꾸어놓는, 제 나이와 비슷한 스물다섯 청년을 지켜보았다. 그것은 기적이었다. 영이했고 신이했다. 뜬구름 잡는 것같이 허황된 이야기들이 여환의 입을 통해 사실이 되었다. 풍문처럼 떠돌던 말들이 진실로 내려앉았다. 그랬으면 했던 것이 그렇게 되고 있었다. 지금의 세상에 기댈 곳이 없는 이들이, 새 세상을 맞이하는 마지막 힘을 여환에게 모아주고 있었다. 저이와 함께라면, 미륵출세가, 어쩌면 깨지 않아도 되는 꿈일는지 모른다고 정원태는 생각했다. 무리와 함께 떵떵거리며 도성에 입성하여 새로운 세상을 맞이할 수 있다고 믿었다. 헌데 한양에 갈 수 없다니, 이곳에 남으라니, 기가 막혔다. 정원태는 세찬 비를 뚫고서 영평현의 관아로 발걸음을 재촉했다.

칼과 영

무진년 7월 13일 낮 11시

십팔 년 만의 도성 입성이었다. 다시는 한양 땅을 밟을 수 없을 거라 여겼다. 무녀의 목숨을 위협하는 국법을 고려해서가 아니었다. 목숨은 아깝지 않았다. 인명은 재천이고 무녀의 목숨은 신령의 것이었으니, 아까울 것도 아쉬울 것도 없는 목숨이었다. 계화는 무복을 곱게 개켜 보따리에 넣으면서 도성을 빠져나온 그날을 떠올렸다. 십팔 년이 흘렀지만 그날의 광경은 어제 일처럼 생생했다. 계화는 아악, 소리를 지르며 들고 있던 북채를 손에서 떨어뜨렸다. 어깻죽지가 도끼로 찍어 내리듯 아려왔다. 숨이 턱턱 막혀왔다. 어깨뼈는 시도 때도 없이 욱신거리며 그날의 고통을 망각의 강으로 흘려보내는 것을 허락하지 않았다. 몸에 새겨진 그날의 흔적이 계화를 그날에 묶어두었다. 하여 하루도 잊을 수 없는 일이었다.

선왕 시절 왕도 십 리 안에 무녀의 출입을 금한다는 법령이 선포되었고, 한양에서 무업을 행하던 무녀 모두가 축출되었던 것이 수년 전이었다. 치병을 하던 동서활인서의 무녀들도 추방했다. 도성 안에 무녀의 신당을 금하고 발각되면 매를 때려 음사의 본보기로 삼았다. 저항하는 무녀들의 굿당에는 불을 질렀다. 조정 대신들이 앞장섰고 성균관의 유생들이 거들었다. 그들은 한양을 일러 왕도王都이자 예도禮都이며 신도神都라 했다. 조선의 국왕이 거하는 곳, 조선을 탄생시킨 유학의 예가 실현되는 곳, 그리하여 유자의 나라 조선이 우뚝 서는 데 방해가 되는 불순한 것은 머리털 한 올도 두어서는 안 되는 곳이 한양이라 했다. 그들은 무격에 의지하는 백성들을 유학의 예에 굴복시키는 것이 다급했고, 하여 왕도에서 유학의 예를 완벽히 실현해 팔도의 귀감으로 삼게 하는 것을 숙제라 여겼다. 왕도, 예도, 신도를 순수한 곳으로 만들기 위해 없어져야 할 존재가 바로 무녀였다. 무녀는 불결한 것들의 으뜸이라는 것이 이 나라 사대부들의 뜻이었다. 무녀는 귀신에게 아첨하고 노래하고 춤추는 음사를 부추기어 가산을 탕진하게 만드는 요망한 것들이었다. 하여 신성한 왕도에 발조차 붙이면 아니 되었다. 굿판은 금해져야 했고 무녀는 사라져야 했다. 그것이 그들의 뜻이었다.

끝까지 도성에 남아 있다가 변을 당한 이가 계화였다. 계화는 한양을 떠나지 않았다. 내림굿을 받고 근 십 년을 무당으로 살아온 그곳을 떠나야 할 이유가 없었다. 계화의 신줄기는 강력하고 신이했다. 임금과 함께 제단에 올라 국사를 위해 기은하던 국무당의 신줄기가 계화에게 들어앉았다. 이제 막 세워진 왕실의 안녕을 위해, 논밭의 풍작을 위해, 역병의 수습을 위해, 하늘에 제사를 지낸 크고 강한 무당의 신령이 들어앉았다. 계화는 국법을 따르지 않았다. 따를 이유가 없었다. 사람들 사이에 있는 것이 무녀였다. 삶의 고비마다 그를 의탁해온 사람들을 떠날 수 없었다. 아이를 낳지 못해 치성을 드리는 북바위촌의 응쇠네를 떠날 수 없었고, 배앓이가 잦아 밤잠 설치는 청계천의 돌선이네도 들여다보아야 했고, 역질로 자식을 모두 잃고 혼이 나가버린 빨랫골의 김달수네를 살펴야 했다. 가난하고 의지할 데 없는 그네들이 손 내밀면 잡아주어야 하는 것이 만신의 일이었다. 하여 계화는 한양을 떠날 수 없었다. 굿당에 들어앉았다. 어진도 따라 앉았다. 문을 걸어 잠그고 굿판을 벌였다. 만수대탁굿이었다. 계화가 받잡은 신령을 대접하여 무당 자신과 단골의 액운을 막고 건강을 기원하는 큰판이었다. 징 소리가 청계천의 물길을 따라 흐르고 북소리가 북바위를 건드리고 다시 되돌아올 때 계화를 주시하던 유생들과 관졸들이 몰려왔다. 음사를 금하라, 무녀를 쫓아내라, 요망한 것을 끌어내라. 계화는 문고리를 더욱 굳세게 걸어 잠그었다. 양손에 대신칼을 들고 입에 물을 머금어 푸푸, 세게 내뱉은 후 연풍돌기를 시작했다. 모십니다 모십니다, 팔도명산 신령들 모십니다, 성주님도 모시옵고 대감님도 모시옵고, 만조상도 모시옵고 성수님도 모시옵고, 하늘이 알아서 일월영천 땅이 아느니 신사발원, 인간이 알아서 설법정성…….

　관졸들이 굿당의 문을 부수기 시작했다. 계화의 몸놀림이 빨라졌다. 어진의 북소리도 접신을 재촉했다. 하늘이 알고 일월영천 땅이 아느니……. 계화의 몸이 치솟아 하늘에 닿았다가 그대로 내려와 땅을 밟았다. 음사를 멈추어라, 무녀를 끌어내라, 굿당의 문이 부서졌다. 뒤따르던 유생들이 제단의 촛불을 들어 불을 질렀다. 일월성신과 최영 장군과 삼불제석과 칠성과 미륵이 불타올랐다. 대신발이 타오르고 오방신장기가 타올랐다. 계화는 불타오르는 굿당 속에서 춤을 멈추지 않았다. 연기와 함께 날아올랐고 불과 함께 솟아올랐다. 어진은 품에 안은 북을 놓지 않았고 북소리를 끊지 않았다. 관졸들이 계화와 어진을 끌고 나갔다. 유생들은 무신도에 불을 지른 그 기세로 두 무녀에게 달려들었다. 신을 청하는 북과 징으로, 신과 만나는 무녀들을 벌했다. 계화의 어깨뼈가 으스러졌다. 어진의 눈자위가 움푹 패었다. 두 무녀는 관아에 끌려가 다시 매질을 당했다. 신딸들이 계화와 어진을 업고 한양을 빠져나왔다. 계화는 석 달 열흘 동안 일어나지 못했다. 간신히 몸을 추슬러 정신을 차렸지만 어깻죽지는 온전해지지 않았다. 어진의 왼쪽 눈은 맑아지지 않았다.

　한양 땅을 다시 밟을 일은 없을 것 같았다. 목숨이 아까워서가 아니었다. 계화가 목숨을 아까워했다면 십팔 년 전 그날 굿당을 버렸을 것이었다. 무녀가 불결한 몸이라는 저들의 말이 떠오를 때면, 당장에라도 도성에 들어가 저들이 순수함을 지켜내기 위해 기를 쓰는 신도를 어지럽히고 싶은 마음이 불끈거렸다. 도성 한가운데서 굿판을 벌여, 신을 청하고 신을 들어앉히고 신을 보내는 연풍돌기를 하며 여봐란 듯 신명을 내보고 싶은 마음이 솟구쳤다. 저들이 불결하다 낙인찍을수록 무녀의 신이함은 번쩍인다는 것을, 저들이 음사라 손가락질할수록 무격의 신령은 영광스럽다는 것을, 만천하에 알리고 싶었다.

허나 신의 일을 도모하나 인간의 땅에서인지라, 계화는 그 모든 마음을 내려놓았다. 양주에 터를 잡고 빈천한 이들의 슬픔과 두려움, 분노와 염원 한가운데 다시 들어앉으니 불끈거리는 그 마음이 가만 내려앉았다. 내려앉았으되, 결코 없어지지는 않을 것이라는 걸 계화는 알고 있었다. 가만 내려앉은 그 마음은, 언제든 아려오는 어깻죽지처럼 불쑥 치솟아 한순간 계화를 집어삼키기도 했다. 계화는 그저 가만히 바라보기만 할 뿐이었다. 자신이 할 수 있는 일은 그뿐이라 믿었다.

원향을 만나기 전까지는 그리 믿었다. 가라앉은 마음이 불쑥 솟아올라 자신을 집어삼키다가 다시 뱉어내는 것을, 그저 바라보는 일밖에 할 수 없다고 믿었다. 황해도에서 양주로 온 원향을 처음 본 날, 계화는 다시 솟구치는 마음이 이번에는 가만히 내려앉지 않으리라는 것을 알았다. 계화 안의 요동치는 그 마음이 그렇게 말하고 있었다. 함께 원향을 맞은 어진의 표정도 그리 말하고 있었다. 계화와 어진은, 고대하고 있다는 사실도 의식하지 못한 채

고대해온 신의 사람이 바로 원향이라는 것을 알아차렸다. 원향을 만나자마자 그들이 얼마나 원향을 오랫동안 기다려왔는지 대낮의 우물물처럼 명백해졌다. 그들이 신의 가족이 되어 어디로 나아갈 것인가는 성수방울 소리만큼이나 명징했다. 그러니 계화는 그저 나아갈 뿐이었다.

형님, 저 왔소. 밖에서 어진이 부르는 소리가 들렸다. 계화는 일어서서 흰색 저고리와 치마를 단정히 한 다음 굿당의 벽에 걸린 무신도를 향해 절을 했다. 두 손을 모으고 머리를 조아리며 말했다. 신령의 일을 하기 전에 사람의 일을 먼저 하려 하옵니다, 미진한 사람의 손으로 끝낼 일이 있사옵니다, 부디 노여워 마시옵소서. 스무 장이 넘는 무신도 가운데 두 번째에 걸린 선덕여왕의 눈에서 광채가 났다. 계화는 보따리를 들고 일어서 방문을 열었다. 계화의 아들 시남과 신딸 진덕, 어진과 그 신딸 소율이 계화를 기다리고 있었다. 어진은 단정하게 쪽 찐 머리를 하고 흰 저고리에 옥빛 치마를 입고 있었다. 어엿한 아낙처럼 차려입은 덕분인지 왼쪽 눈의 검고 탁한 빛깔이 더욱 유별나 보였다. 형님, 채비가 되셨소. 어진의 눈을 바라보자 계화는 화가 난 것인지 눈물이 나려는 것인지 알 수 없는 마음이 되었다. 십팔 년 전의 그날을 함께 겪고 그 세월을 함께 살아낸 지금, 저들의 신성한 고을로 향하는 어진의 얼굴은 그토록 평안한 낯빛이었다. 그것이 계화의 마음을 아프게 했다.

　여환은 집주인 최가가 내온 상차림을 바라보았다. 보리밥과 나물 두어 가지, 풋고추와 된장이 전부였다. 애호박을 종종 썰어 살짝 데친 다음 참기름으로 버무린 무침이 무리의 숟가락을 재촉했다. 여환의 눈이 젖어들었다. 삼 년을 이은 재해로 하루 끼니를 걱정해야 하는 백성들이었다. 지난달에도 오뉴월에 때 아닌 서리가 내려 밭작물이 얼어 죽었다. 푸성귀가 귀해지고 산나물이 동이 났다. 넓적한 호박잎에 숨어 서리를 피해 자라나는 어린 호박을 아껴두었을 이의 정성이, 오늘따라 여환의 어깨를 무겁게 했다.

　아침에 양주 대전리를 출발해 사십 리 길을 걸어 이곳 이담의 가마소에 도착한 것이 정오가 훌쩍 넘은 시각이었다. 장대비는 수그러들 기미가 없었고, 큰비에도 일행은 힘들어하는 기색이 없었다. 그러기는커녕 비가 굵어질수록 얼굴은 울끈불끈 달아올랐고 비가 세차질수록 걸음은 더 성큼해졌다. 아침나절은 동쪽에 머리를 두고 흐르는 냇가를 따라 걷는 행로였다. 넘실대는 내의 물이 마치 큰 바다인 듯 기세등등했다. 가마소는 가마솥 모양의 큰 연못이 있었다고 전해지는 곳이었다. 가뭄이 들어도 연못은 마를 일 없으니 마을 사람들이 보물로 여겨 이 지역을 가마소라 불렀다는데, 큰 홍수가 나서 연못이 사라져버렸다. 가마솥 연못 속의 잠룡이 큰 홍수를 만나 승천했다고 했다. 백 년 전 이야기였다. 이 집은 병치레를 앓던 최가의 어머니를 위해 정성인鄭聖人이라 추앙받는 계화 만신이 굿을 해준 인연으로 알게 되었다. 물 한 모금 들이켜지 못한 어머니가 치병을 한 후 보리죽을 먹기 시작했다는 전갈을 보내온 것이 지난달이었다. 길 가는 도중 쉬어 갈 곳도 먹을 것도 마땅찮다며 굳이 제 집에서 허기를 채우라는 최가의 청을 뿌리칠 수 없었다. 여객들이 쉬어 가는 이담원이 저편에 있었지만 집주인의 정성을 받기로 했다. 오늘 묵을 양주목까지 아직 삼십 리를 더 걸어야 할 여정이었다.

원향을 제외한 열두 명의 일행은 툇마루에 앉아 묵묵히 밥을 먹었다. 원향은 방에서 혼자 밥을 먹고 있었다. 숟가락을 입에 집어넣는 사이사이 입술을 들썩이는 것으로 보아 혼잣말을 중얼거리고 있는 듯싶었다. 혹은 여환의 눈에는 보이지 않는 누구와 말을 섞고 있는 중인지도 모를 일이었다. 원향의 얼굴은 아무 감정도 드러내지 않았다. 흙으로 덩어리를 만들고 눈 코 입이라고 시늉만 내다 만 것이 원향의 얼굴이었다. 그 얼굴에서 두드러져 보이는 것은 없었다. 눈은 가늘게 찢어지면서 위로 향해 있었고, 콧대는 겨우 숨 쉴 구멍을 만들어냈을 뿐이며, 입은 오므라져 있을 때 있는 듯 없는 듯했다.

여환이 처음 원향을 보았을 때, 그 얼굴에서 아무것도 볼 수 없었다. 사람의 얼굴이었으나 어떤 사람인지를 가늠할 수가 없었다. 여인의 얼굴이었으나 어여쁘고 추함을 느낄 수 없었다. 있으되 텅 비어 있는 얼굴, 존재하되 이곳에 없는 얼굴, 그것이 원향이었다. 원향은 아무도 아니었다. 아무도 아니기에 누구도 되었다. 텅 빈 얼굴로 누구라도 불러들이고 붙들었다. 여환은 홀린 듯 원향의 얼굴에서 눈을 뗄 수 없었다. 그리고 생각했다. 천불산 천 개의 미륵을 담고 있구나, 바로 저이로다.

집주인 최가가 국을 내왔다. 오래 우리느라 좀 늦었다 했다. 고깃국이었다. 누린내가 밀려왔다. 여환은 원향을 바라보았다. 원향의 이마에 핏줄이 도드라졌다. 이말립이 수저로 국을 퍼먹으려는 순간, 원향이 말했다.

—고깃국은 아니 되오, 내 그리 일렀건만.

최가가 황회를 바라보았다. 황회가 고개를 젓자 최가가 말했다.

—송구하오. 내 그만 깜빡하고 말았수다. 고깃국을 거두고 시래깃국이나 올리겠수다.

최가가 부엌 안으로 들어가는 뒷모습을 일행 모두 바라보았다. 정호명의 눈이 도끼날처럼 번득거렸다. 일행 누구도 입을 열지 않았다. 정호명은 젓가락으로 거칠게 무냉채를 집어 입으로 넣었다. 밥알이 입가로 흘렀다. 냉채의 국물이 턱을 적셨다. 원향이 밥상을 내어놓은 후 방문을 닫았다. 툇마루의 사내들은 비로소 편안해진 모습이었다. 여환만 그런 것이 아니라 열두 명의 사내 모두 원향을 어려워했다. 정호명은 어려워하는 기색에 더해 불편한 기운까지 내보였다.

—고깃국이 거사를 망치오? 사람 성의를 저리 물리치는 게 정 결함이오?

—조용히 하시게.

황회가 정호명을 제지했다. 정호명은 딱딱한 조개껍질처럼 굳은 얼굴로 내뱉었다.

―환도가 더 있어야 하오.

정호명의 말에 사촌형인 정만일이 말했다.

―사람들이 이미 움직이기 시작했소이다. 전복과 전립을 착용하고 군장을 갖춘 이들이 우리의 뒤를 따를 것이오.

환갑이 넘은 전성달이 정호명에게 물었다.

―칼을 쓰자는 말인가? 이 일은 사람의 의지로 하는 일이 아니라 들었네만.

―사람이 하는 일이 아니면, 그냥 손 놓고 기다리기만 하는 것이 옳소? 신령, 영의 힘, 다 좋소. 허나 영적인 기운을 물화하는 것 또한 사람이 아니겠소?

―원명이가 그리하자 하던가?

전성달이 다시 물었다. 황회의 조카 이원명을 두고 한 말이었다. 환도와 군복을 마련하는 일을 맡은 그는 일행이 도봉산에 닿을 때 합류할 계획이었다.

―그만이 아니오. 정원태의 뜻도 그러하오. 술과 고기를 가까이한다고 해서 이런 중차대한 일을 함께하지 못한 것이 못내 섭섭한 모양이오. 불경한 걸로 치자면, 세상에 털어서 먼지 안 나오는 이가 있단 말이오? 신령스러움만을 따진다면 하늘 앞에 나설 자가누가 있소? 우리는 칼의 힘이 필요하오. 칼이 지배하는 세상에서칼의 힘을 빌리지 않고 도모할 수 있는 일이 있다고 생각지 않소.

군장을 갖춘 이들이 강을 건너와 우리의 뒤를 따를 것이오.

그때 방문이 거칠게 열렸다. 원향이 말했다.

—그들은 강을 건너지 못할 것이오. 그분이 허락지 않은 일이오.

—강을 건널 것이오. 그리할 것이오.

—칼이 할 바가 아니오. 영이 하는 일이오. 인간의 눈으로 신의 일을 예단하지 마시오. 지금 오고 있는 이 장대비가 정녕 인간이 하는 일이라 여겨지오? 비는 그치지 않을 것이오. 그들은 강을 건너지 못하오.

—인간 세상에서 벌어질 일이오. 칼이 영을 도울 수 있소. 칼과 영은 하나요. 최영 장군이 그리 말씀하셨소.

정호명은 최영 장군이 그리 말씀하셨소, 라고 말을 맺었다. 최영 장군의 영이야 황해도와 북부의 무당이라면, 굳이 무당이 아니더라도 그 영험함을 믿어 의심치 않는 신령 중의 신령이었다. 황해도 만신들의 본거지라 할 수 있는 개성 덕물산에 모셔져 있는 신 또한 최영 장군이었다. 나라에 큰 공을 세웠지만 억울하게 죽어 원혼이 맺힌 장군, 그 용기 있고 충의 넘치는 영웅의 혼령이, 보통 사람들을 범하려는 잡신을 없애주고 병을 물리쳐주는 신으로 모셔졌다. 정호명은 내림굿을 받은 박수무당은 아니었다. 막 서른을 넘은 정호명은 군과 현을 오가며 문서 심부름을 하는 면주인面主人이었다. 사리가 분명했고 세상 물정에 밝았다. 그에게 최영 장군의 영이 서린 것은 불과 일 년 전 황회의 처에게서 치병의례를 받은 후였다.

역병이 퍼지던 때가 아니었는데도 정호명은 역병 증상을 앓았다. 먹은 걸 다 게워냈고 얼굴이 흙빛으로 변해갔다. 앓은 지 이틀 만에 열이 끓고 의식을 잃었다. 급하게 굿을 하고 치성을 드렸다. 죽어가던 정호명은 살아났다. 의식을 회복해가던 중 꿈인지 생시인지 모를 것을 보았다. 붉은색 갈기에 검은색 점이 생생히 나 있는 적토마가 구름 위에서 내려왔다. 수염을 기다랗게 늘어뜨리고 눈을 부릅뜬 이가 말을 타고 있었다. 갑옷을 입고 투구를 썼으며 화살통을 왼쪽 어깨에 메고 있는 그를 보고 정호명은 단박에 최영 장군임을 알았다. 하늘과 땅을 오가며 천리를 달리는 적토마를 부리는 장군의 기개에 감복해 정호명은 땅에 엎드렸다. 장군이 정호명에게 다가와 말했다. 내 너를 살릴 것이다, 허나 네 한 몸 살리는 것이 중한 것이 아니다, 나라를 살려야 한다, 곧 일이 일어날 것이니 움직여라, 나라를 살려라.

정호명은 최영 장군의 신령이 제 몸에 강림했다고 믿었다. 칼에 살고 총에 죽는 장군의 혼은 정호명을 더욱 강골 차게 만들었다. 박수는 아니었지만 굿거리 한판을 연행하기도 했다. 전쟁에서 피흘리며 죽어간 신을 모시는 군웅거리였다. 피 흘리는 신을 모셔 피 흘릴 일을 막는 기복의 굿판이었다. 정호명의 사슬세우기는 실패하는 법이 없었다. 제물인 통돼지를 굿상에 놓고서 삼지창으로 어르고 달래다가 찔러 하늘을 향해 세우는 것이었다. 돼지가 끼워진 삼지창이 쓰러지지 않고 곧게 세워지면, 인간의 정성을 신이 잘 받은 것이었다. 한 번에 척 통돼지를 세우는 정호명의 사슬세우기가 소문이 났다. 장군발이 영험하다는 풍문이 돌았다. 본업인

면주인을 그만두어야겠다고 생각할 정도였다. 세상 이치에 밝고 강골 차기까지 한 정호명이 미륵의 시대에 크게 쓰일 것이라 여환은 생각했다. 허나 원향의 생각은 달랐다.

정호명의 입에서 최영 장군의 이름이 나오자 원향의 이마에 핏줄이 불거졌다. 백지장에 빨갛고 파란 굵은 선이 그어지는 듯했다. 여환에게는 낯선 표정이었다. 누구도 아닌 얼굴에 누군가의 감정이 담긴 순간이었다. 원향이 아주 다른 이가 된 것 같았다. 잔잔하기 그지없었던 얼굴에 떠오른 그 일렁거림이 어디로부터 오는지 여환은 알 수 없었다. 원향은 방문을 닫으며 말했다. 일을 그르친 후에나 깨닫는 게 사람이라.

정호명은 반상 위에 숟가락을 탁 소리 나게 내려놓았다. 김시동 형제들은 정호명의 눈치를 살피며 시래기된장국에 남은 밥을 말아 훌훌 떠 마셨다. 이말립이 풋고추를 씹어 먹으며 아삭 소리를 냈다. 정호명이 부러 탁한 소리를 냈다.

—칼이 왜 신령에 반하는 것이오? 신령은 칼을 좋아하시오, 쇠를 믿으시오. 칼끝에 강림하시고 칼날에 공수하시오. 무당이 작두를 왜 타는 것이겠소? 까딱하면 발바닥이 날에 베어 피범벅이 되는 그 일을 왜 하는 것이겠소? 신령의 힘을 보여주기 위함 아니오? 신의 위엄을 드러내기 위함 아니오? 신령은 칼을 좋아하시오.

—목소리 낮추시게.

황회는 정호명을 어르는 낮은 말투로 말했다.

—그건 의례일 뿐이네. 실제로 칼을 쓰는 것과는 다르지 않은

가? 영의 세계와 사람의 세계는 다르네. 비록 사람이 신령의 뜻을 거스르지는 못하지만 사람 사는 세계에도 나름의 이치는 있지 않은가?

—어르신 말씀이 더욱 기가 막히오.

황회는 정호명이 쉬이 달래지지 않을 것이라 여겼는지 더 이상 말을 잇지 않았다. 정호명은 작정한 얼굴로 물었다.

—용이 비바람을 일으키지 못하면 어찌하오? 대우경탕大雨傾蕩, 큰비가 내려 도성을 휩쓸어버린다, 이것만으로 되겠소?

—이 사람 호명, 무슨 말을 하고 싶은 겐가? 미륵의 시대가 온다는 것을 믿지 않는 겐가?

—믿지요, 미륵도래, 믿고말고요. 허니 여기까지 온 거 아니오? 그 방편을 묻는 것입니다, 방편. 용신이 강림하기만을 바라는 게 우리가 할 수 있는 일의 전부냐고 여쭙는 겁니다.

황회의 주름살이 깊어졌다.

—이번 거사가 실패하면 다음을 기약하면 되네. 올해 팔월, 시월에도 거사를 도모할 길일을 낙점해두었네.

—어허, 처음 듣는 말씀입니다. 큰비가 와서 도성을 쓸어버리지 않는다면, 다시 길일을 정해 한양으로 입성한단 말입니까? 용신이 강림해 큰비가 오기만을 기다리면서요? 열 번, 스무 번, 백 번, 큰비만 기다리면서 도성 입성을 해요? 그 세월에 미륵을 기다리는 백성들은 늙어 죽거나 굶어 죽게 생겼소. 어허, 기가 막히오. 기가 막히오.

—지사님, 칼을 쓰는 게 빠르지 않겠소?

함께 있던 정만일이 물었다. 정원태와 정호명, 정만일은 양주목을 털어 무기를 탈취한 후 입성하자는 제안을 오래전부터 했다. 허나 그럴 때마다 황회는 기다리라며 고개를 저었다.

—여환님도 양주와 황해도 사람들에게 그리 말씀하시지 않았습니까? 이제 세상이 기울고 물에 쓸려 내려가면 조선뿐 아니라 열두 나라가 모두 기울어질 것이다, 이때가 되면 멀리 한양까지 말을 달려서 입성할 수 있다, 군장과 복색을 미리 준비해놓고 기다리라, 여환님의 말씀을 내 분명히 기억하오.

—그건 큰비가 내려 세상이 모두 물에 쓸려 내려간 이후를 말함이네. 여환님이 환도와 군장을 말한 건, 무기를 들고 세상을 쓸어버리자는 것이 아닐세. 세상을 쓸어버리는 건 분명 신령의 일이고 미륵의 일이네. 그런 연후에 군장을 갖춘 인간이 그 세상에 들어 새로운 법도를 만들어야 한단 말일세.

—이미 삭녕과 장포 사람들은 둘씩 셋씩 무리를 지어 도성을 향한다고 빠져나와 마을이 텅 비었다 하오. 그들이 한양으로 가는 걸 막을 수 있겠소? 신이한 성인들이 도성으로 간다는 소문이 인근에 파다하게 퍼졌소. 낼모래 미륵 세상이 열린다고, 상놈이 양반 된다고, 사람들이 춤을 추며 길을 떠나고 있단 말이오.

잠자코 밥을 먹던 여환이 숟가락을 내려놓았다. 순간 무리는 입을 다물고 정적이 흘렀다. 여환은 정호명, 정만일과 차례로 눈을 맞추고 김시동 형제와 이말립에게 고개를 끄덕여 보이고는 말했다.

―대우경탕이 먼저이고 용자龍子의 지배가 뒤따라야 합니다. 반드시 그리되어야 합니다. 이 일은 순서가 있고 차후가 있는 법입니다. 그걸 어겨서는 아니 될 것이오. 우리는 미륵의 세상을 만들려는 것이니 미륵의 힘에 의지해야 하오. 용녀 부인이 그 일을 할 것이니 다른 말은 거두시지요. 용녀 부인을 믿고 미륵님을 믿으십시오.

여환은 말을 마치고 원향이 들어 있는 방문을 바라보았다. 아무 기척이 없었다.

*

황회는 김시동과 함께 최가의 집을 나왔다. 나흘 전 문길남이라는 자가 김시동을 통해 치병을 청했다. 최가의 집에서 그리 멀지 않은 곳이라 잠시 짬을 내기로 했다. 문가는 용한 성인무당으로 소문난 원향을 청했지만 황회는 원향을 두고 나왔다. 사사로운 치병과 양재는 황회로도 충분했다. 무녀는 언제 어디서든 무巫의 일을 하는 것이라며 원향은 황회를 따라나서려 했다. 허나 큰일을 앞둔 마당에 조심해서 나쁠 것이 없었다. 원향은 대신 부적을 써 황회에게 주었다.

문가가 동리 밖까지 나와 황회를 기다리고 있었다. 세 칸짜리 초가에 드니 어린아이가 몸져누워 있었다. 여자아이였다. 황회가 아이의 머리맡에 앉고 김시동은 몸체 옆에 앉았다. 문가의 말로

46

는, 일여드레 전 저잣거리에서 광대놀음을 보고 돌아온 후 열병이 났다고 했다. 딸아이는 땀을 흘리고 춥다 덥다 요동을 치면서 헛소리를 했고, 참쌀에 생강을 갈아 먹였으나 죽을 토하고는 도로 쓰러졌다 했다. 밤이면 우는 소리를 내며 곡을 하니 동네 사람들 모두가 예삿일이 아니라고 혀를 찼다. 마을 점쟁이에게 물으니 아이의 어미가 금년에 액운이 들어 재수굿을 해야 한다고 했지만 형편이 좋질 않아 엄두를 못 내던 터였다.

아이의 얼굴은 설갈은 보리죽처럼 매캐했다. 땀 냄새가 물비린내와 섞여 지린내를 풍겼다. 황회가 아이의 손을 잡았다. 아이가 움찔 놀라 눈을 떴다. 흰자위에 벌건 물이 흥건했다. 황회와 아이는 한동안 그렇게 눈을 마주치고 있었다. 황회가 문가에게 말했다.

—귀신의 빌미요.

—어찌하면 되오?

—귀신을 쫓아내고 성귀聖鬼를 모셔야 하오. 이 집의 가신이 질병과 우환을 불러오고 있소. 가만 두면 가신이 아이를 데려갈 것이오. 악신을 쫓아내는 것이 먼저이고 성인제석을 받드는 것이 그 다음이오. 일러준 것은 준비되었소?

문가의 옆에 서 있던 처가 쌀과 무명, 흰 종이를 가져왔다. 황회는 아이의 머리맡에 상을 차리고 문가의 처가 가져온 것들을 늘어놓았다. 번듯한 신당은 아니었지만 성인의 신위를 모시는 데 부족함은 없었다. 황회는 가져간 복숭아나무 가지로 아이의 얼굴과 가슴, 배, 다리를 서너 번씩 때리고는 옥추경을 꺼내 독송하기 시작했다. 천상신장 지하신장 오방신장 사해신장 갑진신장……. 하늘과 땅이 깨끗하여 더러운 것을 풀게 하는 주문이니, 요사한 귀신을 베고 간사한 귀신을 묶으며 천만의 귀신을 죽여주시고…….

아이가 꼼지락대기 시작하더니 사지가 뻣뻣해지면서 몸을 비틀었다. 벌건 물이 흐르는 눈을 바로 뜨고는 누런 물이 새어 나오는 입으로 알아듣지 못할 말을 내뱉기 시작했다. 놀란 아비와 어미가 아이에게 달려들려는 것을 황회가 제지하고는 더 큰 목소리로 경을 마저 읽었다. 중산의 신주와 원시의 옥문을 한 번만 읽어도 귀신을 물리치고 수명을 오래 하여 병을 고치며 오악을 어루만질 수 있게 하여 주옵소서…….

이어 도포자락에서 노란 종이를 꺼냈다.

—성인무당이 내린 것이오. 질병과 재액을 없애줄 것이오. 이것을 들고 집안 구석구석을 한 바퀴 돌고 오시오. 마당과 측간, 외양간, 부엌, 장독대, 대문간까지 모조리 돌고 오시오.

문가는 황회가 건넨 것을 양손으로 받아들었다. 그림도 아니고 한자도 아니고 언문도 아닌 이상한 모양이 그려져 있었다. 종이 위로 붉은 지렁이가 기어가는 듯했다. 삼지창이 엿가락처럼 늘어진 것 같기도 하고 닭 벼슬 같기도 하며 돼지 꼬리 같기도 한 모양이었다.

—돌아다니면서 기도하시오. 이리하시오. 성인제석님을 받잡고 모시겠으니 악신이 침범하지 않도록 살피소서.

문가와 그의 처는 황회가 시키는 대로 중얼거리면서 집 안팎을 돌아다녔다. 아이의 방으로 돌아온 부부의 얼굴에 복숭앗빛이 피어올랐다. 아이의 발작도 잦아들어 눈을 감고 편안해졌다. 황회는 신위가 잘 모셔졌음을 알았다. 사나흘 내로 아이는 괜찮아질 것이었다. 성인제석님은 응답이 빠르시었다. 황회에게 쌀 석 되를 주려던 문가는 길 떠나는 중이라는 말에 후일을 기약하겠다며 절을 했다. 황회는 김시동과 함께 문가의 집을 나섰다.

그사이 비는 약해져 있었다. 앞서 걷던 김시동이 발을 헛디뎌 논두렁에서 미끄러졌다. 풀벌레 소리가 뚝 그쳤다.

—사람이나 귀신이나 매한가지우, 쫓아내고 맞이하는 것이.

바지에 묻은 진흙을 털어내며 김시동이 말했다. 논두렁에서 들깨향이 피어났다. 풀벌레 소리가 들깨향에 얹어졌다.

—영측盈昃, 차면 기운다. 여환님이 선인에게서 받은 두 글자였다. 세상 그 무엇도 장구할 수 없다는 것 아니겠느냐.

—귀신들도 그리한단 말이우? 달래면 되지 않수? 집에 오래 묵은 가신들을 꼭 쫓아내야 하우? 성주신, 조왕신, 측간신을 쫓아내면 화가 없겠수?

—달래서 되는 게 있고 아예 쫓아내고 새로 들여야 되는 게 있다. 지금이 인륜과 천륜이 끊어진 가혹한 세상이니 가신의 연도 끊어야 되지 않겠느냐? 옛것을 보내야 새것이 온다. 성인제석을 모시려면 그리해야 한다. 그래야 미륵의 세상이 온다.

—여환님이 미륵과 접신한 게 맞수?

—시동아, 접신만 한 것이 아니다. 미륵이 그를 통해 강림하신

다. 여환님이 세 덩어리의 누룩을 하사받은 걸 잊었느냐?

　─보았수. 없던 것이 생겼다지우? 보고도 믿기 힘들었수.

　누룩 세 덩어리, 여환이 받은 천불산 신령의 첫 번째 계시였다. 누룩의 국麴과 나라 국國 자는 한자의 음이 같았다. 하여 누룩은 곧 나라였다. 누룩 세 덩어리를 주셨다 함은 삼국을 내리신다는 의미였다. 누룩을 받았다는 여환의 말을 들었을 때, 황회의 목소리가 어쩔 수 없이 무거워졌다. 그리고 이성계의 이야기를 여환에게 들려주었다. 이성계가 젊은 시절 칠성을 모신 일이 있었다 하오, 지나가던 사람이 나무 속에서 잠을 자다가 강림하신 칠성님의 대화를 듣게 되었다지요, 칠성님은 이성계의 재물이 더럽다며 먹지 않았고 그 말을 들은 이성계가 여러 날 재계한 후 다시 칠성을 모셨소, 나무 속에서 칠성님의 말을 엿들은 사람이 다시 이성계에게 알려주었소, 칠성님이 정성에 기뻐하며 삼한의 땅을 상으로 주기로 하셨다고 말이오, 이성계는 삼한의 땅을 하사받아 조선을 세웠소, 삼한은 바로 조선이었던 게지요, 황회는 잠시 말을 멈추고 여환을 바라보았다. 황회의 눈에 서린 것은 조심스러운 환희였다. 여환은 그의 환희를 이해했고 그의 조심스러움을 애틋해했다. 여환님에게도 삼국을 내리시니 조선을 주신 것이 아니고 무엇이오? 칠성님이 새로운 세상을 열라 하시오, 여환님을 빌려 새 나라를 예언하고 계시오, 그토록 고대하던 일이오, 마땅한 일이오. 여환이 답했다. 칠성님에게 정성을 들인 대가치고 조선은 너무 큰 것이 아니오? 허나 세상을 움직이는 보이지 않는 힘의 의중을 사람의 옅은 마음으로 좌단함이 또 불가한 것 아니오.

김시동이 다시 논두렁에서 미끄러졌다. 흙을 털고 일어나 또 물었다.

—미륵이 오는 게 맞수? 양반이 상놈 되고 상놈이 양반 되는 게 맞수?

—그리될 것이다.

—그리되면 좋겠수. 떵떵거리고 한번 살아보게.

황회는 김시동의 뒷모습을 바라보았다. 서른한 살의 옹골차고 단단한 몸에 병을 앓은 흔적은 없었다. 아버지 김돌손은 아병으로 일하다 은퇴했고, 김시동과 형 시금 또한 아병으로 일할 정도로 기골이 남다른 집안이었다. 핏줄이 그러한 대로 다부지고 단단한 김시동이었지만 어릴 적부터 앓아온 병이 있었다. 느닷없이 머리가 터질 듯 아파오면서 징징 소리가 났다. 도끼로 골을 내리치는 소리 같기도 하고 머리통을 북 삼아 두드려대는 소리 같기도 했다. 이러다 머리가 부스러지겠다 싶을 때는 나 죽네 악을 쓰며 쓰러지기도 했다. 한두 번이 아니었다. 연유를 알 수 없었다. 아비는 옹색한 살림살이였지만 용하다는 약초를 모조리 구해 먹였다. 침을 놔보고 뜸을 떠보고 약수까지 길어다 먹여보았지만 차도가 없었다. 황천길을 건너다 도로 이승으로 되돌아왔다는 날, 김돌손은 황회를 찾아왔다. 황회와 처가 그의 집에 찾아가 가신을 쫓아내고 성인제석을 모신 뒤 김시동의 증상이 사라졌다. 귀신이 곡할 노릇이라더니, 귀신이 김시동의 꿈에 나타나 곡을 했다.

―양반 되면 끼니 걱정은 안 할 게 아니우? 역이다 뭐다 차출은
안 당할 거 아니우? 평생 밭 한 뙈기 논 한 뙈기 갖는 게 이리 어렵
수? 소처럼 일해도 소만큼 먹지도 못하우. 울 아비 평생 허리 굽도
록 일해도 논 한 뙈기 없이 가난하우. 그나마 아병이라도 해먹으
니 밥은 굶지 않수만, 농사지어 제 입에 풀칠도 못하는 이가 한둘
이우? 곡식을 키우는 이 따로 있고 거두어 가는 이 따로 있다는 게
말이 되우? 그게 희한하다는 거우, 기이하다는 거우.

―그래서 미륵님이 오시질 않느냐?

―미륵이 오는 게 맞수? 상놈이 양반 되는 게 맞수?

―시동아, 그리될 것이다, 아무렴, 그리되어야 하지 않겠느냐?

신령의 영험함을 제 몸으로 겪은 김시동은 황회가 모시는 성인
제석의 복덕을 믿었고 미륵의 강림을 믿었다. 미륵의 세상이 오면
귀천이 뒤바뀌어 구차한 김시동이 희귀한 김시동이 될 것이라 믿
었다. 믿고 믿었지만 묻고 물었다. 미륵이 오는 게 맞수, 상놈이 양
반 되는 게 맞수, 물었다. 그리될 것이다, 황회의 대답을 듣고 또
들으면서 김시동은 한양으로 가는 길 위에 서 있었다.

*

칼과 영은 하나요, 최영 장군이 그리 말씀하셨소.

길을 걷는 내내 원향의 마음에서 정호명의 말이 끈적였다. 신령
을 빌려 인간의 사심을 논하다니 있을 수 없는 일이었다. 살아서

는 나라에 대한 신실함을, 죽어서는 빈천한 백성에 대한 신실함을 도모하는 최영 장군의 영이 그리 일렀을 리가 없었다. 칼과 영이 하나일 수가 없었다. 사심에 가득 찬 인간이 신령의 말을 그릇되이 듣고 그릇되이 전하고 있는 것이 분명했다. 신을 받잡는 사람으로서 반드시 피해야 할 것임을, 정호명 그는 모르던가.

정호명은 미륵의 세상이 왔을 때 그가 가질 수 있는 것에 마음을 두고 있음이 틀림없었다. 새 세상에서 여환이 장수가 되고 황회가 그다음의 우두머리가 된다, 무리들에게는 자연스러운 질서였다. 미륵의 계시를 받은 이는 여환이었고, 이를 세간에 물화시키는 이가 황회였다. 정호명은 자신이 황회의 뒤를 이어야 한다고 생각하고 있을 것이었다. 평생 소원이 잡졸들을 어엿한 군병들로 만드는 훈련대장이라 하지 않았던가. 사내란 칼을 쓸 줄 알아야 하며, 그것도 제대로 쓸 줄 알아야 한다고 떠들어대지 않았던가. 신령이 하는 일을 칼이 도울 수 있다니, 칼과 영이 하나라니, 있을 수 없는 일이었다.

고깃국은 부차적이었다. 허나 칼에 대한 욕망의 끄트머리를 드러낸다는 점에서 금해져야 했다. 칼을 쓰고자 하는 욕망이 고깃국을 탐하고 있었다. 육질을 갈망하는 그들의 혀가 칼을 쓰는 몸짓을 불러올 것이었다. 그들의 칼은 겁박과 위협을 위해 휘둘러질진대, 칼을 들어 누구를 벨 것인가, 누구를 베지 않을 것인가, 칼을 들어 누구를 겁박하고 누구를 지킬 것인가.

원향도 알고 있었다. 가혹한 세상이 비루한 삶을 살게 했다. 세상을 움직이는 힘 있는 자들이 백성들의 한 줌 가진 것을 빼앗아 나락으로 떨어뜨리고 있었다. 그리하여 검계, 칼을 들어 세상을 바로잡겠다는 자들이 모이고 있었다. 살주계, 상전을 죽이려는 자들도 비밀리에 결사하고 있었다. 양반을 죽이라, 재물을 탈취하라, 양반의 부녀자를 겁탈하라……. 검계가 떳떳하게 밝힌 그들의 취할 바가 이러했다. 난리가 나면 양반의 부녀자를 처로 삼을 수 있다 했다. 그해 경기도 광주에서 일이 났다. 한 과부가 일곱 명의 무뢰한들에게 겁간을 당했다. 그들 모두가 검계에 속한 이들이었다. 그들 중 한 명은 과부의 서얼 사촌이었다. 원향의 정수리가 이글거리기 시작했다.

가혹한 세상에서 한 줌 가진 것을 빼앗긴 원한을 칼에 실었을 때, 그 칼은 결국 누구를 향하던가. 창포검을 휘두르며 천한 것들이 귀해지는 세상을 만들겠다는 그들의 칼은 결국 누구를 베었던가. 인간 세계에서 칼을 드는 자는 순수할 수 없었고 순수한 자는 칼을 가까이해서는 아니 되었다. 반대로 영의 세계에서 칼은 한 점의 불경함도 없는 자만이 들 수 있는 신령의 도구였다. 영의 세계에서 칼을 드는 자는 순수해야 했고 순결한 자만이 칼과 가까이할 수 있었다. 하여 가혹한 세상을 끝장내고 미륵의 세계를 여는 그 시작은 영의 칼이어야 했다. 인간의 칼이어서는 아니 되었다. 영의 칼, 그것은 바로 원향 자신이었다. 그 누구일 수 없었다. 그것이 그분의 뜻이었다. 허나 무리는 모르고 있었다. 원향의 정수리가 세차게 이글거리기 시작했다. 뜨겁고도 시린 익숙한 느낌에 마음이 선득해졌다.

정수리는 불타오르곤 했다. 구월산 계곡에서 만신의 무구를 발견한 그날부터였다. 내림굿을 받기 전날 밤 꿈에 쪽 찐 여인을 보았다. 여인이 말했다. 구월산 골짜기, 늙은 상수리나무가 있다……. 내림굿이 절정으로 치닫고, 원향의 몸에 처음으로 신령이 내려앉은 그날, 원향은 구월산 계곡으로 들어갔다. 단군이 승천하여 신이 되었다는 산이었다. 수천 년 산을 지켜온 절벽마다 괴이한 바위들이 벌건 눈을 부라리고 있었다. 신어머니가 말했다. 원향아, 너의 천지수天地樹를 찾아라. 하늘과 땅을 이어주는 무녀로 원향을 우뚝 서게 할 나무, 그 나무를 베어 북통을 만들 참이었다. 북은 신을 청하는 소리를 낼 것이니 신의 마음으로 마련하는 것이 당연했다. 원향의 몸에 거하는 주신이 이끄는 대로 나아갈 때, 이제 막 무녀로 태어난 원향의 소리를 찾을 수 있을 것이었다. 크고 강한 내 딸아, 신령을 믿으라. 신어머니는 원향의 눈을 무명천으로 가리고 손에 도끼를 쥐여주고서 말했다. 낮고 단단한 목소리였다. 눈을 가리자 원향의 마음속에 웅크리고 있던 어둠이 밀려왔다. 별이 떨어지고 난 뒤의 밤하늘처럼 원향을 향해 아가리를 벌리고 있었다. 아가리 속은 더 깊은 어둠이었다. 어둠이 어둠을 낳고 어둠이 어둠을 먹어치우는 소리 없이 뜨거운 세계가 원향을 집어삼킬 것 같았다. 원향은 중얼거렸다. 모십니다, 모십니다, 신령님만 믿사옵니다, 신령님만 따르옵니다.

어둠이 물러가고 마음이 열렸다. 원향의 마음에 길이 났다. 바위들이 원향에게 눈을 부라리는 그 길을 따라 원향은 앞으로 나아갔다. 구불구불 이어지던 길이 저만치에서 끝나 있었다. 원향은 길 끝에 서서 아래를 바라보았다. 상수리나무가 보였다. 깎아지른 절벽 틈 사이에 뿌리를 내리고 절벽 위로 몸을 틀어 솟구치는 것이 용트림처럼 보였다. 원향은 절벽 밑으로 내려섰다. 천 길 낭떠러지 위에서 원향의 몸은 살쾡이처럼 가벼웠다. 나무에 가까이 다가가 손으로 몸통을 쓰다듬으니 나무가 둥둥 울었다. 나무 밑동부터 둥둥거렸다. 수천 잔뿌리 하나하나가 원향을 향해 북소리를 냈다. 나무의 울림에 맞춰 산 전체가 둥둥거렸다. 원향은 살쾡이처럼 가뿐히 나무에 올랐다. 나무 몸통에 서자 발이 움직였고 어깨가 들썩였다. 신바람이 들어 춤을 추었다. 나무는 둥둥거리며 원향의 춤을 반겼다. 나무의 영이 원향의 몸에 실려 북이 되었다. 북은 원향의 천지였다. 북이 울리면, 원향은 세상 어디든 갈 수 있었다. 북소리는 원향이 육신의 문지방을 넘어 신령의 세계로 날아가게 했다. 북이 울면 원향은 그 어떤 존재도 불러들이고 붙들어놓을 수 있었다.

하늘을 향해 뻗은 손이 오그라들 즈음, 원향은 나무를 내려다보았다. 푸른빛이 옅게 서린 김이 모락모락 피어나고 있었다. 원향은 나무에서 내려와 밑동을 파보았다. 딱딱한 것이 걸렸다. 궤짝이었다. 뚜껑을 열어보았다. 삼베로 덮어놓은 궤짝 속에는 장구와 징, 삼지창, 대신칼과 명도가 들어 있었다. 무구였다. 무당이 굿판을 벌일 때 쓰던 도구들이었다. 원향은 갑자기 몸이 저릿저릿해지고 머리가 쭈뼛 서는 것 같았다. 저 숲 어딘가에서, 계곡 어디쯤인가에서, 누군가가 자신을 주시하고 있었다. 수천 바위들의 매운 눈빛을 제압하는 단 하나의 눈빛이 원향에게 닿았다. 자신을 바라보는 그 눈동자의 흔들림조차 감각되었다. 원향의 눈으로 입술로 가슴으로 손으로, 그 눈빛은 거침없이 흐르고 있었다. 허나 무섭지는 않았다. 원향은 허리를 굽혀 무구들을 살펴보았다. 장구의 가죽은 길이 잘 들어 번질번질하게 윤이 나 있었고 삼지창과 대신 칼은 보통의 것보다 크고 무거웠다. 방금 전까지 굿판이라도 벌인 듯 무구들은 달아올라 있었다.

누구의 것인지 알 수 없었다. 만신이 죽고 나면 그가 쓰던 무구는 땅에 묻는 것이 보통의 일이었다. 그러다 만신의 혼이 무구를 물려주고픈 무녀를 발견하면, 그곳을 알려주기도 했다. 갓 내림굿을 받은 무녀가 먼저 간 만신의 무구를 찾아내는 것은 신을 잘 받잡은 증표이기도 했다. 원향은 달아오른 무구를 만져보았다. 쭈뼛하는 감각이 사라졌다. 마치 제 것인 양 무구들이 어여뻐졌다. 어느새 원향을 바라보던 눈동자도 사라졌다. 원향은 어디랄 것 없이 절을 했다. 어느 만신의 혼령이 자신을 점지했는지 감사할 따름이었다. 헌데 의아했다. 무녀에게 가장 중요한 성수방울이 보이지 않았다. 궤짝을 다 뒤져도 성수방울은 나오지 않았다. 원향은 궤짝을 지고 구월산 계곡을 나왔다. 신어머니가 궤짝을 열고 대신칼을 만졌다.

—하랑 만신의 것이로다, 이 칼을 들고 나비처럼 춤출 수 있는 이는 하랑님밖에 없었다고들 했다. 하랑님이 네게 오신 모양이다.

신어머니는 기쁜지 슬픈지 알 수 없는 얼굴로 원향을 바라보았다.

—어떤 분이셨습니까?

—큰 만신이었다, 강한 용부림꾼이었다.

—용녀였습니까?

—으뜸이었다.

—어찌 돌아가셨습니까?

—만신답게 죽었다, 용녀답게 죽었다. 조선의 모든 무녀들이 제 당집에서 숨죽이며 넋건지기 굿을 했다. 더러는 나라님을 원망하고 더러는 신령님에게 하소연했다. 허나 모두 숨죽였다.

—성수방울이 보이지 않습니다.

신어머니는 눈을 감았다. 원향은 신어머니가 울고 있다고 생각했다.

—끝내 찾을 수 없었다…….

그날 이후 하랑의 무구는 원향의 굿판을 달구었다. 원향은 타고난 무녀였다. 검푸른 칼날 위에서, 때로는 꽃에 앉아 날개를 접는 나비처럼, 때로는 거친 숨소리를 내며 질주하는 늑대처럼, 원향은 춤을 추었다. 원향의 청배맞이는 나약한 인간이 가질 수 있는 겸손함의 표징이었고, 원향의 제석본풀이는 신령이 인간에게 줄 수 있는 위엄한 복덕의 징표였다. 원향은 원인 모를 열병에서 고이 죽지 못한 조상신의 회한을 읽어냈다. 멀쩡한 이가 죽어나가는 집의 오래 묵은 원한을 풀어주었다. 죽은 자가 원향의 입을 빌려 살아생전 못다 한 이야기를 전했고, 산 자의 고통이 원향의 몸을 빌려 솟구치고는 사그라들었다. 황해도 너머 평안도와 함흥에서까지 사람들이 찾아들었다. 연유를 모르겠는 질병을 앓는 이들, 불행한 일을 겹으로 당하는 이들, 사람이 아닌 것들에 괴롭힘을 당한 이들이 원향을 찾아왔다. 그들에게 원향은 살 길과 죽을 길을 보여주었다. 신과 사람의 세계가 원향에게서 하나가 되었고 신령과 사람의 고통과 슬픔이 원향과 감응하면서 희망을 낳았다. 그러다가 불현듯 원향의 정수리는 숯덩이를 얹어놓은 것처럼 이글거리곤 했다. 머리가 쪼개질 것처럼 아파올 즈음 열기가 얼굴을 타고 내려와 가슴으로 흘렀다. 가슴에서 불이 났다. 그럴 때 원향은 기가 막히고 서럽고 억울하고 분했다. 악을 쓰고 싶었고 작두를 타고 싶었고 춤을 추고 싶었고 목 놓아 울고 싶었다. 허나 원향은 그렇게 하지 않았다. 그저 불길이 모든 마음을 태우고는 서서히 가라앉기를 기다렸다. 아직은 때가 이르지 않았다. 세상을 향해 그 불길을 뿜어내기에는 일렀다. 하여 그날을 기다리고 있었다.

그렇게 기다려온 세월이었다. 숱한 신령을 맞이하고 보내면서 준비해온 세월이었다. 일월도신장과 천문신장과 백마장군과 최영 장군과 삼불제석과 칠성과 미륵을 맞이하고 보냈다. 거지 귀신과 한풀이 원혼과 역질로 당한 혼과 보살의 혼과 할머니의 영혼을 맞이하고 보냈다. 신령이 인간에게 스칠 수는 있었다. 한번 인간의 몸에 왔다 갈 수는 있었다. 허나 신령이 인간에게 기꺼운 마음으로 복덕을 내리도록 하기 위해서는 끝없는 정진과 한없는 정성이 필요했다. 신령이 왔다가 간 자리는 예전과 달랐다. 보통의 것과는 다른 그 흔적을 지켜내기 위해 무던히도 애써야 하는 것이었다. 찌꺼기처럼 남은 인간의 욕정과 욕심을 모두 비우고 비워내야 했다. 그래야 비로소 신령이 내려앉으실 것이었다. 사람 잡는 선무당이 아니라 사람 살리는 만신이 되기 위해 단 하루도 허투루 보낼 수 없었다. 세상의 그림자를 안고 죽어야 했던 무녀의 큰마음을 잊지 않기 위해, 무녀의 죽음을 기억하지 않는 세상에 익숙해지지 않기 위해, 원향은 그렇게 무無의 시간을 살았다. 그 시간들이 원향을 이끌어 한양으로 나아가게 했다. 허나 무리는 그것을 모르고 있었다. 거사를 도모한다는 이들이 그저 살아왔던 대로 살고자 했다. 원향은 저어했다. 일이 그르쳐지면 아니 되었다. 하여 원향은 그들의 의지대로 일이 흘러가도록 놔두지 않을 터였다.

하랑은 말했다

태초에 이 세상을 다스리신 건 미륵님이었다.

그래, 원향아, 미륵, 그 미륵님 말이다. 한세상 별 볼일 없이 살아가는 빈천한 것들에게 복을 주시는 그 미륵님, 후세에 강림하실 미래 부처로 알고 있는 그 미륵님, 그분이 실은 세상을 있게 하셨다. 미륵님의 세상은 어떤 모습이었을 것 같으냐? 혹 헤아려본 적이 있느냐? 미륵님은 하늘과 땅이 생길 적에 태어나셨다. 그때는 하늘과 땅이 서로 붙어 떨어지지 아니하였다. 천지가 붙어 있으니 사방은 시커멓고 미륵님도 옴짝달싹 못 하게 답답했을 터이지. 그래, 미륵님이 하늘과 땅 사이에서 기지개를 크게 켜고는 둘을 떼놓았단다. 그 모습을 그려보기만 해도 가슴이 뻥 뚫리는 것같이 후련해지는구나.

미륵님은 천지를 떼어놓고 나서 한숨 돌리셨을 게다. 그러고선

하늘과 땅을 어찌 해놓을까 골똘히 생각하셨을 게다. 어디 보자, 하늘은 가마솥 뚜껑처럼 둥글게, 땅은 네 귀퉁이에 구리 기둥을 세우면 어떨까. 하늘은 모든 것을 감싸 안으니 둥글고, 땅은 만물이 제 살 길을 찾아 가야 하니 너르고 네모반듯해야 했지. 썩 괜찮다 여기셔서 그리하셨다. 헌데 하늘을 보니 이게 웬일이냐? 해가 둘이요 달도 둘이지 않겠느냐? 헤아려보거라, 해는 이글이글 타오르는 양의 기운, 해가 둘이면 햇볕이 과해 뜨겁고 메마르고 딱딱해질 터, 무엇이든 살 수가 없겠지. 달은 침잠하는 음의 기운, 달이 둘이면 한기가 과해 차갑고 얼어버린 세상이 될 터, 그 또한 무엇이든 살 수 없을 테지. 이왕 세상을 열었으니 해와 달을 마땅히 해야 하지, 음과 양이 과하지 않고 조화를 이루어야 하지, 그래야 무엇이든 살 만한 곳이 되지 않겠는가 생각하셨을 것이다.

미륵님은 끝없이 광활한 하늘에 해와 달만 있는 것이 어쩐지 허허로워 보였다. 해 달보다 작고 앙증스러우면서도 그 신이함은 부족함이 없는 어떤 것을 그리셨지. 해서, 달 하나를 떼어서 북두칠성하고 남두육성으로 마련했다. 해 하나를 떼어서는 큰 별을 마련해 임금과 대신 별로 삼으셨고 잔별을 마련해 백성의 직성별로 삼으셨지. 직성별은 인간의 운명을 맡아보시질 않느냐? 일월성신日月星辰이 태초의 해와 달에서 연유하여 그리 있게 된 것이니 인간의 명과 복을 관장할 만하다.

미륵님이 세상을 연 후에 무얼 하셨느냐, 옷을 지으셨다, 베를 짜셨다. 하, 유별나지 않느냐? 기이하지 않느냐? 수십 자 되는 키를 하고선 한 말 밥에 한 말 국을 먹는 거인신 미륵님이 옷을 지으셨단 말이다. 옷감이 있었겠느냐, 당연히 찾을 수가 없었다. 그래, 무엇으로 옷을 지으면 좋을꼬 하고 이것저것 살펴보시다가 자줏빛 꽃을 발견하셨다. 꽃이 하도 탐스럽고 풍성해 꺾으려 했지만 그럴 수가 없었다. 이런, 꽃이 달린 줄기가 너무 질겨 꺾어지지가 않았던 게야. 칡이었다. 해갈에 좋은 칡 말이다. 제 집 안방인 듯이 산 저 산 넘어가며 뻗어가고 겨우내 얼어 죽지도 않으니 옷감으로 맞춤이지 않겠느냐? 하여 칡을 파내고 베어내고 삶아내고 익혀내어 실을 만들었다.

옷감을 어떻게 만드느냐? 마땅히 베틀이 있어야 하지. 미륵님은 하늘 아래 베틀을 놓고 구름 속에 잉아를 걸고 옷감을 짓기 시작했다. 원향아, 혹 베틀 앞에 앉아본 적이 있느냐? 씨줄과 날줄을 맞닿아 엇갈리게 하는 그 일, 수백 번 수천 번 손을 움직이고 발을 돌려 몸 하나 가릴 감을 지어내는 그 수고로운 일 말이다. 그 일을 해본 이와 해보지 않은 이는 분명 다른 심성을 갖게 된다, 나는 그리 여긴다. 세상을 연 거대신이 그런 수고를 몸소 했다는 게 믿어지지 않겠구나. 들고 꽝꽝, 놓고 꽝꽝, 옷감을 짜내어서 장삼長衫을 마련하는 미륵님이 어쩌면 우리네 여인네들과 닮지 않았느냐?

미륵님이 장삼을 만들어놓고 보니, 이런, 옷감이 겨우 가슴께만 가릴 정도로 턱없었다. 그도 그러할 것이 미륵님은 하늘과 땅을 기지개 한 번으로 벌려놓을 거대한 몸체가 아니더냐? 그래, 다시 베틀을 놓고 옷감을 세 번씩이나 마저 짜 겨우 몸체를 가릴 옷을 만드셨다. 세상 모든 걸 굽어살피시는 미륵님이 당신 몸체를 세 번이나 살펴 옷을 지었다는 것이 시시하게 느껴질 수도 있을 터. 허나 거대신이 사람 하는 모양새를 보이시니 가까이 모시고픈 맛이 더하는구나. 우리도 옷 지을 때 그러하지. 감을 이리 대고 저리 대고, 작을까 클까 마름하다 다시 대어보고, 옷 입은 이의 몸을 그리고 마음을 그리면서 숱하게 마름을 하지. 옷 하나 짓는 데 드는 그 수고로움을 어찌 다 말할 수 있겠느냐?

세상을 연 그 거대한 미륵님도 우리네와 똑같이 옷을 지으셨다. 그 수고로움을 감내하셨단 말이다. 내가 신인데 이깟 게 대수냐, 하고 옷 짓는 일을 업신여기지 않았단 말이다. 더 살피고 살펴 맞춤하려고 애를 썼다는 말이다. 고단하다, 생각지 않으시고 그 수고로움을 기껍게 받아들이셨단 말이지. 옷 짓는 신, 베를 짜는 신, 우리가 받잡는 미륵은 그런 분인 것이다. 그런 분이 열어젖힌 것이 이 세상이니 얼마나 촘촘하고 알뜰한 것이겠느냐?

어떠하냐, 원향아. 미륵님을 모시는 우리도 그러해야 하지 않겠느냐? 신령을 받드는 만신이라면, 아프고 화를 입고 재앙을 당한 이들의 하소연과 울분과 두려움과 저어함을 품되, 그 수고로움을 기껍게 생각해야 하느니라. 그래, 사람들은 모른 척한다. 아픈 사람이 건강해지고 화를 입은 사람이 평안해지고 재앙을 당한 사람이 멀쩡해지면, 그들은 우리를 모른 척한다. 우리에게 의탁했던 순간들을 모른 척하고 우리들이 존재하고 있다는 것도 외면한다. 그러함에도 그들이 다시 우리를 찾을 때, 우리는 늘 거기 있던 것처럼 또 그들을 품어야 한다. 그것이 만신의 운명이다. 우리는 사람들의 불행과 함께하는 이들이다, 어둠과 함께하는 이들이다. 빛의 시간에는 사라졌다가 어둠의 시간에만 존재하는 이들이다. 그런 만신의 운명을, 기껍게 받아들일 수 있겠느냐, 원향아?

크고 강한 내 딸 원향아. 너는 아홉 살 달맞이하던 그날부터 별줄기를 받았다. 북두 일곱별과 남두 여섯별, 북극성과 하늘기둥별자리의 별들을 우수수 받았다. 그건 숫된 신내림보다 중요한 뜻이 있다, 나는 그리 여긴다. 만신의 뿌리가 되고 근본이 되는 것이 신줄기이다. 무당이 받잡은 신의 내력이자 신이한 힘의 원천이 신줄기인 게지. 너는 장군줄이나 신장줄, 대신줄보다 크고 강한 신줄기를 받은 것이다. 네가 받아 안은 별줄기가 그리 말하고 있다. 태초에 일월을 갖추고 성신을 갖춘 미륵님의 뜻이 너의 신줄기를 이루고 있음을 알겠느냐? 세상을 열고 지금 모습으로 세상을 있게 하신 미륵님의 지대한 뜻이 너를 통해 펼쳐지려 함을 알겠느냐? 그 뜻이 무엇인지는 나도 알 수 없다. 원향이 네가 찾아야 할 소명인 것을.

보름달

무진년 7월 13일 저녁 5시

날은 저물어가고 있었다. 비는 더욱 거세게 내렸다. 오고가는 이들로 붐볐을 양주목의 저잣거리는 진즉 장을 파했는지 한산했다. 큰길 끝으로 양주목 동헌이 있었고 그 옆으로 객사가 자리했다. 줄잡아도 수십 칸 되는 큰 객주였다. 유람을 떠나는 양반들의 무리가 들었는지, 비를 피하는 객들이 많아서인지, 윤기 흐르는 말들이 여럿 매어져 있었다.

황회는 일행을 데리고 북적거리는 객사 안으로 들어섰다. 땀 냄새가 습한 기운과 섞여 숨을 쉴 때마다 배 속으로 들이찼다. 국밥 냄새가 나자 축축한 몸이 그제야 늘어졌다. 장대비를 피할 새도 피할 마음도 없이 걸었던 황회와 무리인지라 몸에서 빗방울이 뚝뚝 떨어졌다. 모두들 허기진 얼굴이었다. 황회는 사람들 사이로 객주를 찾았으나 없었다. 목화를 사고팔기 위해 경기도와 황해도 일대를 왕래하는 황회였다. 가는 곳마다 인연이 생겼다. 이 객주와는 우연히 모친의 묏자리를 봐주는 인연으로 알게 되었다. 살아 있는 이들이 고단하니 죽은 이를 빌려 복덕을 바라는 음택이 백성들에게까지 성행했다. 지기를 팔아 민심을 혹하는 이들도 늘어가기 마련이었다. 이 객주도 그런 이에게 혹해 있었다. 어깨너머로 들어보니 양주 천마산의 언저리를 점지하려는 모양이었다. 황회도 한번 살펴본 적이 있는 그곳은, 수십 년 나무들에 낀 이끼며 뿌리의 잔가지들을 보건대 필시 충해를 입을 자리였다. 그곳에 묘를 쓴다는 이를 그냥 지나칠 수 없었다. 산을 좀 본다는 지관으로서 못할 짓이었다.

―황 지사 아니시오. 어인 일이시오?

부엌에서 나오던 객주가 황회를 알아보았다. 황회는 객주의 손을 맞잡으며 말했다.

―나날이 번창하니 기쁘오.

―모두 황 지사 덕 아니겠소? 거래가 있으시오?

―아니오. 그저 하룻밤 묵어 가려 하오. 방이 세 개여야겠소.

―무리가 오셨구려.

황회는 일행을 데리고 객주가 안내하는 방에 들었다. 원향에게 방 한 칸을 내어주고 여환과 황회가 또 한 칸을 썼으며, 나머지 열 명의 사내가 함께 방에 들었다. 몸의 물기를 대충 말리고 저녁밥을 먹고 나자 오른쪽 다리가 저리기 시작했다. 으슬으슬 한기까지 느껴졌다. 내일도 하루 종일 걸어야 하는지라 황회는 일찍 잠자리에 들 작정이었다.

객이 오셨소. 김시동의 목소리에 황회는 일어섰다. 김시동 뒤로 사내 대여섯 명이 황회의 방 앞에 서 있었다. 패랭이 위로 빗물이 뚝뚝 떨어졌다. 서른에서 마흔 넘은 이들이 고루 있었다. 정원태의 주선이라 했다. 여환과 원향의 소문을 들은 이들이 성인의 말씀을 듣고자 찾아왔다 했다. 정원태가 불만을 품을 만하다고 황회는 생각했다. 이런 회합을 위해 사람들과 교섭하는 것이, 먹고 마시고 노는 계를 꾸리는 것처럼 가볍게 할 수 있는 일이 아니었다. 풍기를 어지럽히는 문란한 일이었고 음사였다. 때에 따라서 곤란한 일을 겪을 수도 있었고 재수 없으면 목숨을 내놓아야 할지 몰랐다.

사내들은 흙으로 범벅이 된 바짓가랑이를 방으로 들이길 주저했다. 황회는 그들의 남루한 차림을 애틋하게 여기며 팔을 끌었다. 옆방에 있던 정호명과 정만일도 함께 들었다. 작은 방은 금세 사내들의 비릿한 훈김으로 가득 찼다. 이들은 수줍지만 단단한 눈으로 스물다섯 살의 여환을 바라보았다. 여환은 그들이 자리에 앉아 숨을 고르자 입을 열었다. 말세의 시대란 엇갈림의 시대이지요. 옛것이 가고 새것이 오는 겹침의 시대, 영측의 시간인 게지요. 영측, 모든 것이 차고 기운다, 그렇다면 무엇이 기울고 무엇이 찰 것인가, 새로 오는 것은 무엇이고 가는 것은 무엇인가, 그리 물으시겠지요. 여환은 이들에게 칠성님에게서 받은 누룩과 선인이 바위에 새겨놓은 영측이라는 글자, 사주지군과의 만남을 이야기했다. 여환의 입에서 흘러나오는 말들이, 희고 반듯한 이마와 곧고 바른 콧대 위로 파리우리하게 퍼져나갔다. 낮고 맑은 목소리에서는 복숭아꽃 향기가 났다. 다음은 미륵이 강림하실 차례인가, 황회는 생각했다.

제게 답을 주시더이다. 천불산의 동굴에서 기도를 드린 지 천일째 되는 날이었습니다. 갑자기 천상에서나 들을 법한 음악이 울리지 않겠습니까? 제가 놀라 일어서니 비가 내리고 제가 다시 앉으니 비가 그쳤습니다. 그러기를 서너 번 할 제, 북쪽에서 상서로운 기운이 제 몸으로 흘러들어오는 것을 느꼈습니다. 그 사이로 징징 징 소리가 울리더이다. 마치 세상이 맨 처음 열릴 때처럼 천지가 진동하더이다. 자리에서 일어나 바라보니 큰 징을 쥐고 울리는 이가 있었습니다. 어른 손바닥만큼 큰 눈을 부라리고 금으로 수놓은 옷을 입고 있었지요. 저는 단박에 알았습니다. 미륵님이었습니다. 미륵이 오신 것이었습니다. 미륵은 순식간에 제게로 다가오시더니 이르셨습니다. 오늘날 중들은 부처를 공경하지 않고 세속에서 부처를 공경한다. 네가 그것을 아는가? 이런 때에는 용이 자식을 낳아 나라를 다스릴 것이다. 바람과 비가 고르지 못하고 오곡은 여물지 않아 많은 사람이 굶어 죽을 것이다…….

이를 어쩐다, 객들이 탄식했다. 그렇지 않아도 굶은 이가 수백이요 굶어 죽은 이가 천지였다. 이미 바람과 비가 고르지 않아 한여름에 서리가 내렸다. 비가 와야 할 때 오지 않아 논바닥이 갈라지고 있었다. 나라님이 부덕하여 백성이 죽어나간다는 흉문이 돈 지도 꽤 오래되었다. 사직에 제사를 지낸다, 기우제를 지낸다, 법석을 피워도 갈라진 논바닥에서 벼는 노랗게 타들어갔다. 헌데 그보다 더한 재앙이 들이닥친다니, 객들은 무릎을 들썩거리고 손바닥을 쥐락펴락했다. 기울어가는 세상은 정녕 재난을 피할 수 없단 말인가 한숨이 새어 나왔다.

황회는 맑은 눈으로 객 한 사람 한 사람과 눈을 마주치는 여환을 바라보았다. 분홍빛 볼에서 생기가 돌았고 반듯한 이마에서 빛이 났다. 손바닥에 누룩 세 덩어리가 점찍어져 있는 사람, 벌집 가운데 우뚝 설 단 한 사람, 백성들의 저어함을 가라앉혀줄 성인이었다. 여환을 만난 것은 조상의 음덕임이 분명하다고 황회는 생각했다. 목화 거래를 하러 황해도에 갔다가 전성달을 만났다. 큰비 때문에 강을 건너지 못하고 며칠을 묵게 되었다. 전성달은 천불산에서 미륵성인이 때를 기다리며 공부한다는 소문을 들려주며 함께 만나러 가자 청했다. 하수상한 시절이라 미려한 말로 백성을 혹하는 이들이 차고 넘치던 때였다. 만약 사술을 부리는 자라면 단단히 혼을 내줄 심사로 미륵성인이 거한다는 동굴을 찾아 헤맸다. 그리고 여환을 만났다. 동굴 속에서 입구를 향해 가부좌를 튼 채 앉아 있었다. 황회와 여환의 눈이 마주칠 때 산새들도 울음을 그치고 산들바람도 나뭇잎 위에 다소곳이 머물렀다. 여환의 지순한 마음이 황회에게 전해졌고 황회의 의심이 여환에게 닿아 눈 녹듯 사라졌다. 이심전심의 기이한 열락을 황회는 사람에게서 처음 느꼈다. 누가 먼저랄 것 없이 두 사람은 함께 가야 할 하나의 길을 깨달았다.

여환이 다시 입을 열었다. 석가의 시대가 가고 미륵의 시대가 오는 것입니다. 허나 새 세상은 그저 오는 게 아니지요. 지금의 비참한 세상을 쓸어버릴 대재앙이 먼저 옵니다. 그걸 알고 준비하는 자만이 대재앙에서 살아남겠지요. 용이 자식을 낳아 나라를 다스린다 함은…….

황회는 조용히 일어나 방을 나왔다. 으슬으슬 추운 것이 몸을 데워야 할 것 같았다. 내일도 하루 꼬박 걸어야 할 길이 기다리고 있었다. 늦은 밤이라 객사 안은 한적했다. 다른 객들과 술 한잔 걸치고 있던 객주가 황회를 보더니 비어 있는 구석 자리로 데리고 가 앉혔다.

—술 한잔 하시려오?

—아니오. 따뜻한 물 한잔이면 되겠소. 비를 맞았더니 몸이 냉하구려.

객주는 일하는 아이더러 수정과를 따뜻하게 데워서 한잔 가져오라 일렀다.

—방 안에 저이는 뉘시오? 따르는 이들이 많은 듯하더이다.

—범상한 분은 아니오.

—황 지사는 저들과 어디를 가시는 중이오? 한양이오?

황회는 질문에 대답하지 않고 잠시 객주의 얼굴을 바라보았다. 취기가 오른 얼굴은 아니었다. 황회가 대답하지 않자 객주가 말을

이었다.

　―아까 불어난 한탄강을 어렵게 건너 왔다는 이가 있었소. 삭녕
과 장포에서 사람들이 무리 지어 한양으로 떠나 마을이 텅텅 비었
다 하오. 그이 말로 며칠 내로 세상이 뒤집어진다 하더이다. 양주
에 미륵이 왔다나, 용녀 부인이 큰비를 내릴 것이라나, 뭐 그렇게
말합디다. 정신은 멀쩡해 보이던데 말이오.

　객주는 자기가 들은 이야기를 호들갑스럽지 않게 전해주었다.
수십 년 장사치로 살아온 연륜이, 보고 들은 것을 적당히 다룰 줄
알게 했다. 허나 미륵과 용녀 부인을 말할 때 피어나는 호기심을
숨길 수는 없었다.

　―그리 들었소? 어떨 것 같소?

　―장사치가 뭘 알겠소? 허나 황 지사가 양주에 살고 저이도 양
주에서 왔다 하고, 저이를 찾아온 이들이 많은 걸 보니 황 지사 말
대로 보통 사람은 아닌 듯도 싶고.

　일하는 아이가 찻종을 내왔다. 따뜻한 김과 함께 계피향이 퍼졌
다. 귀한 곶감을 어디서 구했는지 모를 일이나 반갑기는 했다. 황
회는 수정과를 한 모금 마시면서 객주에게 어디까지 이야기를 해
줘야 할지 생각했다. 장사치, 그것도 경기도 북부 일대를 오가는
이들이 곡기를 하고 잠을 자는 객주를 운영하는 장사치였다. 어떤
이들이 어떤 연유로 모였다 흩어지는지 알 필요도 알 수도 없는
열린 곳의 주인이었다. 소식과 소문과 풍문과 비방이 하루에도 수
십 번 이 객주의 문지방에 들어왔다 나갈 터였다. 더러는 어이없

이 부풀어지고 더러는 당사자들이 뒤바뀐 채 그렇게 떠도는 이야기들이라는 것을 객주도 모르지 않을 것이었다. 부풀어지고 뒤바뀐 이야기들 중 주워 담을 만한 세상의 물정을 골라내는 안목 또한 갖추었을 것이었다.

그럼에도 황회는 선뜻 거사의 전모를 말해줄 판단이 서지 않았다. 모친을 흉지로 모시는 것을 막아준 인연이라 하여 황회를 큰 은인으로 알고 있는 객주였지만, 이는 다른 문제였다. 황회는 자신의 무리가 행하려는 일을 객주가 이해할 수 있을지 의문이었다. 그가 이해하지 못한다고 해서 서운하다거나 노여울 정도의 큰일은 아니었으나, 이해하지도 못하는 이에게 거사를 운운하는 것이 신령을 거스르게 될 수도 있을 것이었다. 모든 것을 조심해야 하는 일이었다. 가는 곳마다 몸가짐을 바르게 해야 했고 말 한마디 나누는 일도 조신해야 했다. 조심해서 나쁠 것은 없었다. 선뜻 답을 하지 않는 황회를 보며 객주가 목소리를 낮추어 말했다.

―양주목을 칠 거라 하오, 그 무리들이.

―뭐요? 삭녕에서 왔다는 이가 그리 말했단 말이오?

황회의 목소리가 커졌다. 객주는 그럼 그렇지, 하는 표정으로 황회의 기색을 살피고 있었다.

―그럽디다. 무기를 빼앗아 한양으로 간다지. 무슨 수로 관아를 턴다는 것인지 알다가도 모르겠소만, 큰일이 나긴 나는 모양이오.

―언제 양주목을 턴다고 말했소?

―한 이틀은 걸린다고 했소. 한탄강과 임진강 물이 빠져야 사람

들이 움직일 거라 하더이다. 황 지사가 어떻게 연루되었는지는 모
르겠소만, 조심하시오. 관아의 무기를 훔치는 것은 반란이고 역모
요, 잘못되면 죽은 목숨이란 말이오.

—이미 몇 번 죽은 목숨이오.

—일부러 죽을 길로 갈 건 없다, 이 말씀이오. 검계니 살주계니
화적떼니 해서 온 나라가 난리 난 걸 잊으셨소? 삼사 년 전에 나라
님이 친히 나서 검계원들을 잡아들이지 않았소? 그때 불과 열 명
정도밖에 잡히지 않았고 지금도 그들이 양반을 죽일지 모른다 하
여 눈에 쌍불을 켜고 있소. 조정에서는 남인이니 서인이니 서로
죽이지 못해 안달이고, 궐에서는 장옥정이라는 임금의 첩이 왕비
를 쫓아내려 갖은 술수를 부린다 하오. 지금같이 어지러운 세상에
는 그저 납작 엎드리는 게 능사요. 괜히 튀는 무리에 얽혔다가는
명을 재촉하기 십상이오.

황회는 명을 재촉하지 말라는 객주의 말이 반갑지 않았다. 지금
같이 어지러운 세상에, 납작 엎드리는 것만이 능사가 아니라는 걸
말해주고 싶었으나 참았다. 객주는 황회가 염려될 뿐이었고 그 염
려를 전한 것뿐이었으니 그를 탓할 생각은 없었다. 그 또한 자기
의 세상을 지키기 위해 분투하고 있는 사람일 뿐이었다. 황회 또
한 자신이 의롭게 여기는 세상을 열기 위해 나아가고 있을 뿐이었
으니 누가 누구를 탓하겠는가 싶었다.

황회가 입을 다물자 객주는 술자리로 되돌아갔다. 황회는 복잡
한 마음이 되었다. 일이 새어 나가고 있었다. 거사의 비밀이 은밀

하지 못했다. 양주목의 객주가 알았다면 벌써 거사의 풍문이 문지방을 지나 많은 이들의 귀로 흘러들어갔을 것이었다. 풍문이란 그렇듯 사람들의 입에 오르내릴수록 더 부풀어지고 거대해질 것이었다. 정원태를 두고 온 것이 못내 마음이 쓰이던 참이었다. 무리에 합류하지 못한 그가 삭녕과 장포 사람들을 부추긴 게 틀림없었다. 도성에 입성하고 나서 기별을 줄 터이니 기다리라는 말을 따르지 않고 있는 것이었다. 급하고 거친 그의 성정으로 짐작건대, 원향을 겨냥해 제 뜻대로 행동할 공산이 충분했다. 그가 하려는 일을 막을 마땅한 방도가 생각나지 않았다. 입안에 퍼진 계피향이 쓰디썼다.

*

정원태는 영평현 동헌을 조용히 빠져나왔다. 동헌은 하루 종일 부산했다. 향리들이 일하는 관아의 벽이 허물어져 이를 새로 쌓을 노역을 차출하는 일로 아전들이 들고 날고 했으며 양민들로 시끌벅적했다. 사람들이 썰물처럼 빠져나간 관아는 이제야 조용해졌다. 정원태는 으스스 몸에 한기를 느꼈다. 이 장대비를 맞고서 마을을 돌아다니며 사람들에게 차출을 알리느라 끼니도 거른 채였다.

동헌의 지붕 위로 비구름이 흘러가고 있었다. 비구름 사이로 가끔 달빛이 그림자를 만들어냈다. 보름을 이틀 앞둔 밤하늘의 달은 거의 만월에 가까웠지만 만월은 아니었다. 보름달에서 작은 아이의 눈썹만큼 부족한 그 미진함이 정원태의 마음을 어지럽혔다. 아직 채워지지 않은 그 빈자리에 거사의 성패가 달린 것 같아 조바심이 났다. 그 빈자리를 채워 넣지 않는다면 그것이 만월에 가까운 달을 먹어 치워버릴 것 같았다. 결국 덩그러니 남은 어두운 밤하늘만이 세상을 집어삼킬 것 같았다. 정원태는 완전한 보름달을 만들기 위한 마지막 일은 자신이 해야 한다는 생각이 불현듯 들었다. 아무리 작을지라도 미진하다면 아니 될 터였다.

미륵님을 믿고 용녀 부인을 믿으시게. 정원태의 눈을 바라보며 다짐하듯 말하던 황회를 떠올렸다. 주름살 너머의 눈빛에 날이 서 있었다. 정원태는 대답하지 않았다. 정원태는 미륵의 신이함을 업고 입성하는 성인무당들의 힘보다, 상놈이 양반 된다는 믿음으로 칼을 들고 입성하는 보통 사람들의 힘이 더욱 손에 잡혔다. 어쩔 수 없었다. 대우경탕보다 확실한 칼을 향한 욕망이 불끈거렸다. 큰비에 휩쓸려간 도성을 차지하는 것보다 더 강하고 격렬한 칼의 싸움을 원했다. 정원태에게 용녀 부인에 의지하는 대우경탕은 흐릿한 밤안개 속을 헤쳐 나가는 것과 같았다. 무엇이 있는지 없는지, 실제로 있는지 없는지, 눈을 비비고 손을 더듬으며 느릿느릿 나아가는 것을 방편으로 삼고 싶지 않았다. 세상에 훤히 모습을 드러내는, 무엇 하나 감출 수도 되돌릴 수도 없는 대낮의 명백한 방편을 원했다. 확실하고도 명확한 미륵의 승리를 원했다. 그것을 칼이 가져다줄 수 있다고 믿었다. 큰비가 와도 큰비가 오지 않아도 거사가 성사되는 길은 그것밖에 없었다.

열사흘 달이 만월이 되기 위해 필요한 것은 역시 칼이었다. 용녀 부인이 신이한 것은 사실이었다. 정원태도 축령산에서 천제를 지내던 그 밤의 비를 기억했다. 용녀 부인이 연풍돌기를 끝내자마자 마른하늘에서 비구름이 일어나 큰비가 쏟아지는 것을 정원태도 보았다. 거침없이 직하강하는 굵은 빗줄기를 자기 손으로 만져도 보았다. 황회와 무리가 원향을 사해용왕의 딸로 믿는 것은 당연했다. 용을 부르고 비를 내리게 하는 용녀 부인으로 추대하는 것 또한 당연했다. 그런 용녀라면 큰비를 내려 세상을 기울어지게 할 수 있다는 것을 믿고도 남음직했다. 큰비가 세상을 끝내버린 이야기가 처음인 것도 아니지 않은가. 옛날 옛적 오랫동안 이어진 큰비로 세상이 모두 바다로 변해버렸다는 이야기, 살아 있는 만 가지가 모두 죽고 인간도 죽었으나, 그 가운데 나무를 타고 산봉우리로 피한 오누이만 살아남았다는 이야기, 큰비가 그치고 세상은 본래 모습을 찾았지만 후사를 이을 수가 없던 차에 호랑이 한 마리가 남자 하나를 데려와 누이와 혼인하여 아이를 낳았고 이들이 사람의 조상이 되었다는 이야기.

정원태는 혀를 끌끌 찼다. 세상을 쓸어버린 큰비는 한낱 이야기이고 전설일 뿐이었다. 어젯밤 축령산에서의 빗줄기가 정원태의 얼굴을 세차게 때리며 세간에 닿았지만, 세상을 쓸어버릴 큰비는 아직 정원태의 마음에 닿지 않았다. 이 세상에 내린 적이 없는 큰비가 와 세간을 쓸어버릴 것이라는 믿음을 갖기가 그리 쉽던가. 신령의 힘만으로 세상사, 그것도 천지를 쓸어버리는 거사를 도모하는

것이 그리 쉽던가. 그 일은 그처럼 아스라했고 아스라했기에 위험
했다. 필시 위험을 무릅써야 한다면 더 명확한 방편에 서는 것이 맞
았다. 인간이 부릴 수 있는 최고의 힘, 칼의 힘을 써야 했다.

　정원태는 성큼성큼 걸어 허시만의 집으로 향했다. 영평과 삭녕,
장포에서 소식을 기다리고 있을 사람들을 모을 것이었다. 이미 군
복과 환도를 갖춘 이도 꽤 있었다. 칼을 써본 적 없는 무지렁이들
이었고 싸워본 적은 더더욱 없는 얼치기들이었지만 미륵 세상을
향한 충심만은 최영 장군 못지않았다. 상놈이 양반 되는 세상이라
면 기꺼이 칼을 들 준비가 되어 있는 이들이었다. 이들과 함께 양
주목을 칠 것이었다. 한가하게 보름달을 기다리며 비를 염원하지
는 않을 것이었다. 신선놀음하려고 목숨 걸고 달려온 길이 아니었
다. 정원태의 마음이 불끈거렸다. 양주목까지는 칠십 리, 빠른 장
정의 걸음으로도 꼬박 하루가 걸리는 길이, 바로 저 너머에 있는
듯 손에 잡혔다.

*

　계화는 사내의 말에 고개를 끄덕였다. 그자가 내일 밤 양주 외
가에 묵는다는 소식을 전해준 이는 산소지기였다. 그 부친의 묏자
리는 금닭이 알을 품고 있는 형국이라는 금계포란의 길지로 알려
져 있어, 일 년 열두 달 지키는 이를 두어 그곳을 보하고 있었다.
양반이나 평민이나 명당이라면 눈이 뒤집히는 세상이었다. 죽은

자의 평안함으로 산 자의 복덕을 바랐다. 지기가 좋다 하는 곳이면 땅주인 몰래 암장이나 투장을 하는 이들이 많아지니 산소 옆에 움막을 지어 지키게 했다. 좌수로 목사로 홍문관 제학으로 승승장구하는 것이, 명당에 선친을 안치한 덕분이라고 흡족해하던 그자의 기름진 미소가 떠올랐다. 계화는 입안에 고인 침을 삼키면서 산소지기에게 외가의 정확한 위치를 물었다. 양주목에서 그리 멀지는 않았으나 마을에서 다소 외진 곳이라 했다. 다행이었다. 한양에 당도하기 전에 그자를 해치울 수 있을 것이었다. 큰비가 내리기 전에 그 짐승을 없애버릴 수 있을 것이었다.

—그자에게 무슨 일이 생긴다 해도 자네와 나는 전혀 모르는 일이네. 입을 벙긋했다간 둘 다 죽은 목숨이네.

—대감이 선덕에게 한 짓을 내가 모르오? 그날 선덕을 끌고 오라는 명을 어길 수 없었소. 나도 죄가 크오.

—그자의 죄네. 자네가 죄스러워할 일이 아니네.

—분명 양주의 기생집에 들를 것이오. 며칠간 서원으로 산사로만 돌아다니다 보니 그 생각이 나지 않겠소? 술을 거하게 먹고 되돌아가는 길에 치면 될 듯하오만.

—기생집에서 하룻밤 자진 않겠소?

—그렇진 않소. 조부든 외조부든 아침 문안은 꼬박꼬박 올리는 것으로 알고 있소. 술 좋아하고 여자 좋아해도 사대부의 예는 갖추어야 한다는 것 아니겠소?

—따르는 노비는 얼마나 되오?

계화의 옆에 앉아 있던 아들 시남이 물었다.

─유람 중에 따라다니며 수발들었던 이는 예닐곱 명쯤이라고 알고 있네만, 기생집에는 수봉이 혼자만 데려갈 것이네. 수봉이를 어찌하려는가? 해를 입히지는 말게나. 욕심이 많긴 하지만 죽일 놈은 아니네.

─걱정 마시오.

─조심하게. 사대부가 글만 읽는 게 아니네, 망나니 같아 보여도 칼 쓰는 솜씨가 어지간하다네.

─솜씨로 겨루는 일이 아니오.

산소지기와 시남이 일어서 방을 나갔다. 계화는 시남의 목소리에 서린 짠 내를 느꼈다. 아들을 선덕과 짝지어주려 애초 생각했던 것은 계화였다. 신이 보내준 딸과 사람으로 낳은 아들이 맺어진다면 계화에게는 그 이상 큰 기쁨이 없을 것 같았다. 어미의 마음을 알기도 전에 시남은 선덕을 마음에 두었다. 감출 수 없었다. 계화를 따라 굿판에서 무가와 춤을 배워가던 선덕을 시남은 곱고도 시린 눈빛으로 바라보았다. 선덕도 그런 시남의 눈빛을 거부하지 않았다. 시남 앞에서 선덕의 춤사위는 더욱 정성스럽고도 가지런해졌다.

계화의 마음이 울퉁불퉁해졌다. 그날 선덕을 보내지 말았어야 했다. 어깻죽지가 바스러지는 한이 있어도 자신이 굿판에 나갔어야 했다. 그랬다면 그자가 선덕을 보지 못했을 것이고, 선덕의 춤에 마음을 빼앗기지도 않았을 것이고, 선덕을 지르밟을 거친 손을 내밀지도 않았을 것이었다. 모든 것이 제자리에 놓여 있을 것이었다. 선덕과 시남이 부부의 연을 맺고 신령님을 받잡으면서 어여쁘게 살고 있을 것이었다. 선덕을 끌고 가는 그자의 사람들에게 무참히 밟히면서도 끝끝내 가마의 다리를 놓지 않던 시남의 벌건 눈이 이리도 가슴에 맺혀 있지는 않을 것이었다…….

형님 주무시오. 어진이 방에 들어섰다. 하룻밤 묵어 가는 대신 주인집 딸의 혼례를 치를 길일을 점지해주고 오는 참이었다. 진덕과 소율은 저녁상을 물리고 설거지를 하는 모양이었다. 계화는 저고리와 치마를 벗고 속곳 차림으로 앉았다. 어진이 계화의 등 뒤에 앉아 뻐근한 어깻죽지를 주물렀다. 아악, 소리가 절로 났다.

─다리 내보오.

어진이 이번에는 계화의 무릎을 펴게 하고는 허벅지와 종아리, 장딴지를 주물렀다.

─자네도 피곤할 터이니 쉬시게나.

계화가 어진의 손을 밀어내며 말렸지만 어진은 멈추지 않았다.

─형님보다 젊으니 그리 마오.

어진의 따뜻한 손이 닿는 곳마다 간지러웠다.

─이리 형님과 앉아 있으니 신어머니 밑에서 공부하던 생각 나오. 열두거리 굿을 배우느라 밤이면 끙끙 앓으면서 서로 주물러주었던 것, 기억나오?

어진의 왼쪽 눈에서 탁기가 잠시 거두어졌다.

─그러했지. 내림굿만 받으면 만신이 될 줄 알았더니 그게 시작

인 줄은 몰랐지 않는가.

—그러게 말이오. 모르는 이들은 신만 받으면 공수를 하고 춤도 절로 추는 줄 아오만, 내림굿 받고도 꼬박 삼 년을 정진하지 않았소?

—신어머니가 여간 투철한 분이 아니셨지. 보통 사람으로 살아온 모든 것을 비워야 한다 가르치셨지. 벼락 맞는 찰나의 신내림을 손끝 발끝까지 기억하기 위해서는 그리해야 한다 이르시면서.

계화가 자리에 누웠다. 어진도 계화 옆에 나란히 누웠다. 집 바로 뒤쪽에 있는 논에서 풀벌레 소리가 요란했다.

—도망가고 싶은 적이 한두 번이었소? 춤추는 것이 뒤룩뒤룩 살찐 새앙쥐 같다, 성수방울 흔드는 폼이 남정네보다 난폭하다, 지청구를 얼마나 받았소?

—자네는 그래도 굿거리 들어가서나 그랬지, 나는 무복 개는 것부터 구박이었다네. 명색이 무녀 되고 처음 한 일이 무복 개는 것 아니었나? 철릭과 쾌자, 저고리와 치마를 반듯이 개는 것만 내 백일은 넘게 한 듯싶네. 신에 대한 존경을 표하는 일이라고 얼마나 엄밀하게 시키셨는지, 성수방울 흔드는 건 그 뒤에야 배웠다네.

—허허, 기억나오. 형님은 유독 무복 개는 걸 못했소. 앞섶 위에 소매를 얌전히 올리는 게 그리 어려웠소?

—그것만 서툴렀겠나? 제물 준비도 서툴러, 노래도 서툴러, 해서 어머니가 그러시지 않았나, 신령님이 답답해서 오다 도로 가시겠다고.

—허허, 수십 가지 굿판에 열두거리 무가를 외는 게 참으로 고생스럽더이다.

—그러했지. 그림이 있나 글자가 있나 오로지 신어머니 하는 양을 보고 배워야 하니 마음은 급하고 몸은 허둥지둥이었지.

—헌데 형님, 희한하게 제석본풀이는 한 번 듣고 외지더이다. 당금아기가 그리 안쓰럽고 대견하더이다. 회임을 하고 집에서 쫓겨나 토굴에서 홀로 삼형제를 낳아 기르지 않소. 꼭 내 팔자인 것처럼 서글프고 안쓰럽더이다.

—그리했지. 자네의 제석본풀이는 청승맞기가 이루 말할 수 없었지. 당금아기가 집을 나서는 대목이 그러했지. 슬프기도 한이 없다, 산으로 가자 하니 사람이 무서워서 어찌 가리, 산으로 가자 하니 산천은 험로하고 초목이 무성해서 어찌 가리, 석 달 열흘 걸어가도 황금사가 왜 이리 멀다더냐. 이 소절 듣고 울지 아니한 사람이 없었지. 아무려면 서슬 퍼런 신대감조차 옷깃으로 눈물을 닦아냈겠나.

—허허, 그러했소. 나는 형님이 공수하는 걸 보는 게 가장 좋더이다. 공수 하나는 기가 막히오. 조선 팔도를 돌아도 형님만큼 신령님 말씀을 잘 전하는 이를 본 적이 없소. 형님한테 조상신이 내리셔, 살아내느라 고생했다, 살려내느라 고단했다, 이제부터 내 너희를 보살펴주마, 굶지 않을 게고 아프지 않을 게고 고단하지 않을 게다, 몇 마디에 온갖 시름이 다 물러나는 듯싶소. 구경 온 사람들까지 눈물 콧물 쏙 빼놓지 않소. 당장이라도 죽을 것 같던 사

람들이 살아볼 마음을 내도록 하지 않소. 성수방울을 딸랑거리며 사람들의 시름을 품어 안는 그 모양이 어찌나 늠름하고 의젓한지, 그러니 성인聖人이라 부를 만하지요. 정성인, 한양에 계속 있었다면 나라님도 찾는 큰무당이 되었을 터인데, 만 사람 살리는 공수로 온 나라 시름을 씻어주었을 터인데.

　—지난 일이네. 몸이 부실해지니 공수도 예전만 못하이.

　—아니오, 여전하시오. 여전히 크고 강한 만신이오. 우리 형님, 오래오래 사시오.

　어진은 잠이 들었는지 이내 말이 없어졌다. 계화는 고개를 돌려 천장을 향해 똑바로 누운 어진의 옆얼굴을 바라보았다. 자네가 오래 사시게나, 오래 살아 무녀가 귀히 여겨지는 세상을 꼭 맞으시게나, 진덕과 선덕, 소율을 큰 만신으로 키워내시게나, 내 그리 부탁함세, 자네 말고 달리 이를 데가 없지 않은가, 만 사람 살리는 공수를 하던 내가 한 사람 죽이는 일을 하려 하네, 큰비가 오기 전해야 할 내 마지막 일일세, 그러니 내 부탁함세, 오래 사시게나, 만신이 귀히 쓰이는 세상을 여시게나.

　계화의 낮은 목소리가 한여름 밤의 풀벌레 소리에 묻혔다. 아기마냥 새근새근 숨소리를 내는 어진을 계화는 오랫동안 바라보았다.

*

　돌연 빗방울이 흙바닥을 때리는 소리가 그쳤다. 밤사이 빗줄기가 더욱 거세진 것이 갑자기 멈추었다. 원향은 작은 당집의 문을 열었다. 은빛을 뿜으며 번들거리는 돌이 원향을 바라보았다. 미륵이었다. 할미였다. 사람 크기의 돌덩이 위쪽에 눈 코 입만 겨우 새겨놓은 미륵할미였다. 얼굴 아래로는 양쪽으로 벌어진 것이 어깻죽지처럼 보였고, 군데군데 금이 간 것이 마치 치맛자락의 주름처럼 골을 이루었다. 치마 끝으로 발이 보이는가 싶은 곳에 땅바닥이 버티고 있었다. 마치 이제 막 땅을 뚫고 나온 것처럼 급작스러웠다. 사람들이 왜 이 돌덩이를 미륵할미라 부르는지 원향은 단번에 알 수 있었다. 두둥실한 얼굴과 펑퍼짐한 콧방울, 위로 휘어진 곡선을 그리며 빙그레 웃는 입술, 그렇게 웃으려면 필경 감을 수밖에 없었을 얇은 거죽의 눈꺼풀, 치마의 주름까지, 길가 어디서나 볼 수 있는 할미의 모습 그대로였다. 이목구비는 어떤 선명한 인상도 없이 흐려 있으나 그것이 오히려 사람의 눈이 아니라 마음에 스미는 그런 할미의 모습이었다.

　미륵할미가 언제부터 거기 있었는지는 알 수 없었다. 밤마다 흐느껴 우는 소리가 들리는 것을 괴히 여긴 어느 날, 마을 이장의 꿈에 할미가 나타났다 했다. 내 너희 마을을 지키는 수호신인 터, 예를 받든다는 무리가 내 머리를 베어버리고는 뒷산에 내버렸다, 내 몸을 온전히 해주고 아늑한 자리에 세워다오, 마을의 모든 재액을 없애줄 것이다. 이장과 마을 사람들이 사흘 동안 뒷산을 샅샅이 뒤졌다. 아무도 오고 가지 않는 외떨어진 계곡에 바위 두 덩어리가 덩그러니 놓여 있었다. 살펴보니 한 덩이는 눈 코 입이 달린 머리였고, 다른 한 덩이는 몸체였다. 두 덩이 바위를 붙여놓으니 이장의 꿈에 나온 할미 모습이었다. 사람들이 산 중턱의 아늑한 곳에 작은 당집을 지어 바위를 옮겨놓았다. 이튿날 가보니 바위의 아래쪽이 땅으로 쑥 들어가 있었다. 그곳이 마음에 든다는 듯, 오래도록 이곳에 서 있을 거라는 듯. 마을이 화평해졌고 사람들은 화목해졌다. 누구든 시름 있는 이들은 미륵할미를 찾아 시름을 잊었다. 옹색하기 이를 데 없는 미륵할미였지만 그 영험함은 없던 자식을 만들고 죽어가는 사람도 살렸다. 양주를 떠나기 전, 계화가 원향에게 해준 이야기였다.

원향은 미륵할미 앞에 무릎을 꿇고 단정히 앉았다. 하루 종일 불끈거리는 마음을 좇아 이곳으로 왔다. 작고 안온한 당집에 몸을 들이니 마음이 날렵해졌다. 원향 앞에는 촛불과 물단지가 놓여 있었다. 새벽녘 북두칠성이 떠오른 후의 첫 우물물을 길어 정화수를 바쳤다. 용알이 담겨 있을 것이었다. 눈에 보이지 않는 것이나 있는 것이었다. 용은 있었고 알을 낳았다. 용알은 우물물에 잠겨 있다 첫 물을 푸는 사람의 염원을 담아 하늘로 전했다. 알은 있었고 염원을 전했다. 구름에 가려 별들은 보이지 않았지만 원향은 구름 너머에서 유유히 밤하늘을 지키고 있을 별들을 느낄 수 있었다.

원향은 두 손을 모아 가슴골에 대고 기도를 시작했다. 눈을 감자 목소리가 나왔다. 모십니다, 모십니다, 신령님을 모십니다, 미륵할미를 모십니다……. 고깃국이 거사를 망치오? 벽에서 튀어나온 듯 급작스러운 목소리가 원향의 목소리를 덮쳤다. 원향은 으르렁대는 그 목소리에 깃든 불경함에 몸서리를 쳤다. 원향은 크게 숨을 들이쉬고는 다시금 정신을 가다듬었다. 큰일을 앞둔 마당에 정신이 이리 어지러운 채 새날을 맞을 수는 없었다. 모십니다, 모십니다, 천륜과 인륜이 끊어진 세상에서 미륵님의 강림을 기원합니다, 미천한 자들의 미륵 세상을 원합니다, 허나 미륵님을 맞이하려는 큰 뜻을 저들은 미처 알지 못합니다, 저들을 교화할 힘을 주옵소서, 큰비로 세상을 쓸어버릴 힘을 주옵소서……. 다 차린 밥상에 숟가락만 얹어놓은 주제에. 목소리가 다시 원향의 말길을 막았다. 이번에는 날카로운 이빨을 드러내며 원향에게 달려들고 있었다. 신령은 칼끝에 강림하시오, 칼과 영은 하나요. 미륵할미와 원향밖에 없는 작은 당집 사방에서 목소리가 휙휙 튀어나왔다. 촛불에 달구어진 벌건 목소리들이 원향을 겁박하고 있었다. 방금 전까지 시뻘건 쇳물이었던 칼날들이 원향을 찌르려 하고 있었다. 칼을 쓰는 게 빠르지 않겠소? 신령은 칼을 좋아하시오. 원향의 몸이 부르르 떨렸다. 얼굴이 일그러지고 입이 달싹거렸다. 목소리들은 술 취한 불한당들처럼 원향의 눈을 찌르고 입을 찢고 팔다리를 움켜쥐었다. 원향은 포박당했다. 옴짝달싹하지 못하는 원향을 비웃으며 목소리들이 한꺼번에 일어섰다. 목소리와 함께 세찬 바람이 벽을 뚫고 원향에게 달려들었다. 용은 비바람을 일으키지 못할 것이오, 대우경탕은 일어나지 않소. 원향은 목소리들에게서 벗어나려 안간힘을 썼다. 귀를 막고 입을 열었다. 모십니다, 모십니다, 저들을 교화할 힘을 주옵소서, 큰비로 세상을 쓸어버릴 힘을 주옵소서, 소리치다가 쓰러졌다. 원향은 목소리들과 나뒹굴며 목소리들과 싸웠다. 그럴수록 목소리들은 더욱 세차게 원향을 옥죄었다. 어깻죽지가 떨어져나갈 듯 욱신거렸고 허리가 이빨로 내리 찍힌 듯 아파왔다. 원향은 몸에 박힌 목소리의 이빨을 빼내려 마지막 몸부림을 쳤다. 이대로 당할 수 없다, 나는 용녀다, 신의 사람이다. 사지에 힘을 주어 밧줄을 끊어내듯 용을 쓰는 순간, 감긴 눈이 벌어졌다.

눈을 뜨자 목소리가 사라졌다. 돌연한 적막에 원향은 자기가 놓여 있는 곳이 어디인지 가늠할 수 없었다. 식은땀이 원향의 등줄기로 흘러내렸다. 돌덩이가 눈에 잡히자 비로소 큰 숨을 들이쉬었다. 허나 내쉬지 못했다. 눈에 보여야 할 미륵할미의 얼굴이 없었다. 할미의 목이 잘려 있었다. 몸통만 덩그러니 서 있었다. 원향은 몸이 주뼛거렸다. 구월산의 계곡에서처럼 누군가 자신을 주시하는 것 같았다. 헌데 눈동자가 하나가 아니었다. 여러 눈동자의 흔들림이 원향의 몸을 잡아끌었다. 미륵할미의 목이 잘린 그 자리에 검은 그림자들이 떠다녔다. 그림자들은 서로의 꼬리를 물듯 원을 그리며 자리를 맴돌았다. 갑자기 그림자들이 몇 개의 덩어리로 나누어지더니 사람의 형체로 변해 원향에게 다가왔다. 원향은 익숙하고 시린 느낌이 들었다. 그것들을 알고 있었다. 그림자들의 사연을 알았다. 원향이 넋을 달래는 오귀굿을 해주었던 여인들이었다. 살아서는 욕되고 죽어서는 원통한 여인들의 원혼이었다. 아들을 낳지 못해 목매달아 죽은 이 대감의 며느리 혜실이었다. 홀로 팔삭둥이를 낳다 죽은 복돌이 어미였다. 남편이 죽은 뒤 시아버지에게 능욕을 당해 강에 몸을 던진 평양댁이었다. 주인에게 능욕당한 다음 날 안주인에게 매 맞아 죽은 오월이었다. 목매단, 배불뚝이인, 퉁퉁 불어 시퍼렇게 변한, 매 맞아 철철 피 흘리는, 그들은 모두 원통하게 죽은 여인들이었다. 여인의 얼굴을 한 검은 그림자들이 원향을 에워쌌다.

원향이 물었다. 왜 여적 원통한 것이오? 나의 굿판에서 원혼의 길을 마감했지 않소? 왜 여적 원혼인 것이오? 왜 그런 것이오? 여인의 얼굴을 한 그림자들이 잠깐 옅어졌다 이내 진해졌다. 그리고 다시 하나로 합쳐져 큰 그림자를 만들어냈다. 그림자들이 위로 날아오르면서 회오리치더니 거대한 생물로 변했다. 온몸을 푸른 비늘로 휘감고 사슴의 뿔을 단 채 독수리의 발톱을 하고서 뱀의 목을 길게 빼고 있는, 용이었다. 날개를 단 응룡이었다. 작은 당집은 이내 용의 몸체로 가득 찼다. 용은 천장을 뚫고서 하늘로 날아올랐다. 하늘 끝까지 닿으려는 듯 한참을 구름 위로 솟구쳐 올랐다가 땅으로 곤두박질치려는 듯 다시 내려오면서 어지러이 굴었다. 구르고 뛰어오르고 다시 하강했다 솟구치는 신무였다. 부챗살 같은 날개가 한 점 주저함 없이 몸을 놀려 휘휘 돌아가도록 용을 도왔다. 이윽고 용은 땅을 향해 내려오더니 원향 앞에 머리를 똑바로 쳐들었다. 원향은 용의 눈을 바라보았다. 아무것도 읽을 수 없었다. 텅 비어 있어 무엇이든 될 수 있는 눈이었다. 깊고도 깊어 헤어 나올 수 없는 심연이었다. 어둠이 어둠을 잡아먹는 억만 겁의 세월이었다. 용이 입을 벌렸다. 원향의 얼굴이 용의 입속으로 빨려 들어갔다. 어깨와 가슴과 배와 다리가 용의 입속으로 빨려 들어갔다. 용이 원향을 집어삼켰다. 원향은 용이 되었다. 원향은 포효하듯 용트림을 하고서 하늘로 솟구쳐 날아올랐다. 나선형을 그리며 허공에서 어지러이 춤을 추었다. 그 자리에 비구름이 몰려들었다. 원향의 번득이는 눈은 번개와 천둥을 불렀다. 날갯짓 한 번에 소용돌이가 일었다. 날숨을 불어대니 하늘땅의 기운이 모여 비가 되었다. 비가 왔다. 큰비가 왔다. 세상을 쓸어버릴 큰비였다. 원향은 제가 몰고 온 큰비 속에서 다시 포효했다. 우르르 쾅쾅, 천지가 허물어져갔다. 세간이 스러져갔다. 집과 상점이 쓸려가고 사람들이 물 위에서 허우적대며 비명을 질렀다. 마차와 가마가 뒤집어지고 소와 말이 물 밑으로 잠겼다. 이 모든 것을 내려다보는 원향의 춤은 멈출 줄 몰랐다. 멈출 수 없었고 멈추는 법을 몰랐다.

하랑은 말했다

    크고 강한 내 딸 원향아. 천지 가운데 사람이 어떻게 있게 되었는지 궁금하지 않느냐? 사람은 말이다, 벌레가 자라서 된 것이다. 벌레라니, 사람의 뿌리치고는 너무 시시하다 여길지 모르겠구나. 그게 그렇지가 않다. 가장 미천한 것에서 가장 존귀한 것이 태어났으니, 사람이란 모든 동물의 태어나고 자라고 죽는 이치가 들어있는 존재인 것이다.

    미륵님이 한쪽 손에 은쟁반을 들고 다른 손에 금쟁반을 들어 하늘에 축사를 하시었다. 아마 이런 축원이었을 터. 이 좋은 세상, 나 혼자 잘 먹고 잘 사는 건 재미없소, 여럿이 골고루 있어 재미있는 세상이 되었으면 좋겠소, 시끌벅적 신명 나는 세상이 되었으면 좋겠소, 뭐 그런 염원. 어쨌든 미륵님은 당신 말고 다른 존재를 받아들일 준비가 되었던 게지, 다른 것들과 함께 살 준비가 되었던 게지. 하늘이 미륵님에게 무엇을 주었느냐, 벌레였다. 미륵님의 축원이 끝나자 하늘에서 벌레가 떨어졌다. 금쟁반에 다섯이요 은쟁반에도 다섯이라. 금벌레, 은벌레를 미륵님은 애지중지 키우셨다. 꼬물꼬물한 것들에게 물을 주고 모이를 주어 정성껏 기르셨지. 벌레들은 쑥쑥 자랐다. 금세 사람만큼 자라 금벌레는 사내가 되고 은벌레는 아낙이 되었지. 그래, 다섯 사내와 다섯 아낙이 짝을 지어 부부가 되었느니라. 이들이 아이를 낳고 그 아이들이 다시 후손을 낳으니 곧 세상은 사람으로 시끌벅적하게 된 것이다.

미륵님의 세월은 태평했다. 미륵님이 불을 쓰지 않고 생 낟알을 잡수시니 사람들도 그리하였다. 사람과 사람 사이의 분별도 없거니와 사람과 짐승의 분별도 없었다. 다툼이란 분별에서 시작하는 법, 너와 내가 같지 아니하고, 내가 너보다 낫고, 내가 너보다 더 가져야 한다는 생각이 다툼을 일으키는 것 아니겠느냐? 미륵님의 세상은 그러하지 않았다. 하여 하늘 아래 모두가 다르지 아니하고 너와 내가 다르지 아니하니 화평하고 조화로웠다.

그 세월이 어쩌다 이리되었을꼬? 사람들이 서로 헐뜯고 빼앗고 죽이는 지경까지 왜 오게 되었을꼬? 배부른 자가 배고픈 이의 밥그릇을 빼앗고 땅 가진 자가 땅 없는 이의 육신을 빼앗고 힘 있는 자가 힘없는 이의 영혼을 빼앗는 말세가 어찌 되었을꼬? 그 이야기는 이러하단다, 원향아. 화평한 미륵의 세상에 어디선가 석가님이 나타나 미륵님의 세상을 빼앗고 싶어 했단다. 미륵님 말씀하시길, 아직은 내 세월이지, 네 세월은 못 된다. 석가님 말씀하시

길, 미륵님 세월은 다 갔다, 인제는 내 세월 만들겠다. 미륵님의 말씀이, 더럽고 축축한 이 석가야, 내 세월을 뺏고 싶거든 내기를 하자꾸나. 미륵님은 석가님과 세 번의 내기를 하셨다. 첫 번째는 동해에 병줄을 달고 끊어지지 않는 이가 이기는 내기였다. 미륵님은 금병에 금줄을 달고, 석가님은 은병에 은줄을 달았지. 석가 줄이 끊어졌단다. 다음 내기는 성천강을 붙이는 것이었다. 미륵님이 동지채를 올리고 석가님은 입춘채를 올렸지. 미륵님 강이 맞붙어 석가님이 또 졌다. 마지막 내기는 모란꽃을 피우는 내기였다.

크가 강한 내 딸 원향아, 나는 미륵님과 석가님의 마지막 내기가 그렇게 애잔할 수가 없었다. 하여 신어머니가 부르는 노래를 따라 부르곤 했단다. 너에게도 들려주마, 안 그럴 수 없지 않겠느냐? 석가님이 또 한 번 더 하자, 너와 나와 한 방에 누워서, 모란꽃이 모락모락 피어서, 내 무릎에 올라오면 내 세월이요, 네 무릎에 올라오면 네 세월이라. 석가는 도적盜賊 심사를 먹고 바잠 자고, 미륵님은 참잠眞眠을 잤다. 미륵님 무릎 위에, 모란꽃이 피어올라서, 석가가 중동 사리로 꺾어다가, 제 무릎에 꽂았다. 미륵님 일어나서, 축축하고 더러운 이 석가야, 내 무릎에 꽃이 피었음을, 네 무릎에 꺾어 꽂았으니, 꽃이 피어 열흘이 못 가고, 심어 십 년이 못 가리라.

미륵님은 석가님이 다스릴 세상에 닥칠 재앙을 예언하고는 떠나셨지. 말세, 세상의 끝, 끝장 나버리는 세상을 예언하신 게지. 석가님은 삼천 명의 중들을 데리고 미륵을 찾아 나섰단다. 어느 날

산중에 들어가게 되었는데 노루와 사슴이 보여 그것들을 잡았단다. 그 고기를 꼬치에 끼워 구워 먹으려는데 삼천 중들 중 두 명이 일어나 고기를 땅에 떨어뜨리면서 말했단다. 나는 성인聖人이 될 것이니 이 고기를 먹지 아니할 것이다. 고기를 먹지 않겠다니, 고기를 먹는 자는 성인이 될 수 없다는 말이 아니겠느냐? 중들은 말을 끝내고 스스로 숨을 끊어 죽었다. 그 중들이 죽어 무엇이 되었을꼬? 산마다 바위 되고, 산마다 솔나무 되어 미륵이 다시 오실 날을 기다린단다.

미륵님과 석가님, 두 거인신이 엎치락뒤치락하면서 지금의 세상이 있게 되었다. 이 이야기를, 내 신어머니의 신어머니, 그 신어머니의 신어머니가 말씀하셨단다. 세상의 시원과 그 세상을 뒤덮은 죄악의 시원을 우리 만신들은 알아야 하느니라. 사람들이 서로 속이고 괴롭히고 빼앗고 죽이는 일이 왜 일어나는지 알겠느냐? 석가님의 부정과 정결치 못함이 그 뿌리인 것이다. 미륵님이 사람을 주십사 하늘에 축원한 그 뜻이 더럽혀졌다. 분별 없이 태평했던 세상이 흔들리고 있다. 말세인 것이다.

세상을 움직이는 힘을 사람들은 알지 못한다. 사람들의 마음을 움직이는 보이지 않는 신령의 뜻을 사람들은 알지 못한다. 허나 우리 만신은 알고 있다. 석가님의 세상이 다하고 있다. 이제 미륵님의 세상이 다시 올 것이다. 만신이라면 정결함을 갖추고 의연하게 미륵님을 맞이해야 한다. 원향아, 알겠느냐? 네가 무엇을 해야 하는지를 알겠느냐? 정결한 성인이 되어 새 세상을 열거라. 크고 강한 만신이 되어 새 세상을 맞거라. 그것이 나의 뜻이고 미륵님의 뜻이니라. 별줄기가 되어 너에게 닿은 칠성님의 뜻이니라. 너에게 다른 길은 없을 것이다. 만신의 길을 걷는 너에게 다른 샛길은 없다. 명심하거라.

용녀

무진년 7월 14일 아침 6시

원향은 객주의 부인이 길어다 준 물에 얼굴과 손을 씻고 여환이 가져다준 옷을 입기 시작했다. 바지와 저고리, 도포가 자꾸 손에서 빠져나갔다. 한양까지 칠십 리 길, 도성 십 리 안에 무녀의 출입을 금하고 있는지라, 양주목부터 남장을 하자고 황회가 말했다. 중간에 옷을 갈아입을 곳이 마땅치 않으니 출발하면서부터 아예 복장을 갖춰 입어야 한다고 했다. 원향으로서는 남정네의 행색을 해야 한다는 것이 마땅치 않았으나 달리 방도가 없었다. 오늘부터는 말을 타고 갈 길이기에 그나마 불편함을 참을 만할 것이었다. 처음 입어보는 사대부 남정네의 옷에서 사향 냄새가 났다.

여환이 들어와 원향의 매무새를 고쳐주었다. 발목에 고를 만들어 대님을 묶어주고 저고리 고름의 모양새도 가다듬어주었다. 머리를 올려 갓을 쓰고 주영을 늘어뜨리니 영락없는 사대부의 모습이 되었다. 그 또한 사대부의 옷차림을 한 여환과 마주 서니, 성현의 말씀대로 수신하며 나랏일을 걱정하는 젊은 유생들로 비쳐질 만했다. 원향은 그대로 잠시 여환과 마주하며 그를 바라보았다. 여환의 사심 없는 눈은 인간 세상의 붉은 먼지를 씻어낸 순수한 마음을 내보였다.

원향의 신어머니는 여환과의 성혼을 허락하지 않았다. 무녀라 하여 홀로 살 필요는 없었다. 많은 무녀가 성혼한 후에도 신을 모시고 살았다. 무업을 행하는 남자와 성혼하기도 했다. 신어머니가 반대한 것은 여환이었다. 신어머니는 여환이 점지받은, 벌집 가운데 우뚝 설 이라는 운명을 저어했고, 미륵의 강림을 오매불망하는 여환의 무리들을 저어했다. 미륵이 여환을 빌려 장차 행하고자 하는 그 일을 두려워했고, 원향의 신령한 기운이 여환의 운명과 만나 소용돌이치면서 빨아들일 그 어떤 미래를 염려했다. 돌이킬 수 없을 것이다, 고 신어머니는 말했다. 원향은 대답했다. 무녀가 되는 것은 선택할 수 없었지요, 별이 쏟아지고 신령이 강림하신 건 제가 어찌할 수 없었습니다, 허나 어떤 무녀가 되느냐는 선택할 수 있지요, 무녀로서 어떤 길을 갈 것인가는 제가 선택할 것입니다, 신령님은 제가 가려는 그 길을 허하실 것이라 믿습니다, 여환님을 허락하실 것이라 믿습니다, 어머니, 용서하소서.

황해도 은율의 당집에서 원향과 처음 마주 앉았을 때 여환은 말했다. 그대가 용을 움직일 수 있다 들었소……. 그때 제단에 올려놓은 원향의 북이 울렸다. 둥둥, 둥둥, 둥둥, 북은 세 번을 울렸다. 두 사람은 놀라지 않았다. 그저 둥둥거리는 북과 묵묵한 원향을 번갈아 바라보았다. 원향은 여환에게 물었다, 믿으시오? 여환이 말했다, 미륵이 이끄는 대로 나아갈 뿐이오. 함께 온 황회는 말없이 원향과 여환의 대화를 듣고 있었다. 황회의 깊게 팬 주름살이 오므라들었다 펴졌다 했다. 천지의 이치를 꿰뚫는 자의 부드럽지만 단호한 눈빛이 주름살 사이에서 형형했다. 원향은 황회의 눈길을 피하지 않았다. 여환의 이야기가 이어졌다. 이곳 황해도 은율로 온 것은 계시였소. 내 의지대로 되는 일이 아니었소. 은으로 만든 안장을 하고서 세 필의 준마가 왔소, 한양에서 말이오. 상서로운 기운이 둘러싸는가 싶더니 나를 둘러쳐 천 길 낭떠러지로 떨어뜨리더이다. 마치 어미 호랑이가 어엿하게 호랑이로 자랄 새끼인지를 가늠하는 것처럼 말이오. 그때 미륵님이 나타나셨소. 나를 찾는 이가 있을 것이라 했소. 문옥현이라는 자가 찾아와 소아칭왕小兒稱王을 보러 가자 합디다. 문옥현이 은율의 성인무당을 찾아갔다가 전성달을 만나고 전성달이 황회와 함께 천불산의 나를 보러 온 것이오. 인연의 흐름이 이러하니 곧 미륵의 뜻이 아니겠소.

원향은 전성달의 치병의례를 해준 오랜 인연이 있었다. 지난달에는 목화밭에 도둑이 들었다며 재앙을 물리치는 부적을 써주기도 했다. 그때 전성달이 함흥 지방에서 유행하는 도참서라며 보여준 문서가 있었다. 늙은 할미가 발을 걷고 정치를 쓸어버린다. 소아칭왕, 작은 아이가 왕을 칭하며 세상을 누른다. 어린 임금 원년에 형옥이 크게 일어나고, 피가 성곽에 흐른다. 4년에는 이인이 서쪽에서 온다. 미혹하고 괴이한 학문으로 어리석은 세속을 유혹하니 해가 됨이 또한 심하리라. 살육이 크게 일어나 오히려 화기를 상하게 하니 이는 모두 국운이 아니겠는가……. 참언이었다. 소아칭왕은 열네 살의 나이로 왕위에 오른 임금을 말함이었다. 지금 나라님의 세월이 하 수상한 것은 사실이었다. 한여름에 서리가 내리고 홍수와 가뭄이 해를 번갈아 일어났다. 백성들은 땅을 파 흙을 먹었고 관리들은 야비해졌으며 도둑이 들끓었다. 바야흐로 세상은 말세로 나아가고 있다고 여기는 이들이 많았다. 성나고 울분에 찬 민심이 참언에 담겨 있었다. 인륜과 천륜이 끊어진 소아칭왕의 시대를 마감하겠다는 이, 이자는 누구인가.

원향은 여환의 목소리에서 풍기는 복숭아 냄새를 맡으며 아늑해졌다. 낮 하늘임에도 별이 흔들리면서 우수수 쏟아졌다. 청배를 하지 않아도 신령님이 강림하셨다. 원향의 눈동자는 그 누구도 아닌 허공을 바라보고 있었다. 용을 움직여 무엇을 하려는 게냐? 열여덟 원향의 입에서 백 년 묵은 여인의 목소리가 흘러나왔다. 여환은 놀라지 않았다. 옷가지를 단정히 하고 예를 갖추었다. 미륵의 세상을 열 것이옵니다. 미륵의 세상은 어떤 것이냐? 양반이 상놈 되고 상놈이 양반 되는 세상이옵니다. 천것들이 귀해지는 세상이더냐? 그러하옵니다. 무녀들이 귀해지는 세상이더냐? 그러하옵니다, 반드시 그리됩니다.

여환의 답을 들은 원향의 입에서 노래가 흘러나왔다. 축축하고 더러운 석가야, 네 세월이 될라치면 쩌귀마다 솟대 서고, 네 세월이 될라치면 가문마다 기생 나고, 가문마다 과부 나고 가문마다 무당 나고, 가문마다 역적 나고 가문마다 백정 나고, 네 세월이 될라치면 함들이 치들이 나고, 네 세월이 될라치면 삼천 중에 일천 거사 나느니라, 세월이 그런즉 말세가 된다……. 여환과 황회의 눈이 커졌다. 원향은 다시 별 하나 보이지 않는 낮 하늘로 돌아왔다. 원향은 자신의 입에서 흘러나온 노래가 누구의 것인지 알 수 없었다. 한 번도 들어본 적 없는 노래였다. 헌데 그 노래에서 오래 묵은 그리움이 밀려왔다. 축축하고 더러운 석가야, 라고 오래전부터 흥얼거리고 있던 것 같은 느낌이었다. 언제 적인지 알 수 없는 오랜 옛날부터 이 땅의 크고 강한 만신들이 읊었던 노래라는 것을 원향은 나중에 알게 되었다.

맑은 목소리에 원향은 정신을 차렸다. 갑시다, 라고 여환은 말하고 있었다. 객주의 문지방을 나서면서, 다시는 오늘로 되돌아올 수 없는 이 행로의 운명적 시작에 대해 생각했다. 객주의 마당에 말 두 필이 얌전하게 매어져 있었다. 사대부의 행색을 한 원향과 여환을 걷게 할 수는 없었을 터였다. 원향과 여환이 말을 타고 나머지 일행은 큰 걸음으로 말을 쫓아 양주목을 빠져나왔다. 원향은 말 위에 올라 오늘 새벽, 당집에서 용이 되어 추었던 신무를 생각했다. 하늘로 솟구쳐 날아오르던 그 순간의 열락을 잊을 수 없었다. 눈의 깜빡임 한 번으로 천둥 번개를 치게 하고 입김 한 번으로 비바람을 일으키던 그 통쾌함을 떨쳐버릴 수 없었다. 세간이 스러져도 멈출 수 없었던 춤의 쾌미가 원향의 몸에 뭉게뭉게 피어올랐다.

잠시 쉬어 가오, 헛간에 자리를 마련했소. 황회를 따라 일행은 길가에 있는 작은 초가에 들었다. 황회가 원향과 여환에게 다가와 연잎으로 싼 주먹밥을 건넸다. 이른 새벽녘에 길을 나서다 보니 아침밥을 먹지 못했다. 객주가 처에게 일러 주먹밥을 싸게 하고는 길 가면서 들라며 주었다 했다. 일행 모두들 지친 기색이 없었다. 빗줄기가 더위를 식혀주니 걸을 만했다. 도봉산 다락원까지는 십오 리를 더 가야 했다. 그곳에서 낮밥을 먹고 다시 사십 리를 가면 흥인문에 당도할 것이었다. 원향은 짚더미에 앉아 쓰고 있던 갓을 벗었다. 앞이 훤해지면서 시원했다. 비로소 허기를 느꼈다. 원향의 손바닥보다 큰 연잎을 폈다. 연잎색이 물들어 노르스름해진 주먹밥에서 쉰내가 슬쩍 났다. 원향은 개의치 않고 한입 크게 베어 물었다. 한여름에 이 정도 주먹밥도 감사한 일이었다. 여환도 주먹밥을 먹기 시작했다. 김시동이 물통을 가져와 입을 축이게 했다. 원향이 먼저 한 모금을 마신 후 여환에게 물통을 건넸다. 남정네 같으십니다, 하고 김시동이 한마디 던졌다. 원향이 웃었다. 여환도 따라 웃었다.

원향은 주먹밥을 마저 먹으며 스무 발자국 정도 떨어진 곳에 있을 그를 생각했다. 그는 비를 피할 생각도 없이 곡기도 거른 채 원향이 움직이기를 기다리고 있을 것이었다. 원향은 남은 주먹밥이라도 그에게 먹이고 싶었지만 그러지 않았다. 딱히 여환이 걸리는 것은 아니었다. 그저 그렇게 모른 척하는 것이 그에게나 원향에게나 자연스러운 일이었다. 황해도부터 원향을 따라온 그였다. 원향의 가는 길이 위험하다 했지만 단호한 원향을 말릴 수 없었다. 그저 따라나섰을 뿐이었다.

희재는 무당의 굿청을 장식하는 종이꽃과 장발 등을 만드는 화공이었다. 종이로 만든 꽃이었지만 신령이 강림하고 신령이 머무는 곳이니 신심을 다해야 하는 일이었다. 할아버지의 할아버지 때부터 이어온 가업이었다. 큰 굿거리가 벌어질 때면, 몇 달 전부터 만신의 집에 머물며 신의 도구들을 만드는 일에 전념했다. 황해도의 만신들이 희재의 할아버지가 진설해놓은 종이꽃 앞에서 굿거리를 했고 희재의 아버지가 만든 장발과 깃발을 흔들며 춤을 추었다. 신구만 만드는 것이 아니었다. 화공은 만신과 함께 굿을 열었다. 화공이 진설물의 내력을 묻고 만신이 올바르게 답해야만 진설물을 내어주었다. 보잘것없는 환쟁이였지만 무녀들에게는 굿의 성패를 가늠할 지극정성을 함께하는 반려자였다.

희재가 화공이 되는 것은 당연했다. 어려서부터 아버지를 따라 황해도 만신들의 굿청을 드나들었다. 희재는 신명꽃이 좋았다. 꽃은 무쯔의 처음이자 끝이었다. 그 종류도 열대여섯 가지나 되었다. 해달화, 칠성화, 미륵화, 삼천병마대장군화, 조상화, 부군화 등 모양이 모두 달랐다. 강림하는 신에 따라 꽃은 늘 새로웠다. 아버지는 능숙한 솜씨지만 하나의 꽃잎도 허투루 만들지 않았다. 그 종이꽃에 신령이 강림하고 나면, 세상에 하나뿐인 진짜 꽃이 되었다. 향기가 흘렀다. 꽃마다 다른 내음이 났다.

　내림굿을 준비하면서 원향은 신어머니와 함께 희재를 찾아가 신구를 청했다. 희재는 처음으로 신명꽃을 만들었다. 할아버지와 아버지가 만드는 것을 지켜보기만 하던 희재가 처음으로 원향을 위해 신꽃을 만들었다. 칠성화七星花라고 부르는 수팔연이었다. 원향의 얼굴처럼 하얀 백지장으로 부귀와 공명을 염원하는 백모란꽃 서른세 수를 만들었다. 그 가운데 잎에 커다란 연꽃의 꽃봉오리를 얹었다. 그리고 금박지로 나비를 만들어 꽃잎에 붙였다. 희재는 원향에게 나비 없는 모란이 되어서는 아니 된다고 했다. 희재는 신과 사람을 이어주는 무녀로서 원향이 꿋꿋하게 설 것을 기원하며 정성스레 칠성화를 만들었다. 원향은 희재의 신꽃을 어깨에 둘러메고 춤을 추며 무녀의 길로 내딛었다. 원향의 내림굿이 절정에 달할 즈음, 갑작스레 칠성화가 번개를 맞은 것처럼 불타오르기 시작했다. 활짝 핀 칠성화가 그대로 불꽃이 되어 타올랐다. 굿거리를 마친 후 무녀가 직접 소거하는 것이 신명꽃이거늘, 제 스스로 타오르는 칠성화를 보고 원향의 신어머니는 크게 기뻐하였다. 원향에게 강림한 신령의 기운이 범상치 않음을, 하여 원향이 크고 강한 만신이 될 것임을 읽었다.

　길을 나서야 하는 것이 정녕 신령의 뜻이오, 하고 길 떠나는 원향에게 희재는 물었다. 신령의 뜻, 인간의 뜻, 그런 구별이 없어진 지 오래요, 라고 원향은 대답했다. 희재는 원향의 얼굴 너머를 바라보며 말했다. 무녀가 가는 길에 신명꽃이 필요치 않겠소, 당신은 신의 사람이고 화공은 무녀의 사람이니 그대 가는 길이 곧 내길이 아니겠소. 그날 밤 원향과 희재는 정을 통했다. 희재는 칠성화의 꽃잎 한 장 한 장을 정성스레 만들듯 원향의 몸 구석구석을 얼렀다. 원향의 얼굴과 목, 가슴과 허리를 쓰다듬고 입을 맞추었다. 원향의 손과 발에 희재의 입술이 닿을 때 원향은 신성함의 또다른 세계로 들어섰다. 원향도 희재의 움직임에 맞춰 입술을 열었다. 만지고 열고 주무르고 쓰다듬는 두 사람이 마치 애달픈 영들이 한 몸이 되어 신무를 추는 것처럼 아름답다고 원향은 생각했다. 만나고 헤어졌다가 그리워하고 다시 겹쳐지고 흩어져 산산조각 났다가 이내 합쳐지며 가락을 탔다. 신무가 더 아득한 곳으로 치닫고 두 사람의 숨결이 더욱 깊이 서로의 몸과 마음으로 파고들 때 원향은 불타오르던 칠성화를 생각했다. 꽃이 불타고 재는 날아갔다. 허나 타오르는 신꽃의 불길은 영원히 원향의 가슴에서 피어오를 것이었다.

*

여환은 일행을 뒤따르는 그를 알고 있었다. 스물두어 걸음 떨어져 일행이 걷던 길을 고스란히 걷고 있었다. 그는 애써 몸을 숨기려 들지도 않고 그렇다고 뒤따른다는 것을 표 나게도 굴지 않았다. 원향이 움직이면 그도 움직이고 원향이 멈추면 그도 숨을 골랐다. 여환은 그가 원향의 일을 도와주는 이라는 것을 알고 있었

다. 무엇을 어떻게 돕는지 알 수는 없지만 그러려니 했다. 일행에
게도 원향의 무업을 위해 필요한 이라고 말해두었다. 여환은 그와
딱 한 번 마주친 적이 있었다. 양주에서 여환과 원향이 머물던 김
돌손 집의 담벼락에 그가 기대고 앉아 있었다. 여환과 원향은 새
벽녘에 집을 나서 삭녕의 회합에 다녀오는 길이었다. 원향은 그
를 흘끔 쳐다보고는 말없이 집으로 들어갔다. 원향이 휑하게 비어
버린 그 자리에서 여환은 잠시 그를 바라보고 있었다. 여환과 동
년배일 듯싶은 희고 깨끗한 얼굴이었다. 길고 반듯한 손가락에 솔
가지가 쥐여져 있었다. 땅바닥에 그림을 그린 모양이었다. 꽃이었
다. 꽃잎을 활짝 피워낸 탐스럽고 풍성한 꽃이었다. 꽃을 바라보
는 그의 눈빛에서 여환은 그가 원향을 바라보는 마음을 읽었다.
사람이 사람을 향해 갖는 마음이란 숨길 수 없는 법이었다. 마음
은 눈빛으로 드러났다. 원향만을 바라보고 원향만을 눈에 두는 그
의 마음을 여환이 모를 수 없었다. 허나 그는 원향에게서 스물두
어 걸음 떨어진 곳이 원향에게 이르는 가장 가까운 곳이라는 듯,
거리를 두었다. 더 가까워지지도, 더 멀어지지도 않았다. 마음에
담고 있는 이를 향한 그 거리를 감내하고 있는 그가, 여환은 대견
했다.

　여환은 원향과 성혼을 하고도 살을 붙이지 않았다. 여환은 천불
산에 들어가 미륵의 마지막 계시를 기다려야 했고, 원향 또한 황
해도 은율을 떠나고 싶어 하지 않았다. 부부의 연을 맺은 지 일 년
이 지났건만 두 사람은 좀처럼 내외를 풀지 못하고 있었다. 함께

산 날보다 떨어져 있는 날이 더 많기도 했다. 급할 것은 없었다. 불안할 것도 없었다. 미륵의 계시가 내려지는 날, 원향은 주저 없이 그를 따르리라는 것을 여환은 알고 있었다. 다만, 원향이 은율을 떠나기 주저했던 이유가, 스물두어 걸음 멀찍이서 원향을 보고 있는 지금의 저이 때문일 수도 있다는 사실을 문득 깨달았다.

미륵이 원향을 필요로 했으므로 여환은 따랐을 뿐이었다. 황회의 말대로 원향은 미륵의 세상을 열기 위한 화룡점정이었다. 원향이 있었기에 지금의 거사가 완성될 것이었다. 하여 여환은 원향을 보통의 여인으로 여긴 적이 없었다. 남정네의 정욕으로 원향을 품을 생각을 해본 적도 없었다. 원향과의 합방 또한 미륵의 계시를 따를 것이었다. 한낱 사내의 정욕으로 품을 사람이 아니었다. 신령이 머무는 사람이었고, 사람이 신에게 이르는 길목이었다. 누구도 아니기에 누구나 될 수 있는 신이함을 범접해서는 아니 되었다. 그런 원향을, 저이는 마음에 두고 있었다. 신의 사람을 사람의 눈빛으로 품고 있었다. 애틋하면서도 순결한 그의 눈빛을 보며 여환은 신과 사람의 경계까지도 허물어버리는 마음이란 그것이 대견했다.

원향이 화룡점정이 될 수 있을 것인가를 여환이 의심해본 적은 없었다. 원향 자신이 이를 시험했을 뿐이었다. 원향은 성혼을 청한 여환에게 칠월 보름날 황해도 송화의 한 마을에서 지내는 기우제에 오라 했다. 기우제가 끝나면 답을 드릴 것이라 했다. 무녀라면 기우의 대상신인 용을 부릴 줄 알아야 했다. 용을 부르고 머물게 할 수 있어야 했고 사람이 필요한 것을 용에게서 얻어낼 줄 알아야 했다. 미륵이 원하는 이가 그러했다. 원향은 미륵이 진정 원하는 이가 원향 자신인지를 스스로 납득하는 자리에 여환을 초대하고 싶은 것인지도 몰랐다.

여환도 극심한 가뭄에 시달리는 송화마을에 대해 들어 알고 있었다. 황회가 목화를 사고파는 곳이어서 마을 상황을 소상히 알려주었다. 수백 년 동안 큰 시름 없는 평온한 마을이었다. 마을 뒤로는 불해산이 둘러쳐져 있고 마을 앞으로 옥토가 펼쳐져 있어 백호 넘는 가가호호가 먹고살기에 걱정 없는 곳이었다. 불해산에서 흘러내려온 물이 식수와 농수가 되었고 산이 거친 바람까지 갈무리해주어 해마다 풍작이었다. 이웃 마을이 냉해와 수해로 아우성일 때도 송화마을만은 평온하고 인심이 넘쳤다. 그런데 그해 들어 마을이 흉흉해지고 있다 했다. 사월과 오월, 유월이 지나도록 비한 방울 내리지 않은 탓이었다. 황해도 지역이 잦은 천둥과 큰비로 물이 넘쳐나고 있었지만 송화마을만은 논바닥이 쩍쩍 갈라졌다. 벼 허리까지 찼던 논의 물이 마르기 시작해 벼 뿌리가 드러났다. 갓 피어나기 시작한 목화가 죄 말라 죽었다. 지난 수백 년간 마를 일 없었다던 마을 우물이 바닥을 드러내자 사람들이 흔들렸다. 불해산 기슭의 용소에 잠겨 있는 날개 달린 응룡이 승천하지 못해 비가 오지 않는다는 말들이 돌았다. 마을 무당을 시켜 기우제를 세 번이나 지냈다. 세 번째 기우제의 세 번째 날, 천둥 번개가 치면서 먹구름이 하늘을 덮었지만 결국 비는 한 방울도 내리지 않았다. 일주일 더 굿판을 끌었지만 하늘은 무소식이었다. 하여 원향이 왔다.

원향은 마을에 도착하자마자 여환, 황회와 함께 마을 산인 불해산의 용소로 갔다. 울창한 소나무와 전나무 숲 사이에 움푹 팬 연못이 있었다. 새소리마저 뚝 끊긴 적막감이 바람을 타고 흘러들어왔다. 깊이를 가늠할 수 없는 검푸른 물색을 보며 원향이 마을 이장에게 말했다. 목소리가 전에 없이 갈라져 나왔다. 흙과 모래를 긁어다가 용의 형상을 만드시오, 마을 사람들 모두가 힘을 보태야 할 것이오, 길이는 칠십 척, 높이는 사 척, 폭 또한 사 척이오, 물비리굿을 할 것이오. 이장이 물었다. 토룡을 만들라는 말씀이시오? 길이 칠십 척이면 사흘은 꼬박 걸리겠소. 원향이 이장의 말을 받았다. 용의 날개는 펴져 있어야 할 것이오, 서두르시오. 어디에 만들어놓으면 되겠소? 마을에서 가장 넓고 큰 터에 두시오. 근 한 달간 빌어도 아니 되었소, 비가 오지 않으면 마을 사람 모두 굶어 죽소. 빌기만 한다고 되는 일이 아니오, 용은 부리는 것이오, 오백 년을 산 교룡이오, 무게가 이천 근이 넘소, 빌기만 해서는 그 몸체를 승천시킬 수 없소. 이장이 마른 입술을 달싹이며 말했다. 만신만 믿겠소.

용신에게 비는 것과 용을 부리는 것은 달랐다. 보통의 이들에게 용신은 받들고 경배하는 대상이었지만, 원향에게는 아니었다. 무녀라면 때에 따라서 용을 괴롭히고 자극해야 했다. 기우제를 준비하면서 원향이 여환에게 일러주었다. 용은 봄에 승천하였다가 가을에 연못에 다시 잠기오, 용이 태어난 물밑에서 동면을 하는 게 지요, 그러다 따뜻한 동풍이 불기 시작하면 물기둥을 만들면서 승천하오, 그때 비가 오는 게요, 용이 계절의 흐름을 읽지 못해 승천하지 못하면 비가 오지 않소, 하늘로 올라가야 할 용이 스스로 그럴 힘을 갖추지 못했다면, 하여 구름과 비를 일으키지 못하고 무기력하게 잠연하고 있다면, 무녀는 숭배와 경배가 아니라 자극과 강요의 방도를 강구해야 하오, 화평의 시대에는 받들고 숭배하는 신이었지만, 어둠의 시대에는 깨우고 자극하고 흥분시키는 용부림의 대상이 되어야 하오, 지금이 어둠의 시대요, 하여 용은 부리는 것이오, 그것도 모질게 말이오.

걸어 다니는 이라면 모두 모여 용을 만들었다. 마을 뒷산의 흙과 해안가의 모래를 섞고 짚을 넣어 반죽을 했다. 모래에 모래를 덧대어 용의 머리와 허리, 발과 발톱을 갖추어갔다. 머리는 낙타와 같고 뿔은 사슴과 같으며, 토끼 눈을 하고서 소의 귀를 했다. 몸은 뱀과 같고 비늘은 잉어와 같고 발톱은 매와 같으며 발은 호랑이와 같았다. 누구도 용을 본 적은 없었으나 용의 생김새를 알고 있었다. 보이지 않는 생물이었으나 있는 존재였다. 원향은 재를 섞어 용의 검은 눈동자를 만들게 했다. 소나무를 깎아 양쪽 눈 옆에 큰 뿔도 세웠다. 작대기를 땅에 박고 사이에 흙을 메워 날갯죽지를 펼쳤다. 막 하늘로 날아오르려는 칠십 척의 모래용이 탄생했다. 거대하고 크고 단단했다. 세상에 모습을 드러내본 적 없는 동물이 눈앞에 현현했다. 사람들의 마음속에 잠연해 있던 용이 승천할 준비를 마쳤다. 신위의 위엄을 갖추었다. 마을 사람들은 제 손으로 만든 용을 두고서 경외감에 두 손을 모았다. 모래용에 용신이 강림하기를 기원했다.

원향은 무복을 갖춰 입고 기우 의식을 시작했다. 징의 쇳소리가 밤하늘을 열었다. 장구 소리가 용의 몸으로 흘렀다. 원향은 마을 아이들을 모아 토룡 앞에서 주문을 외우게 했다. 석척蜥蝪아 석척아, 구름을 일으키고 안개를 토해내라, 비가 흥건하게 내리면, 너를 돌려보내리라. 원향은 성수방울로 토룡을 얼렀다가 대신칼로는 위협하면서 춤을 췄다. 연풍돌기가 끊이지 않았다. 붉은 철릭이 휘날렸다. 장구와 북 소리가 아이들의 주문과 합쳐지면서 천지를 울렸다. 어스름한 하늘에 별이 하나둘 떠오를 때 원향은 모래용의 머리 좌우에 불을 질렀다. 축축한 모래흙에서 연기가 피어오르더니 이내 용의 머리가 타오르기 시작했다. 뿔이 먼저 타올라 불길을 일구었다. 검은 눈동자가 벌건 불꽃을 내뿜었다. 검은 밤하늘에 꽃 같은 별이 쏟아졌다. 원향은 북재비와 징재비에게 밤새 무악이 울리도록 하고 불타오르는 용 앞에서 춤을 추었다. 불길이 바람을 타고 날갯죽지에 닿았다. 불길은 빠른 속도로 용의 허리까지 삼키고 있었다. 모래흙 속의 작대기가 바자작 부서지면서 용이 허물어지려는 순간, 불길이 하늘로 솟구쳤다. 용이 밤하늘로 날아올랐다. 벌건 불꽃이 하늘로 질주했다. 승천한다, 용이 승천한다, 마을 사람들은 함성을 질렀다. 아이들은 달싹거리고 어른들은 들썩거렸다. 승천한다, 악을 쓰며 자신도 모르게 눈물을 흘렸다. 용이 하늘로 하늘로 날아오르는 사이, 북과 징이 더욱 떠들썩해졌다. 원향의 춤사위도 격렬해졌다. 사람들의 입에서는 탄식이, 이마에선 땀방울이 흘렀다. 아니, 빗방울이었다. 비가 왔다. 쏴아, 거친 빗줄기가 쏟아졌다. 우르르 쾅쾅, 천둥소리가 이마에 흐르는 것이 빗방울임을 알렸다. 사람들은 울부짖으며 춤을 추었다. 북과 징도 큰 울음을 토해냈다. 되었다, 살았다, 이제 되었다, 이제 살았다, 빗물과 눈물과 탄식과 환희가 어우러지는 그 밤에 여환은 미륵이 왜 원향을 원하는지 알게 되었다. 원향은 용과 통하는 용녀였던 것이다.

*

한양의 하늘은 시치미를 떼고 있었다. 연 이틀 먹색 구름을 둘러쳐 장대비를 쏟아붓더니 정오 들어 구름 한 점 내보이지 않는 민낯이었다. 큰비에 속세의 먼지들이 씻겨나간 듯 청명했다. 무리가 기슭을 거쳐 가야 할 도봉산의 봉우리들이 손에 잡힐 듯 뚜렷한 윤곽을 드러냈다. 비에 젖은 바위는 암갈색으로 반들거리며 햇살을 튕겨내고 있었고, 물을 머금은 소나무와 잣나무 들은 위풍스럽게 하늘을 맞고 있었다.

황회는 크게 숨을 들이쉬었다. 물비린내가 났다. 고개를 들어 하늘을 바라보았다. 하늘은 구름 한 점 없이 맑았다. 딱히 어디를 바라본 것은 아니었다. 다만 저 평안한 낮의 하늘 어디쯤인가 세상을 쓸어버릴 물이 예비되어 있음을 생각할 뿐이었다. 이제 막 큰길로 들어섰다. 서두를 필요는 없는 길이었다. 날이 좋고 말이나 사람이나 무강하니 행차가 더디어질 이유는 없었다. 오늘 밤 안으로 도성에 도착할 것이었고 오늘이 지나면 하늘이 예비한 대로 움직이면 되는 길이었다. 갈색 암말의 뜨거운 콧김에서 물비린내가 났다. 황회는 다시 하늘을 바라보았다. 해가 중천에 떠오르자 원향이 탄 말이 비지땀을 흘리기 시작했다. 모처럼 햇빛이 쏟아져서인지 집마다 빨래며 옷가지를 내거느라 아낙네들이 분주했다.

일행은 곧 도봉산의 기슭에 접어들었다. 산허리를 돌면 다락원에 도착할 것이었다. 황회는 원향이 탄 말의 고삐를 내려놓았다. 말은 지친 기색이 없었다. 빗방울이 맺힌 콧잔등을 혀로 핥으며 순순히 길을 따라 걷고 있었다. 말 위의 원향은 표정을 알 수 없었다. 가끔씩 중얼거리는 소리를 내기도 했지만 대부분 조용히 허공을 바라보았다. 여환의 말을 끌던 이말립이 황회에게 다가와 나란히 걷기 시작했다. 이말립의 몸에서 안개가 피어올랐다.

—최영길에게 잘 일렀는가?

—오늘 저녁 어의동으로 올 것입니다. 닷새 전 김시동과 도성에 들어가 준비해놓았습니다. 주신 백 냥 중 열 냥이 남았습니다.

—쓸 만하던가?

—최영길의 주인 양반이 거래하던 곳이라 하니 믿을 만할 겁니다.

112

황회는 이말립의 어깨를 다독였다. 마흔이 다 돼가는 나이지만 왜소한 몸새 때문인지 늘 안쓰러운 마음이 드는 이말립이었다. 아들이 병으로 죽고 딸아이마저 몸져눕자 황회를 찾아왔었다. 가신을 내쫓고 성인제석을 모시고 난 후 딸아이는 자리를 털고 일어섰다. 미륵이 따로 있는 게 아니라 황회가 바로 미륵이라 여기는 이였다.

—오던 길에 보셨는지요? 벼가 모두 얼어 죽었습니다. 십팔 년 전 난리가 또 오는 것이온지요?

—그리 느끼는가?

—올해 사월에 우박과 서리가 내리지 않았습니까? 큰 것은 밥그릇만 했습니다. 콩과 조 같은 밭작물은 씨도 못 뿌려 발을 동동 굴렀지요. 유월에는 또 어땠습니까? 천둥 치고 바람 불고 우박이 또 내렸지요. 목화가 다 얼어 죽지 않았습니까? 벼들도 우수수 쓰러져 수확을 포기했지요. 우박 맞아 죽은 토끼는 생전 처음 보았습니다.

—그러했지.

—작년에도, 재작년에도 한여름에 서리가 내렸습니다. 멀쩡한 이도 굶어 죽게 생겼습니다. 이러다 또 역질이라도 돌면 세상이 어찌 되는지요?

—참혹한 일일세.

—무섭습니다. 십팔 년 전 그때만 생각하면 아직도 식은땀이 납니다. 자식을 도랑에 버리고 생매장하고 삶아 먹었다 풍문이 돌았

지요. 시궁창에 시체가 쌓이고 사람들이 사라지고 인육이 나돌았지요. 지옥이 따로 없었습니다. 그런 일이 다시 올까 무섭습니다.

　—경술년과 신해년이었네. 살아남은 것이 신이한 일이었지. 걱정 마시게. 미륵님이 오시지 않는가? 우리가 이렇게 나서지 않는가?

　황회는 마른하늘을 바라보았다. 허나 그보다 더한 재앙이 먼저 들이닥칠 걸세. 피가 성곽에 흐르고 살육이 크게 일어난 연후에야 미륵의 세상은 온다네, 평안도 사람들 사이에서 이런 노래가 퍼지고 있질 않나? 양반이 상놈 되고 상놈이 양반이 되는 세상이 될 때, 향낭 사람은 상방채로 살러 가고 상방 사람은 향낭채에 살게 된다, 먹을 것이 없어 서리 배 곯은 사람이 많갔구나, 입을 것이 없어 서레 옷 벗은 사람이 많갔구나, 거리거리 걸객이라 흉년 세월이 돌아와서, 집집마당 울음이요 간 곳마당 근심이라, 남녀노소 오륜 삼강이 끊어져서, 남녀노소 구별 없고 위아래 구별 없고, 한 나라에 왕이 많아 다툼하갔구나 나라싸움 하갔구나, 후 세월이 혼잡하리라…….

　새로운 세상은 말세를 거쳐야 오는 법, 말세란 빈 밥그릇으로 시작한다네. 이어 법도가 깨지고 인륜과 천륜이 끊어지는 대혼란이 들이닥칠 걸세. 소가 개를 낳고 토끼에 뿔이 달리고 아비가 자식을 잡아먹는 세월을 감내해야 하네. 그리하고 나면 다시 미륵의 법도가 세워지고 신령한 인륜과 천륜이 뿌리내릴 걸세. 천지의 이치가 그러하고 미륵의 뜻이 그러하네. 그러니 그 대재앙을 견디는 자만이 미륵의 세상에서 주인이 될 수 있지 않겠는가? 황회는 말을 삼키면서 이마의 땀을 손으로 닦아냈다. 어떤 재앙을 견뎌내야 하는지는 황회 또한 짐작할 수 없었다. 십팔 년 전의 그때보다 참혹할 것이었다. 그보다 더 참혹하다니, 황회의 입이 바짝 타들어 갔다.

봄에 우박과 서리가 내려 일 년 농사를 망쳤다. 오월에는 비 한 방울 내리지 않아 모내기를 하지 못한 농민들이 하늘만 바라보았다. 어찌어찌 가뭄을 피한 벼들은 한재에 당했다. 한여름에 천둥과 번개만 빈번하니 땡볕을 받지 못해 시들해져갔다. 밭작물은 씨도 뿌리지 못했다. 황충蝗蟲까지 들끓었다. 메뚜기가 빈천한 들녘을 휩쓸고 가면서 그나마 남은 곡식의 잎과 줄기, 뿌리까지 모두 먹어치웠다. 그것으로 끝이 아니었다. 역질이 돌았다. 백성들의 입에선 누런 물이 흐르고 밑에서는 시커먼 물이 흘렀다. 마을 산에 시신이 쌓이고 우물이 메워졌다. 역질은 사람으로 그치지 않았다. 우역이 돌았다. 소가 먹은 걸 게워내고 시커먼 물똥을 싸며 쓰러졌다. 백성들은 산에 올라가 나무 열매를 주워 먹었다. 이내 나무 열매가 다하자 들나물을 캐 먹었다. 풀뿌리가 떨어져 닭과 개를 잡았다. 닭과 개 소리가 들리지 않자 마소를 죽여 배를 채웠다. 마소마저 끊기자 사람들이 사라지기 시작했다……

임금과 수령이 구휼에 애를 썼다. 비축한 곡식을 풀고 세금을 면제해주었지만 속수무책이었다. 곳간이 비니 곡식이 금보다 귀해지고 도둑질하는 자들이 들끓었다. 덜 익은 곡식을 베어가고 관

곡을 강탈했다. 훔치고 죽이고 빼앗는 도둑 무리들을 관리들은 모른 척했다. 어미가 아이를 버리고 도망쳤고 아비가 아들을 죽였다. 사내가 아낙을 겁탈하고 아낙이 사내를 죽였다. 구걸하는 이가 수백이요 굶어 죽은 이가 천지였다. 자고 일어나면 시체가 쌓였다. 굶주림과 역병이 인륜과 천륜을 거두어갔다.

늦게 얻은 딸자식을 역질로 잃고 난 후 황회는 처를 데리고 구월산의 깊은 계곡으로 몸을 피했다. 그곳에 태성암이라는 암자가 있었고, 태진이라는 수도승이 있었다. 암자를 지을 때 시주한 덕에 인연을 맺어놓은 것이 황회를 살렸다. 그곳에서 황회는 그해가 다 가기만을 기다렸다. 짊어지고 간 쌀과 보리가 떨어지자, 도토리를 삶아 수숫가루와 섞어 먹었다. 그마저 바닥나자 솔잎을 따 가루를 만들어 조와 섞어 죽을 쒀 먹었다. 살아 있는 게 비루한 나날이었지만 살아야 했다. 이 세상이 그리 끝나지 않을 것이라는 걸 황회는 믿었다.

냉해와 가뭄, 수해, 풍해, 충해, 역병까지, 하늘과 땅과 사람과 짐승이 한데 뒤섞여 아수라가 되었다. 세상이 속절없이 무너져가고 있었다. 자연은 냉혹했고 사람들은 참혹했다. 모든 이들이 말세를 말했다. 황회는 그 재앙의 시작을 알고 있었다. 하늘의 별을 보고 인간의 일을 헤아리던 그였기에 하늘이 내비친 변고가 야속했다. 경술년 새해 첫날, 햇무리가 걸렸다. 붉은빛을 띤 안쪽을 푸른빛이 감싸고 있는, 생전 처음 보는 기이한 모습이었다. 엿새 뒤에는 벌건 대낮의 하늘에 태백성이 박혔다. 저녁 무렵 서쪽 하늘에만 보이는 별이 대낮에 해와 함께 나타난 것이었다. 불길한 징조였다. 새해의 열흘째 되는 날, 재앙은 피할 수 없다는 듯 거대한 유성이 모습을 드러냈다. 꼬리까지 단 붉은 유성이 올챙이처럼 검은 하늘을 휘젓고 지나갔다. 뒤이어 유성들이 무리를 지어 비 오듯 했다. 대포 소리와 함께 돌이 떨어졌다. 해가 빛을 잃었고 해가 둘이 되기도 했다. 비가 오면 붉은빛이요 눈이 오면 누런빛이었다. 하늘의 변고에 응답하듯 땅의 변고가 시작됐다. 개천의 물이 핏빛이 되었다. 개구리가 들판을 휩쓸었고 지렁이가 땅을 뒤덮었다. 급기야 땅이 흔들렸다. 담벼락이 무너지고 기와가 산산조각 났다. 마소가 쓰러졌고 사람들이 일어나지 못했다.

괴이한 변고였고 불길한 징조였다. 모든 징후가 하나의 끝을 보여주었다. 말세였다. 세상이 끝나려 했다. 그러나 새로운 세상은 오지 않았다. 여환이 없었고 원향이 없었다. 아직 때가 이르지 않았음이었다. 십팔 년이 흐른 지금에야 때가 되었다. 미륵이 그 몸을 빌려 강림하실 자가 준비되었다. 용을 부려 세상을 쓸어버릴 자도 준비되었다. 이때를 얼마나 기다렸던가, 황회는 자신이 십팔 년 전 죽지 않고 살아남은 것 또한 미륵의 뜻임을 깨달았다. 허나 미륵의 세상 전에 올 대재앙이 여전히 두려웠다. 가장 비참한 혼란 속에서 가장 복된 미륵의 질서가 만들어질 것임을 믿어 의심치 않기에 두려웠다. 대재앙을 견디는 자가 미륵 세상의 주인이 될 터였다. 황회는 마음을 다잡았다. 여환이 있고 원향이 있었다. 그들과 함께라면 다가올 지옥을 견뎌낼 수 있을 터였다.

말을 끌던 황회의 발걸음이 느려졌다. 일행의 발걸음도 듬성해졌다. 큰길 옆에 너른 가옥이 보였다. 도봉산의 객사인 다락원에 이른 모양이었다. 황회는 원향이 말에서 내리는 것을 도왔다. 여환도 말에서 내려 원향 곁에 섰다. 황회가 말을 매어둘 곳을 찾아 다락원의 여기저기를 눈으로 좇을 때, 맑은 낮 하늘에서 희멀건 것이 내려왔다. 깃털 같기도 하고 먼지 같기도 한 그것 옆으로 또 하나가 내려왔다. 구름 한 점 없는 하늘을 배경 삼아 더욱 희게 보이는 그것들이 빛을 냈다. 흡사 밤하늘의 형설과도 같았다. 쉰다섯의 황회가 열다섯의 얼굴이 되어 그 흰 것들을 보았다. 원향도 그 흰 것들을 보았다. 앞서 내린 것이 허공을 유랑하다가 여환의 어깨에 내려앉았다. 뒤이어 내린 것은 원향의 머리에 앉았다. 마치 저 아득한 곳에서부터 그 자리에 안착할 마음을 품고 있었다는 듯했다.

—상서롭도다, 칠월에 눈송이라니. 하늘이 징후를 주시는가 보오.

어느새 쉰다섯의 얼굴로 돌아온 황회가 말했다. 원향의 옆에 선 여환이 대답했다.

—이징里徵이란 이렇듯 기이하오. 사람의 품으로 가늠키가 어렵소.

김시동 형제들은 하늘을 바라보며 양양해졌다. 나머지 사람들도 상서로운 징후에 들뜬 얼굴이 되었다. 칠월 한낮의 눈송이 두 개가 조용히 무리를 달구었다.

*

밭 한 뙈기, 논 한 뙈기면 되오, 그거면 우리 다섯 식구 먹고사오, 천신님, 지신님, 미륵님, 한 뙈기면 되오.

정원태는 반백의 사내가 두 손을 가슴팍에 모으고 머리를 조아리며 읊고 있는 모습을 바라보고 있었다. 천신제를 지낼 때 용녀 부인과 춤을 추었던 그 사내였다. 해진 옷 사이로 마른 뱃가죽을 드러낸 사내는 치성이라면 치성이랄 수 있는 것을 드리고 있었다. 입에서 침이 흘러 해진 옷깃을 적시는 줄도 모르고서 열을 올리고 있었다. 원태의 입에서 한숨이 새어 나왔다. 저런 정신 나간 사내와 무슨 일을 도모할 수 있을지 가늠이 되질 않았다. 반백의 사내 옆으로 얼기설기 짜깁기한 동달이를 입은 삼돌이가 그나마 믿음직스러웠다. 삼돌이는 입을 굳게 다문 채 새로 장만한 환도를 이리저리 돌려보고 허공을 베어보기도 했다. 삼돌이와 한마을에 산다는 귀남이는 삼돌이가 칼로 허공을 가를 때마다 놀라 움찔대면서도 삼돌이 옆을 떠나지 않고 있었다.

정원태와 함께 영평현에서 일하는 향리 허시만은 물이 가득 찬 호리병을 만지작거리고 있었다. 양주에 오는 길 옆의 갯가에서 퍼 담은 물은 며칠 큰비로 갖은 것들이 섞인 듯 뿌연 빛이었고 시큼한 냄새까지 났다. 허시만은 호리병에 물을 담고서 병 입구를 솔잎으로 막은 뒤 지푸라기를 엮어 거꾸로 매달아 봇짐에 매달고 다녔다. 호리병의 물이 한 방울씩 천천히 떨어졌다.

—신기하지 않은가, 원태. 이리하면 비가 온다지 않는가.

—아직도 비 타령인가.

—칼 쓰기 전에 큰비가 먼저 오면 좋지 않은. 나는 칼을 쓰고 싶지 않으이.

허시만은 거꾸로 매달린 호리병을 바로 했다 다시 거꾸로 했다 하면서 시간을 보내고 있었다. 정원태는 다시 한숨을 쉬었다. 관아의 무기를 탈취하려고 밤이 되기를 기다리고 있는 이곳 양주목의 민가에서, 엎어지면 코 닿을 양주목 관아가 있는 이곳에서, 허시만은 칼을 쓰고 싶지 않다 했다.

—버드나무 가지가 없어서 아쉽지 뭔가. 그 많은 버드나무가 왜 내 눈에만 안 띄는지 알다가도 모르겠네그려. 이걸 버들가지로 매달아야 효험이 있단 말일세. 황 지사도 그리 말하고 무당들도 그리 이르더군. 해서 큰비가 오지 않는다면 버드나무 가지 탓이네. 그렇고말고.

—귀신 쫓는 데 좋소이다, 버드나무 가지, 그걸 귀신이 싫어한다우.

어느새 귀남이가 허시만과 마주 앉아 있었다.

—내 눈으로도 봤소이다. 귀신 들린 할미 얼굴을 버들가지로 쳐대니 사시나무 떨듯 떨더이다. 그 호리병도 버들가지로 매달면 좋았을 것을.

—그놈의 버들가지 타령은 그만하란 말일세.

정원태는 자신도 모르게 버럭 성을 냈다. 허시만과 귀남이는 잠시 정원태를 바라보더니 다시 고개를 돌려 이야기에 열중했다. 본래 철면피 같은 성정의 허시만은 아랑곳하지 않았고 귀남이는 눈치가 없는 탓이었다.

　—욕을 해도 비가 온다우. 알고 있소? 우리 할아버지가 해준 이야기인데 말이우. 오래 비가 오지 않으면 마을에 욕 잘하는 집을 골라 솥뚜껑을 훔쳐서 강가로 가져간다우. 그러면 기다리던 처녀 중 한 명이 머리에 이고, 다른 처녀는 부지깽이로 솥뚜껑을 두드리고, 남은 처녀는 바가지로 물을 퍼서 솥뚜껑에 얹은 체에다 붓는다우. 그리고 주문을 외는 게요. 쳇님도 비가 오는데 하늘님은 왜 비를 안 내려주오, 하고 말이우. 밥을 하러 나온 욕쟁이 아낙이 솥이 없어진 걸 알고 얼마나 황망하겠수? 솥 찾으러 동네방네 다니면서 욕을 해대는 게지. 어느 쌍것들이 훔쳐간 거야? 눈에 보이면 다리몽둥이를 분질러놓을 거라, 평생 빌어먹고 살 거지발싸개 같은 것들, 뭐 이렇게 하지 않겠수? 그럼 천신과 용신이 그 욕 씻어내려고 비를 내린다우. 욕을 싸지를수록 세상이 더러워지고 그럴수록 천신과 용신이 큰비를 내려준다지 않수?

　허시만이 말을 받았다.

　—욕 잘하는 것도 세상에 득이 된다니 묘한 이치요. 나 어릴 적 살던 마을에서는 아들 못 낳는 아녀자를 데려다가 솥을 뒤집어씌워놓고는 물을 뿌렸다오. 마을 사람들 모두가 물을 길어다가 한 바가지 두 바가지 물을 뿌린다오. 그 아녀자는 아들 못 낳는 것도 서러운데 사람들에게서 험한 꼴을 당하니 얼마나 원통하겠소? 하

여 서럽고도 서럽다, 하며 하늘에 대고 곡을 하지 않겠소? 그럼 하늘이 그 아녀자를 불쌍히 여겨 비를 내려주었다오. 여인의 원한이 하늘을 찌른다, 틀린 말이 아니질 않소? 허허.

정원태는 둘의 이야기를 더는 듣고 있을 수 없어 자리를 박차고 나왔다. 마당을 지나 길가의 바위에 앉아 오고가는 사람들을 뜻 없이 바라보았다. 버들가지가 없어 큰비가 오네 마네를 말하는 허시만의 얼굴에서 배어나는, 욕을 할수록 큰비가 온다는 귀남이 얼굴에서 배어나는, 모든 것을 신령에 맡겨버리는 뭇사람들의 믿음이 오늘은 진저리가 났다. 그건 나약함이었다. 세상사는 인간의 의지로 어쩔 수 없다는 비겁함이었다. 하여 천신과 용신에 운명을 맡겨버리고 그저 빌기만 하는 작은 존재로 스스로를 낮추고서 신령의 그림자 속으로 숨어버리는 것이었다. 사람의 운명을 쥐는 것은 신령이고, 그 신령에게 의탁하는 것만이 사람이 할 수 있는 일이라 믿는 이들과 무엇을 도모할 수 있단 말인가.

허시만과 귀남이만 그런 게 아니었다. 열사흘 달을 보름달로 만드는 일을 자신이 하겠다고 결심한 어젯밤부터 사람들을 모으려고 나선 정원태는 알게 되었다. 누구든 할 수 있는 일이 내가 해야 할 일로 바뀔 때 사람들이 얼마나 비겁해지는지를. 삭녕과 장포 사람들이 양주목을 털 것이라는 풍문이 한탄강의 불어난 강물처럼 넘실대며 사람들의 마음을 들뜨게 만들었지만, 정원태와 허시만, 전시우, 삼돌이, 영득이, 업둥이 등 이름이 거론되는 순간부터 사람들의 마음은 가라앉았다. 그들은 자기 이름이 그저 풍문처럼 바람에 흘러가기를 바랄 뿐, 거사의 주인공으로 떠오르는 것을 두려워했다.

지금 오고 있는 비 때문에 한탄강과 임진강 물이 불어 사람들이 양주로 건너오지 못한 것도 한몫했다. 사공은 배 띄우길 거절했고 사람들은 배가 뜨지 않는다는 핑계를 댔다. 그건 핑계였다. 미륵의 세상을 여는 데 불어난 강물을 건너는 정도의 위험도 감수하지 않으려 하는 사람들이 정원태는 야속했다. 목숨 걸고 이 일에 뛰어든 그로서는 야속하고 야속했다. 미륵 세상에 대한 갈망이 고작 그 정도였는가, 상놈이 양반 되는 세상을 맞고픈 염원이 그저 그러했는가, 자기 몸의 터럭 하나 다치지 않아도 세상이 뒤집어지길 바라고 새 세상에서 잘 먹고 잘 살기를 바랐던 것인가. 순간 정원태는 사람들의 발을 묶어놓은 것이 용녀 부인의 뜻이 아니었을까 의심이 들었다. 칼이 하는 일이 아니라는 용녀 부인이니 충분히 그럴 수 있을 것 같았다. 정원태를 한양으로 입성하는 무리에서 제했던 것은 기실 금욕과 치재를 어겨서가 아니라 칼을 쓰려는 그 의지 때문은 아니었을까. 사람들이 강물을 건널 수 있었다면 어찌 되었을까, 불어난 강물을 넘을 방도가 없다는 핑곗거리가 없었더라면 어찌 되었을까. 용녀 부인을 향한 원망이 다시금 물결쳤다.

그렇게 하루 꼬박 마을을 다니면서 모은 이가 고작 열 명 남짓이었다. 정원태와 허시만, 반백의 사내와 삼돌이가 함께한다 했고, 영평의 향리인 전시우가 장정 대여섯 명을 데리고 이곳 양주목으로 오기로 했다. 정원태는 전시우와 함께 오는 그 사내들이 자기와 함께 있는 이들보다는 힘깨나 쓸 것이며 위험을 감수할 정도로 미륵의 세상을 갈망하는 자들일 것이기를 바랐다. 여름 해는 더디게 지고, 기다리는 전시우는 오지 않고 있었다. 전시우가 오지 않을 리는 없을 것이었다. 높은 관리들은 손 하나 까딱하지 않는 궂은일을 도맡아 하면서도 녹봉도 받지 않는 향리를 그만두겠다고 하던 그였다. 땅 가진 자들이 땅에서 땀 흘리는 자들을 후려치는 세상도 그만두게 하겠다고 했다. 공평하지 않은 것을 내버려두는 것은 제 성정이 아니라고 했던 이였다. 정원태는 우락부락한 얼굴에 핏대를 세우던 전시우의 얼굴을 떠올리며 양주목 관아의 무기고를 털 일을 순차적으로 머릿속에 그려보았다.

그때 저편 사거리에서 한 무리의 사람들이 바지런히 걸어 오른편으로 꺾어 가는 것이 보였다. 정원태는 그들을 힐끔 바라보다 아는 얼굴을 발견하고서 눈이 커졌다. 김시남이었다. 시남은 나무 궤짝을 지게로 지고서 앞장을 서고 있었고 그의 어머니인 정성인 계화와 그 신딸, 어진과 그 신딸이 뒤를 이어 걷고 있었다. 정원태는 낯모르는 이들이 북적이는 양주목에서 아는 이들을 만난 것이 반가워 아는 척을 할까 설핏 생각했다. 하지만 곧 자신의 계획을 그들이 알아차린다면 일이 난감하게 되어갈 것 같아 그만두었다. 뒤이어 그들이 왜 이곳 양주까지 왔는지 의아한 마음이 들었다. 무리의 계획과 각자의 움직임은 어제 천신제가 끝난 뒤의 회합에서 모두 결정되었다. 열세 명의 성인들이 한양으로 입성하고 보름날 큰비가 내려 도성이 휩쓸려간 후에 궁궐을 차지할 것이며, 양주와 영평 등지에서 기다리던 사람들은 기별을 받은 후에 궁으로 들어가는 것이 계획이었다. 그러니 저들이 보름날도 아닌 때 이곳 양주에 있다는 것은 모두의 계획을 따르지 않고 있다는 말이 되었다. 필시 여환과 황회가 모르는 그들만의 어떤 일을 꾸미고 있음이 분명했다. 모르긴 했으되 양주목의 무기를 탈취하는 일은 아닐 것이었다. 시남이 짊어진 나무궤짝에는 정성인이 굿을 할 때 쓰는 무구가 들어 있다는 것을 정원태는 알고 있었다. 굿을 하러 가는 길임이 분명했다. 하지만 어디로 간다는 것일까, 거사를 앞둔 마당에 누구를 위해 굿을 한다는 것일까. 거사를 위해 무리가 할 수 있는 일은 천신제가 마지막이었다. 정원태는 바위에서 일어나 천천히 그들을 따라갔다. 하나의 뜻으로 하나의 일을 도모한다고 믿었던 이들이 다른 길로 그림자처럼 움직이고 있었다, 정원태 자신이 그러하듯이.

하랑은 말했다

십팔 년 전 그날, 이생을 마감한 그날, 내 혼은 갈 곳을 몰랐다. 숱하게 죽은 자를 몸에 깃들게 한 나였지만, 이제 막 죽은 자가 되고서야 비로소 그 황망함을 느꼈다. 나는 사자使者를 따라 끝없이 걸었다. 더러 쉬기도 하고 더러 울기도 하면서 수없이 많은 산을 타고 강을 건너고 고개를 넘었다. 그러다 세 갈래의 길이 나타났다. 어느 길로 가야 할지 몰랐다. 사자가 일렀다. 오른쪽은 지옥의 길이요, 왼쪽은 시왕으로 가는 길이다. 나는 지옥으로도 시왕으로도 가고 싶지 않았다. 그래, 가운데 길로 달렸다. 이 악물고 달렸다. 사자는 쫓아오지 않았다.

백은 이미 시퍼렇게 굳어갔지만 혼은 백을 떠나지 못했다. 이대로 이생의 기억을 잃고 싶지는 않았다. 고통을 떠나보내고 싶지 않았다. 그것이 편안해지는 방법이라 해도 난 그럴 수 없었다, 그러고 싶지 않았다. 삼갑사자三甲使者 달려들어, 머리에 천상옥天上玉, 이마에 벽력옥霹靂玉 눈에 안경옥, 혀 밑에 바늘을 단단히 걸어놓고, 입에 하무 물려 귀에 쇠 채워놓으니, 망자 명 끊는 소리 대천바다 한가운데, 일천 석 실은 중선 닻줄 끊는 소리 같다. 아무 생生 망자 속절없고 하릴없다……. 망자를 저승으로 보내며 부르던 노래를, 내 저승길에서 부르며 몇 년을 떠돌았다. 속절없고 하릴없었다. 그러던 어느 정월 대보름날이었다. 하늘을 향해 절을 올리는 한 아이를 보았다. 제 눈에만 보이는 것들이 보이지 않게 해달라고 빌고 있던 너를 보았다. 크고 강한 내 딸 원향아, 너는 신을 보고 싶지 않다 말했지만, 너의 마음은 이미 신을 보는 삶을 예비하고 있었던 것을 아느냐? 신과 함께 사는 삶을 준비하고 있었던 것을 모르느냐? 별이 네 눈에서 빛날 때, 나는 그것을 읽었다. 네가 세상에 태어난 그날의 사연을 알았다. 네가 모르는 너의 사연을 나는 알았다.

아, 원향아, 내가 너를 보고 네가 나를 받은 것을 어찌 운명이라 하지 않겠느냐? 내가 생을 거둘 때 생은 다시 네게로 스몄다. 십팔 년 전 대기근이 조선 팔도를 세상 끝으로 내몰고 있을 때, 너는 태어났다. 가뭄의 신 한발旱魃이 위세를 떨치던 그 대재앙의 한가운데서 나는 죽고 너는 태어났다. 가뭄은 혼자 오지 않는 법, 역질이 따라왔다. 옆 마을 최 대감의 환갑잔치에 날품팔이 갔던 너의 어머니를, 역질이 따라왔다. 먹은 것을 토하고 사지가 부들부들 떨리는 네 어머니를 사람들은 곁에 두지 않았다. 네 어머니는 마을 귀퉁이 오두막으로 쫓겨난 채 갇혀 지냈다, 널 배 속에 품은 채로.

멀리 역 차출을 나간 아비가 돌아와 네 어미를 찾았을 때, 어미는 마지막 숨을 내쉬고 있을 때였다. 네 어미가 말했다. 아이를 살리시오, 아이는 살 수 있소, 살려고 발버둥치는 이 불쌍한 것을 품에 안으시오. 아비는 울었다. 어미는 죽어갔다. 배를 가르시오, 난 죽은 몸이니 주저하지 마시오. 그 말을 남기고 어미는 눈을 감았다. 아비는 차마 그럴 수 없었다. 사람이라면 어찌 그럴 수 있겠느냐? 허나 아비는 사람이 아니라 아비였다. 아비가 칼을 들었다, 죽어가는 네 어미의 몸에서 너를 꺼냈다, 그것이 네 아비였다.

세상이 버린 여인의 몸을 가르고 나와 넌 그렇게 생을 얻었다, 그것이 너였다. 너를 해수에게 보냈다. 해수라면 너를 크고 강한 만신으로 키워낼 수 있으리라 믿었다. 너의 육신을 신의 몸으로 만들어 신명을 받잡는 거침없는 무녀로 키울 수 있으리라 믿었다. 거침없는 무녀, 크고 강한 만신, 나는 너를 그리 만들고 싶었다. 내가 그러했던 것처럼, 너도 그러하길 바랐다, 원향아. 내림굿을 하며 네 몸에 깃든 잡신을 내보내고 내가 들어앉았다. 허나 너는 그것을 알지 못했다. 나는 네 몸속에서 꼭 맞는 옷을 입은 느낌이었다. 어렸을 때 우물에 비친 내 얼굴을 보며 맑아진 느낌이었다. 우물 속의 내가 말했다. 넌 어디서 온 게냐? 영원히 함께하련다. 나는 그렇게 신을 받았고 넌 그렇게 나를 받았다. 신령을 모시게 되었으니 크고 강한 무녀로 서겠습니다, 라고 네가 입트임을 시작했을 때, 나는 너와 함께하는 기쁨을 표현하고 싶었다. 신단의 칠성화가 불타오른 건 그 때문이었다. 허나 너는 그것을 알지 못했다.

아직도 내 가슴이 뛰는 이유를 아느냐? 신성한 정기가 모여 있는 산을 밟으며 너와 함께 신명 받기를 했던 일을 떠올릴 때면 그러하니라. 넌 황해도 구월산을 돌았고, 대관령의 국사성황에서 기도했고, 대둔산 천왕봉에서 축원을 드렸다. 네가 구월산의 상수리나무를 타고 올랐을 때, 하늘의 기운이 네 몸을 타고 흐르고 땅의 마음이 네 마음으로 덩달아 흐를 때, 나는 상수리나무와 함께 울었다. 나무와 함께 울고 산과 함께 둥둥거렸다. 인간의 몸으로 신의 혼령을 울릴 줄 아는 네가 기꺼웠다. 나는 너에게 만 가지 신들의 역할을 일러주었다. 해와 달과 별을 관장하는 일월성신과, 잡신을 내물리쳐 만신을 지켜주는 성수장군신과, 황해도 개성의 덕물산에 모셔져 잡신을 물리치는 최영 장군신과, 황해도의 으아도에 모셔져 섬을 수호하는 백마장군신과, 인간의 운명과 복을 관장하는 삼불제석신과, 무당에게 영험함을 주는 작두신 삼토신장신과, 육도삼락의 지리를 관장하는 천문신장신을 가르쳤다. 너는 제각각 다른 신격들의 힘과 역할을 잘 받아들였다. 참으로 영특한 원향아.

너는 고기를 멀리하고 적게 먹으며 향이 피어나는 물에 목욕하면서 몸과 마음을 정결히 했다. 참으로 정결한 원향아. 너는 몸을 씻을 줄 알았고 마음을 비울 줄 알았다. 네 육신에 신령이 자유로이 드나들며 신격을 피울 수 있도록 너 자신을 죽일 줄 알았다. 그것은 고통이되 환희이고, 시린 것이되 특별하다. 뭇사람과 다르다는 것은 그런 뜻이다. 보통 사람의 희로애락보다 깊고 격렬하고 뜨거운 감정을 느끼되 그것조차 제 안에 담아두어서는 아니 된다는 뜻이다. 너는 그것을 알았다. 허나 너는 나를 알지 못했다.

천신과 산신, 용신을 이르는 삼신 중에서 너는 용신의 강림을 유별나게 반겼다. 그건 아마 나의 내력이 너에게로 잘 전해졌음을 뜻하는 것일 게다. 용을 부르고 머무르게 할 줄 아는 용녀의 줄기를 네가 물려받았다는 뜻일 게다. 수많은 만신 중에서도 유독 너에게 각별한 신이함이 깃들었음을, 하여 그 신이함만큼이나 수고로움을 짊어지게 되었음을, 원망하지 않는 네가 어여쁘고 마음 아플 뿐이었다. 나는 너에게 미륵님의 이야기를 들려주었다. 세상의 기원과 악의 시작, 사람의 탄생, 석가와 미륵의 내기, 만신의 마음가짐에 대해 숱한 이야기를 들려주었다. 나는 세상을 있게 한, 사람을 있게 한 그 미륵의 마음을 네가 품기를 바랐다. 허나 너는 그것을 듣지 못했다.

너는 만신의 삶을 위해 하루도 쉼 없이 정진했다. 그것은 인간의 때를 벗는 것이었다. 마음을 재계하는 것이었다. 너와 함께하면서 나는 죽음의 때를 벗었다. 죽음이 가져온 충격에서 벗어났고 외로움과 무기력과 자괴감을 비울 수 있었다. 나 또한 새로이 마음을 재계하였다. 하여 원혼으로 머물지 않고 신령이 되었다. 죽은 자였으나, 죽이는 자가 아니라 살리는 자가 될 수 있었다. 죽은 자이나 산 자에게 이로운 존재가 될 수 있었다. 원향아 크고 강한 내 딸아, 별이 쏟아지는 날, 내가 너를 알아본 것은 원혼에서 신령이 되는 만신의 마지막 길이었다. 내가 죽어 만난 세 가지 갈래 길의 가운데 길이었다. 그 길을 너와 함께 갔다. 허나 너는 나를 알지 못했다.

너는 신령을 받아들임으로써 흔한 보통의 삶을 버렸다. 만신은 삶과 죽음의 길을 보여주는 이, 하여 만신 자신의 삶과 죽음도 허투루 맞이해서는 안 된다. 결코 그래서는 아니 된다. 만신은 그 죽음까지도 신령의 뜻에 걸맞은 깊고 넓은 것이라야 한다. 하여 크고 강한 만신이되, 신령의 뜻이 아닌 인간의 의지로 죽을 길로 가서는 아니 된다. 이를 알려주려고 너에게 닿고 싶었다. 원향아, 내 말 듣고 있는 것이냐?

신의 일, 사람의 일

무진년 7월 14일 오후 4시

양주목으로 향하는 세 갈래 길에서 계화와 무녀들은 마을로 이어지는 오른쪽 길로 발을 옮겼다. 길 아래 천의 물길이 며칠간 쏟아진 비를 짐작케 했다. 갯가 옆에 작은 주막이 보였다. 일행이 주막에 들어서자 늙은 아낙이 행색을 훑어보며 물었다.

—묵어 가시는 게요?

—선덕을 보러 왔소, 혹 연후 에미라 알고 계실지 모르겠소.

—선덕이 말이오? 잠시 기다리시오.

먼 길을 쉬지 않고 걸어온 일행은 누가 먼저랄 것 없이 주막의 평상 위에 앉았다. 부엌에서 국밥 냄새가 흘러나왔다.

—어머니, 오셨습니까?

어느새 선덕이 계화 앞에 서 있었다. 선덕은 계화를 보고 절을 하고는 손을 맞잡았다. 선덕은 어진에게도 절을 하고 진덕과 소율을 껴안았다. 계화의 아들 시남은 여전히 궤짝을 등에 진 채 멀찍이서 선덕을 바라볼 뿐이었다. 누구도 입을 열지 않았다. 손을 맞잡고 몸을 안는 것으로 충분했다. 늙은 아낙이 호기심 어린 눈으로 선덕과 일행을 쳐다보았다. 선덕은 계화의 손을 잡고 주막의 한 방으로 이끌었다. 한여름의 눅눅한 기운이 방에 내려앉아 있었다. 방 벽에는 옷가지가 걸려 있었고 장 위에 이불이 단정하게 개켜져 있었다. 자리에 앉자 선덕의 얼굴이 바로 보였다. 서른이 다 되어가는 나이였고 고운 얼굴이었다. 새하얀 서리화 같은 얼굴에 살짝 팬 보조개와 작은 입술 사이로 보이는 가지런한 치아가 미색을 도드라지게 했다. 눈을 뗄 수 없는 미색이 선덕의 운명을 더욱 기구하게 만들었다는 생각이 들자 계화의 눈이 매워졌다.

—먼 길에 얼굴이 상하셨습니다. 칡 우린 물을 좀 들일까요?

—아니다, 견딜 만하다.

무녀들은 말없이 서로를 바라보며 앉아 있었다.

—연후는 잘 크고 있다, 제 어미 찾지도 않고 발랄하다.

어진이 말했다. 잠시 무녀들 사이에 흐뭇한 웃음이 피어올랐다.

—다행입니다.

선덕의 눈도 애틋해졌다. 숨죽인 어미를 따라 숨소리 한번 제대로 내지 못한 딸아이가 선덕의 눈에 떠오르는 듯했다.

—보름날, 내일인 게지요? 말씀하신 건 다 준비되었습니다.

—애썼다.

—몸을 편안히 하고 계시지요. 저녁 지어 올리겠나이다.

선덕이 나가고 진덕과 소율도 선덕을 돕겠다며 따라 나섰다. 계화가 방바닥에 몸을 누이자 어진이 홑이불을 내려 계화의 몸을 덮었다.

—살아주어 장하오, 죽지 않아 대견하오.

—사람 목숨을 그리 쉽게 끊을 수 있더냐.

계화는 눈을 감았다. 구들장에 내려앉을 듯 몸이 겨웠다. 한바탕 굿판을 벌여 벌떡벌떡 뛰고 나면 육신의 무거움이 녹아내릴 것 같았다. 허나 신령의 굿판이 아니라 사람의 무참한 한판이 계화를 기다리고 있었다. 신령의 일을 하기 전에 사람의 손으로 끝낼 일이었다. 사람의 손이어야 했고 계화의 손이어야 했다. 그 참혹한 일을 당하고도 짐승을 살려야 한다고 했던 선덕이었다. 착하되 어리석은 것. 제 몸이 욕보이고 제 혼이 능욕당해도 참을 줄만 아는 착한 것, 제 몸과 혼을 지키기 위해서 때로는 독한 마음을 품어야 한다는 것을 모르는 어리석은 것, 지독히 얽힌 삶의 실타래를 단칼에 배어내 푸는 것도 방편임을 모르는 착하되 어리석은 것…….

나지막이 중얼거리는 계화의 목소리에서 쇳소리가 났다. 그때 선덕이를 보내지 말았어야 했다, 삭녕 좌수의 병든 어머니를 위한 병굿에 선덕이 아니라 내가 갔어야 했다. 십 년 전의 일을 떠올릴 때면 계화는 늘 가슴을 후벼파는 후회만을 되새김질했다. 열아홉 살에 계화에게서 내림굿을 받고 무녀의 길로 접어든 선덕이었지만 일 년도 채 못 되어 그 일을 당했다. 삭녕에 부임한 좌수가 선덕을 눈여겨보았다. 좌수의 어머니가 연유를 모른 채 쓰러져 사경을 헤매고 있을 때 선덕이 치병굿을 했던 참이었다. 부인이 청한 아녀자의 일이고 미혹한 음사라 하여 굿판에 발도 들이지 않던 좌수가 춤을 추는 선덕에게 사로잡혔다. 굿이 끝나고 좌수가 선덕을 불렀다. 선덕은 가지 않았다. 치성을 드리는 중이라 몸을 정결히 해야 한다는 이유였다. 좌수는 아랑곳하지 않았다. 가마를 보내 선덕을 다시 불렀다. 선덕은 신령님이 노하시면 좌수에게도 해가 갈 것이라 얼렀다. 좌수가 말했다. 너의 신령보다 나의 덕이 더 높다, 내가 무엇을 두려워하랴. 세 번에 걸친 부름에 응하지 않자, 좌수는 이제 막 차려놓은 선덕의 새 굿당에 불을 놓았다. 음란하고 간교한 무녀 따위가 감히 한 고을의 수령을 희롱한다는 이유였다. 그리고 선덕을 끌고 갔다. 집에 들어앉혔다.

그날 밤, 선덕의 옷을 벗기며 좌수가 말했다. 신령을 모시는 계집의 살맛이 어떤지 한번 보자꾸나, 멀리하라니 가까이하고픈 마음이 더하질 않느냐, 내가 무엇을 두려워하랴, 내가 홍윤성보다 못할쏘냐. 좌수는 거칠게 선덕을 쓰러뜨리면서 말했다. 세조 때 홍윤성이라는 유학자가 있었지, 나주 목사로 부임되어 가던 중 성황당을 지나치는데, 하 이런, 타고 가던 말이 넘어져 죽어버린 게 아니냐, 사람들은 성황신이 분노한 것이라 했지, 홍윤성은 화가 났어, 성황신이 나보다 셀 게 뭐냐 싶었지, 왜 아니 그렇겠느냐, 죽은 말을 잡아 말고기를 준비하고 술 수십 동이를 성황당에 두면서 으름장을 놓았다, 성황인지 용왕인지 네가 말고기 먹고 싶어서 이러는 게구나, 만약 고기와 술을 다 먹지 않으면 성황당을 불태우겠다, 얼마 후에 가보니 술은 줄었는데 말고기는 그대로 남았것다, 하여 그자가 어찌하였겠느냐? 성황당에 불을 놓아 성황신을 혼쭐내버렸다, 하, 그 뒤부터 성황당에 사람들이 제물을 놓을 때면 성황신이 이랬다지, 먼저 홍 장군께 음식을 드리고 나중에 나에게 주시오, 하, 어떠냐? 재미나지 않느냐? 선덕은 추웠다. 네 신령은 무엇이 먹고 싶다더냐? 말고기가 아니라 낙타고기라도 내 주마, 아니지, 사람고기는 맛을 못 봤을 테니 그걸 주랴? 네가 신령이 두렵다는 연유로 나를 희롱했것다, 어디 한번 보자. 네가 모시는 귀신이 나보다 센지 어떤지, 내가 홍윤성보다 못할쏘냐.

　좌수는 신령과 싸우는 기세로 선덕의 몸을 탐했다. 때리고 넘어뜨리고 쑤셔 넣었다. 선덕은 추웠다. 길고 추운 나날이 계속되었다. 밤이면 좌수의 욕정을 받고 낮이면 천한 무녀라는 손가락질을 받으며 견딘 세월이었다. 젊은 여인의 몸이라 얼마 지나지 않아 태기가 있었고 딸을 낳았다. 선덕과 딸은 없는 듯 지내야 하는 존재였다. 헛간 옆에 딸린 방에서 갇혀 지내다시피 했고 부엌에서 남은 밥을 먹었다. 좌수가 중앙 관직을 제수 받아 도성으로 떠날 때, 그는 무녀의 자식을, 아들도 아닌 딸을 한양까지 데려갈 수 없다 했다. 딸은 신언니인 진덕에게 맡겨졌다. 한양으로 좌수를 따라간 지 얼마 되지 않아 선덕도 내쳐졌다. 사대부가 무녀를 첩으로 들였다는 것이 문제가 되었다. 좌수는 자신의 덕을 증명해 보이기 위해 가차 없이 선덕을 버렸다. 살을 섞고 자식을 낳은 여인에 대한 일말의 정을 좌수에게 기대했던 것이 어리석었다.

　선덕은 양주로 돌아왔으나 무녀가 아닌 주막의 부엌데기가 되었다. 신령을 모시기에 스스로가 정갈하지 않다는 것이 이유였다. 신어머니인 계화야 선덕을 품어주고도 남음직했지만 그러고 싶지 않았다. 딸이 눈에 밟히는 날에는 실컷 울고 말았다. 그 세월을 갚음하고 싶으냐 계화가 물었을 때 선덕은 고개를 저었다. 신령님이 악한 인간을 벌주지 않은 것이 원망스럽지 않으냐 물었을 때도 선덕은 고개를 저었다. 제게 금쪽같은 딸을 주려 하셨나 봅니다, 라고만 대답했다. 그자가 다시 양주 목사로 부임해 온다는 소식을 계화가 전해 들은 것이 보름 전이었다. 그 짐승이 양주에 와서 벌어질 일이 계화는 두려웠다. 선덕을 잊지 못한 그자가 어떤 짓을 저지를지 알 수 없었다. 분명한 것은, 그가 다시는 선덕을 능욕하도록 내버려두지 말아야 한다는 것이었다. 저 착하기만 한 신딸을 지킬 수 있는 것은 계화 자신밖에 없다는 것도 분명했다. 사대부 그들이 십팔 년 전 계화의 굿당에 불을 지르고 도성에서 쫓아낼 때도 참은 계화였다. 하루도 그날을 잊어본 적은 없었으나 비천한 사람들에게 자신이 필요했으므로 참아야 했다. 허나 신딸이 무너지는 것을 계화는 더는 볼 수 없었다. 신령님을 원망하는 대신, 금쪽같은 딸을 주신 것에 감사하다는 딸에게 머리카락 하나의 고통이라도 더 얹어주고 싶지 않았다.

　착하되 어리석은 것, 계화의 눈에서 기어이 한 방울의 눈물이 흘러내렸다. 선덕여왕의 혼령이 내려앉아 선덕이라 이름 지어주었던 어여쁜 신딸, 붉은 철릭과 붉은 꽃갓을 쓰고 어엿하게 서 있을 때면, 천 년 전의 선덕여왕이 저리 기품 있고 영롱하였을까 싶을 만큼 찬란했던 신딸. 여인의 몸으로 천하를 호령하던 첫 여왕의 기개를 신령님은 왜 선덕에게 주지 않으셨는가, 나비 없는 모란을 보내 스스로를 욕보인 이웃 나라 왕의 비겁한 뜻을 간파한 예지력을 신령님은 왜 선덕에게 주지 않으셨는가, 제단을 쌓고 친히 하늘에 제사를 올린 신이한 무당으로 우뚝 선 번듯함을, 왜 주지 않으셨는가.

선덕여왕의 혼령을 원망하던 세월이었고 무수한 신령들에게 갈구하던 시간이었다. 그 어둠의 시간을 버티면서 계화는 깨달았다. 신령의 신이함이 아니라 사람의 범상함으로, 그 세월이 던진 물음에 답을 할 차례라는 것을. 계화의 몸에 들어앉은 신을 잠시 영의 세계에 보내고, 오롯이 사람의 몸으로 해치울 일이었다. 한 번도 신령이 내려앉은 적 없는 보통 사람의 손으로 해치울 것이었다. 허니 신령을 욕되게 하는 일은 아닐 터였다. 신령을 욕보이는 것은 어떤 경우에도 만신이 해서는 아니 되었다. 허나 계화는 만신이 아니라 한낱 어미로서, 찬란한 딸의 인생이 지르밟히는 것을 목도한 보통의 어미로서, 그 일을 할 것이었다. 허니 신령은 눈감아주실 것이라 믿었다, 모른 척해주시리라 믿었다.

—꼭 하셔야겠소?

어진이 말했다. 계화는 어진의 얼굴을 바라보았다. 검고 탁한 눈동자가 흔들리고 있었다.

―알고, 있었는가?

―신령님은 속여도 나는 못 속이오.

계화는 어진이 눈치챘으리라 생각은 했다. 허나 모른 척하는 것이 좋을 것이라 여겼다. 구정물을 뒤집어쓰는 일을 어진과 나누고 싶지는 않았다. 어진은 흐트러진 머리를 풀어헤치고 머리카락 한 올 빠지지 않도록 다시 쪽을 쪘다.

―내가 형님을 모르오? 어제 온 산소지기, 시남이 칼을 갈아대는 것, 며칠간 형님의 들숨이 멈칫하곤 하던 것, 한쪽 눈으로만 세상을 살다 보면 기척에 더 민감해진다오.

―자네는 모른 척하시게.

―모른 척하고 말고가 중한 게 아니오. 용녀 부인께서 아실까 저어되오. 오늘 밤 술시까지는 부인이 기다리시는 서문으로 가야 하질 않소?

―부인과는 털끝 하나도 상관없는 일이어야 하네, 허니 어떤 기척도, 낌새도 알아차리셔서는 아니 되네. 큰 뜻을 품고 큰일을 하시려는 분일세. 하여 그분의 일을 하기 전에 나는 일을 끝내야 하네. 신의 일을 하기 전에 사람의 일을 해치울 걸세.

계화를 바라보는 어진의 눈이 젖어들었다.

―함께하오, 꼭 해야 하는 일이라면.

―자네는 나설 것 없네.

―함께하오, 무슨 일이든 함께하오.

선덕이 정갈한 밥상을 들여왔다. 계화는 일어나 앉아 방 안에 퍼진 들깨향을 맡았다. 들깨를 갈아 넣은 된장국이 반상 위에서 김을 피워내고 있었다. 고춧가루로 버무린 반듯한 총각김치가 아삭 소리를 낼 것만 같았다. 계화는 된장국을 한술 떠 입으로 가져갔다. 계화를 신어머니로 두어 신자매가 된 선덕과 진덕은 그간 못다 전한 이야기를 주거니 받거니 했다. 진덕이 선덕의 딸아이 연후를 제 아이처럼 키우고 있던 터라 자연스레 이야기는 연후에 모아졌다. 잘 먹는지, 잘 노는지, 잘 웃는지, 선덕은 이것저것 묻고 진덕의 답을 들으며 웃고 울었다. 이제 막 내림굿을 받은 어린 소율은 말없이 밥을 먹으며 함께 웃고 울었다. 어진은 선덕의 등을 어루만지며 장하다, 대견하다, 며 중얼거리고 있었다. 계화는 만신이며 딸들이자 동무이고 때론 어머니 같은 무녀들을 바라보며 속울음을 울었다. 신령님 용서하소서, 신령님이 아니라 제가 하는 일입니다, 신령님이 모르실 리가 없다는 것, 제가 모를 리 없습니다, 허나 모른 척해주시옵소서, 눈감아주시옵소서, 제가 하는 일입니다, 벌레처럼 미천한 제가 하는 일이옵니다, 밟히면 꿈틀거리는 지렁이가 하는 일이옵니다, 허니 한 점 괘념치 마시고 부디 용서하소서.

*

여환은 저 멀리 북바위를 바라보았다. 북처럼 생긴 바위라 하여 붙여진 이름이었다. 큰 북이 산에 덜렁 걸려 있는 모양새였다. 그 아래 고암마을의 집들이 옹기종기 모여 있었다. 이제 선농단을 지나면 흥인지문에 당도할 것이었다. 허나 잠시 보제원에 들러야 할 것이었다. 원향의 얼굴이 창백해지는 것이 예삿일이 아니었다. 중간에 자주 말을 멈춰 측간을 찾는 것이 배탈이 난 모양이었다.

여환은 말에서 내려 황회에게 그리 일렀다. 황회가 잠시 주저했다. 양반 차림의 아낙임을 알고 수상쩍게 여길까 저어한 모양이었다. 여환은 별일 없을 것이라 말했다. 원향이 온전히 기운을 차리는 것이 더 중요했다. 황회가 원향을 데리고 들어갔다. 그 김에 일행은 보제원에서 잠시 쉬어 가기로 했다. 본래 여행객들을 위해 밥과 거처를 제공해주는 곳인데 환자에게 약을 지어주기도 했으니 다행이었다. 여환과 일행은 마당의 거적에 앉아 다리를 쉬게 했다. 이말립은 말 두 마리에게 물을 먹이러 축사로 갔고 김시동 형제들은 봇짐에서 새 짚신을 꺼내 갈아 신었다. 정호명과 정만일은 우물에서 물을 떠와 일행에게 차례로 먹였다. 일행과 조금 떨어진 거적 위에 여환과 전성달이 나란히 앉았다. 전성달이 여환에게 물었다.

—원향이 아픈 겐가?

—배앓이를 하는 모양입니다.

—먼 길이고 큰일이니 탈이 날 만도 하지.

황해도 사람이고 오래 알던 사이인 까닭에 전성달은 황회 못지않게 원향을 챙겼다. 거사를 도모하는 이들에게 원향은 특별한 이였지만 전성달에게는 측은함이 더한 모양이었다. 열아홉 나이에

과한 일이 맡겨졌다 여기는 기색이었다.

　―일이 이루어지지 않아도 원향의 탓은 아니네.

　―제가 그것을 모르겠습니까?

　―자네는 알아도 자네를 따르는 이들은 모를 수 있네.

　―미륵의 뜻을 사람이 어찌할 수 없다는 것 정도는 아는 이들입니다.

　여환은 자신의 말이 너무 단호하게 들리지 않았기를 바라며 전성달을 바라보았다. 예순이 넘은 전성달은 매듭이 헐거워진 오른발 짚신을 야무지게 엮으면서 말했다.

　―원향이 그저 사람이 아니니까 하는 말 아닌가? 자네 또한 그러하듯이.

　그저 사람이 아닌 이, 여환은 전성달의 그 말에서 여느 때와는 결이 다른 바람이 불어오는 걸 느꼈다. 그 바람은 외로움을 품고 있었다. 미륵이 점지한 여환 자신이나 용신이 내려앉은 원향이, 그저 그런 보통 사람으로 살아가기는 힘들었다. 삼백 살의 조선이 덜컥 품에 들어와 버린 이가, 불을 지피고 철을 두드리면서 생을 흘려보낼 수는 없었다. 비바람을 불러일으키는 용을 부리는 이는, 정을 준 이와 부부의 연을 맺을 수 없었다. 이미 마음에 선명히 아로새겨진 운명의 길을 외면할 수 없는 것, 그것이 여환과 원향이 그저 그런 사람이 아니라는 징표였다. 보통의 삶이 그립지 않다면 거짓말이었다. 달아오를 만큼 달아올라 다른 존재로 태어나길 바라는 시뻘건 쇳물의 그 설렘이 여환은 가끔 그리웠다. 무쇠

솥 바닥의 뭉툭한 곡선과 호미 손잡이의 기울어진 선, 등으로부터 미세하게 날렵해지는 날선 칼날의 곧은 선이 눈앞에서 아른거리기도 했다. 허나 대장장이는 조선을 품에 안기에는 너무 예사로웠다. 보통의 삶이었다. 누구나 품고 있는 욕망과 그 욕망을 향해 누구나 행하는 일들이, 보통의 사람과 보통의 삶을 만들었다. 허니 보통의 삶을 버린다 함은 누구나 품는 예사로운 정념과 누구나 품는 욕망을 버린다는 것을 의미했다. 감정을 버린 자리, 욕망을 버린 텅 빈 자리가 보통 사람과 여환을 구별 지어주었다. 특별한 운명을 받아들인 대가로 지불한 그 텅 빈 자리가, 오늘 유달리 허허로웠다.

　─자네가 이것만은 잊지 않았으면 싶네. 아직 때가 이르지 않았을지도 모른다는 것 말일세. 미륵의 세상은 쉽게 오지 않는다네.

　여환은 전성달의 얼굴에서 피고 있는 검버섯을 바라보았다. 하얀 종이를 침탈한 먹물 한 방울처럼 어쩔 수 없이 스며든 한 조각의 의심 같았다.

　─큰비가 오지 않는다는 말씀이십니까? 그런 마음으로도 한양 가는 길에 나설 수 있다니, 그것이 제게는 기이합니다.

　─허허, 그런가. 이 나이가 들면 이 생각 저 생각 하게 마련이지 않은가. 큰비는 올 수도 있고 오지 않을 수도 있네. 미륵의 세상이 이번에 올 수도 있고 다음에 올 수도 있듯이. 어떤 일을 도모하는 최적의 순간을, 사람이 정확히 알 수 있다고 나는 생각지 않네. 그건 하늘이 감추고 있는 비밀 중의 비밀이라고 여기는 편일세. 최

고의 비밀은 그저 비밀로 두는 게 낫지 않겠나?

—황 지사님은 그 비밀을 풀려고 애쓰셨습니다. 하여 잡은 날이 내일, 칠월 보름 아니었습니까?

—그러했지. 황 지사가 길일을 점지했지. 그가 낙점한 날이면 길일이 맞긴 할 걸세. 용의 해와 돼지의 달이라, 살이 껴서 다툼이 많으리라, 하긴 우리 일이 세상을 다투고 뜻을 다투는 일이 아닌가. 그러고 보면 길일이란 것도 누구의 눈으로 보느냐에 따라 다를 수 있지 않은가. 게다가 앞으로도 길일은 무수히 많네, 아무렴, 칠월 보름이 가장 길한 날인 것도 아니고, 내년, 내후년, 그다음에도 길한 날은 많네.

—허니 이번에 일을 성사시키지 못해도 상관없다는 뜻이온지요?

보제원에 한 무리의 봇짐 진 이들이 들이닥쳤다. 그들의 떠들썩한 목소리가 잦아들길 기다리며 전성달은 여환에게 말했다.

—미륵의 세상이 쉬이 오지 않을 수 있다는 말일세. 그 시간을 견디어야 한다는 말일세. 자네는 젊어서 모르겠지만 지난 세월 동안 미륵을 자처한 이가 십수 명은 될 걸세. 특히나 사대부들이 왕을 바꾸는 혁명을 일으킨 후에는 미륵이 강림한다는 풍문이 더욱 거세게 돌았지. 왕은 하늘의 뜻을 받드는 자, 그런 왕을 신하들이 끌어내렸단 말일세. 사대부들은 자기네들 손아귀에서 자꾸 빠져나가려는 왕을 끌어내릴 때도, 자신들이 좌지우지할 수 있는 나약한 이를 왕으로 세울 때도 하늘의 뜻이라 했네. 그것이 무얼 뜻하

겠나? 사대부 자신들이 품은 뜻을 하늘의 뜻이라 내세우니 백성들도 왜 아니 그러했겠나? 변산의 탁발승도 황해도의 기인도 미륵강림을 외치며 세상을 바꾸려 했네. 허나 모두 그저 사람이 일으킨 소란에 불과했다네.

　─그들이 실패했으니 그저 소란인 것입니까, 아니면 그저 사람이기에 소란으로 그친 것이옵니까?

　─둘 다이지 않겠는가? 미륵은 실패할 리가 없고, 미륵의 세상을 여는 이는 그저 사람이 아닐 것이기에 소란으로만 그치지 않을 것 아닌가?

　─이번 일이 성사되지 않는다면 저도 그저 소란을 일으킨 것이옵니까?

　여환은 자신의 목소리가 어쩔 수 없이 기울어지는 것을 느끼며 전성달을 바라보았다. 전성달의 검버섯이 물컹거리는 것 같았다. 마음에 똬리를 튼 한 조각의 의심과 함께 살아야 한다는 것, 여환이 잘 알고 있는 그 고단함이 날숨에 섞여 흘러나왔다.

　─내가 하고픈 말이 그것일세. 사람들은 그저 소란이냐 아니냐를 일의 성패로만 판단하지. 자네가 품은 뜻이 어떠한가로 판단하지 않네. 냉혹한 것이 민심이네. 그 민심을 견디어야 하고, 민심이 자네의 뜻에 철저히 승복하기까지의 시간을 견뎌야 하네. 미륵을 자처한 이들이 왜 그저 소란으로 그친 줄 아는가? 그들이 왕이 되지 못해서, 세상을 지배할 힘을 얻지 못해서 소란이 된 것이라고 보는가? 그들은 민심을 되돌리지 못했네. 한 번의 실패가 그들이

품은 뜻의 전부가 아니라는 것을 사람들에게 이해시키지 못했고, 두 번의 실패에도 불구하고 그들이 품은 뜻은 강건하다는 것을 설득하지 못했네. 뜻이 마음에 닿지 못한 것, 그것이 소란으로만 그친 이유일세. 허니 중요한 것은 이번 일이 성사되지 않은 후일세. 자네의 뜻을 사람들의 마음에 어떻게 닿게 할 것인가, 지금의 강건한 믿음을 어떻게 뿌리내리도록 할 것인가가 중요하단 말일세. 내일 큰비가 오지 않은 후의 일을 견디시게나.

―큰비가 오지 않을 것이라 여기십니다.

―큰비는 언제든 올 수 있네. 내일 보름날에 올 수도 있고 그다음 날 올 수도 있고, 아니면 달을 넘겨 팔월에 올 수도 있지. 큰비가 올 것이라는 말은 사람은 언젠가 죽는다는 말과 같지 않은가? 우리 모두는 언젠가 죽는다는 것을 알면서 그것이 어느 때 닥칠지를 몰라 안달하는 것 아닌가? 큰비는 오네. 허나 그것이 보름일 수도 있고 아닐 수도 있다는 말일세. 하여 한양으로 가는 오늘의 행로는 자네가 이루려는 일의 마지막이 아니라 시작일지 모른다 말하는 걸세. 첫걸음을 뗀 것에 불과할지 모른다는 말일세. 첫걸음 말일세. 흐릿한 밤안개 속을 헤쳐 한 걸음 한 걸음 길을 더듬으며 앞으로 나아가는 것과 같은, 그 첫걸음 말일세.

―시간이 필요하다는 것은 저도 알고 있습니다. 어찌 쉽겠습니까, 미륵 세상을 만드는 일이?

여환은 미륵하생경의 구절을 나직이 읊조렸다. 세간은 안락하니 쇠하거나 괴롭지 않고 물, 불, 무기와 흉년, 독해 등 환란이 없어지므로 사람들이 항상 인자한 마음으로써 공경 화순하고 모든 감관을 조복하여 말씨가 겸손하리라, 쌀이 저절로 자라나되 껍질이 없고 향과 맛이 매우 좋아 먹기에 힘들지 않느니라. 비와 이슬이 수시로 내려 곡식이 다 무성하며 더러운 풀이 나지도 않고 하나의 종자에 일곱 이삭의 수확이 있어서 노력은 적으나 수입이 매우 많고 향기가 좋으며 먹으면 기력이 충실하리라……. 여환의 뒤를 이어 전성달이 읊조렸다. 용화세계에는 다만 세 가지 병이 있으니 첫째 똥오줌을 싸야 하고, 둘째 음식을 먹어야 하며, 셋째 쇠약하여 늙어감이 그것이다…….

—먹고 싸고 늙어가는 것밖에 병이 없다니, 이 얼마나 꿈같은 이야기인가?

—꿈같은 이야기가 지금 이곳에서 현실이 될 겁니다. 용화세계는 이루어집니다. 그 일을 하라 미륵이 저를 선택하셨지요.

—그렇다네, 그걸 의심해본 적은 없네, 손바닥의 누룩 세 덩어리를 보고도 어찌 믿지 못하겠는가? 헌데 이 나이 되면 꼭 이루어야 할 일이라는 게 희미해지기 마련일세. 황 지사는 신이한 사람이라 그런지 나이를 거꾸로 먹지만 나는 그렇지 못하이. 나는 보통 사람일 뿐이네. 꿈같은 이야기는 꿈처럼 납득하는 것이 나이 든 보통 사람이 사는 방식일세.

—미륵강림을 원하고 계시긴 합니까?

—허허, 그걸 의심하다니 서운하네그려. 언젠가 큰비는 온다 하지 않았는가?

그때 원향이 보제원의 방을 나서 여환에게 다가왔다. 갓을 쓴 희멀건 원향의 얼굴을 보자 문득 원향의 당집에서 보았던 칠성화가 떠올랐다. 원향의 얼굴을 바라보면서 여환은 전성달이 방금 한 말을 되새겨보았다. 큰비가 오지 않은 후의 일을 견디시게나, 여환은 이 말을 앞으로 두고두고 곱씹게 될 것이라는 예감이 들었다. 하 수상한 세월을 살아낸 나이 든 보통 사람의 마음은 냉혹했다. 그 냉혹한 마음을 견디어보라고 전성달은 일부러 고슴도치의 가시처럼 가까이할수록 상처를 남기는 말을, 곱씹을수록 운명의 무거운 짐을 느끼게 하는 말을 했을까? 검버섯처럼 피어오르는 한 조각의 의심이 자라고 자라 확신에 찬 마음을 먹어치우게 놔두지는 않으리라, 하여 미륵을 자처하면서 그저 소란이나 피우는 이로 남지는 않으리라, 여환은 마음을 다잡았다. 황회의 시선이 여환의 얼굴에 잠시 머물다가 전성달에게 옮겨갔다. 황회의 묻는 얼굴에 여환은 아무 말도 하지 않았다.

*

태기였다. 배앓이가 아니었다.

여환을 따라 양주로 온 후 달거리를 하지 않았다. 스무여드레 만에 정확히 되풀이되던 달거리가 없었다. 원향은 달거리가 건너뛰는 의미가 저절로 분명해지리라고만 여겼다. 원향이 자식을 원한 것은 아니었다. 여환과 성혼을 했으나 자식을 갖는 것이 다음

순서라 생각해본 적은 없었다. 여인이었으되 아이를 가질 수 있는 몸이라는 것을 느껴본 적도 없었다. 회임도 출산도 때가 되면 자연스럽게 다가올 일이라 여겼다. 희재와 몸을 섞은 후에도 뭔가 일이 일어날 것이라 생각해본 적은 없었다. 원향은 무심했다. 무심했으되 대견했다. 무엇이 대견한지 분명하진 않았지만 스스로가, 태중의 그것이, 대견했다.

여환에게는 일이 끝난 후에 알릴 생각이었다. 거사가 성사되고 새로운 질서가 설 즈음이면 여환도 아이의 존재를 알고 있어야 할 것이라 생각했다. 여환은 용의 아들, 용자를 기다렸다. 여환에게 원향과의 성혼은 미륵과 용신의 결합이었다. 미륵이 점지한 이와 용신이 내려앉은 이의 교접으로 용자, 용의 아들이 태어날 거라 믿었다. 용의 아들이 대재앙이 휩쓸고 간 세상을 다스리는 것이 미륵의 뜻이라 여겼다. 원향과의 합방은 미륵이 예지해주실 거라 믿었다. 헌데 아직 품지 못한 원향의 몸에서 아이가 자라고 있다는 것을, 여환은 받아들이기 힘들 것이었다. 원향도 모르지 않았다.

희재와의 일을 후회한 적은 없었다. 후회라니, 희재와 몸을 섞은 그 밤에 또 하나의 신성한 세계에 들어선 것은 육신을 가진 사람만이 누릴 수 있는 복덕이었다. 그 또한 신령이 어여삐 여기셨기에 가능한 일이었다. 미륵의 원대한 뜻에 따라 여환의 부인이 되었지만, 마음은 그의 것이 아니었다. 원향의 몸도 그가 어찌해볼 수 있는 것이 아니었다. 여환과의 성혼은, 사람이 아니라 신이

한 세계에서 사람의 일에 관여하는 영들의 뜻이었다. 허니 신령의 뜻에 따라야 했다. 허나 원향의 모든 것이 여환에게 속한 것은 아니었다. 원향의 몸과 마음은 여환의 것이 아니었다. 배 속의 아이도 물론 그의 것이 아니었다. 그렇다고 희재의 것도 아니었다. 아이는 원향의 것이었다. 여환과 몸을 섞어 아이가 생겼다 해도 그건 원향의 아이일 터였다, 여환의 아이가 아닐 터였다. 미륵의 자식이 용자인 것이 아니라 용녀의 자식이 용자인 것이었다. 하여 용녀인 원향의 자식이 용자가 되어야 했다. 용녀의 피를 이어받아 용녀의 미륵을 받들고 그 뜻을 펼치는 그런 용자가 되어야 했다. 하여 원향의 몸에서 자라고 있는 아이가 용자로 서야 했다. 원향은 그리 믿었다.

황회가 알게 되었다. 보제원에서 진맥을 하던 의원이 원향의 얼굴을 들여다보며 물었다. 알고 있었소, 태기라는 걸? 황회의 어깨가 위로 들어 올려졌다. 그가 놀라는 것을 원향은 처음 보았다. 세상의 이치를 꿰뚫어 보는, 말세를 의연히 살고 있는 황회는 좀처럼 놀라지 않았다. 원향을 처음 보던 날 신령이 강림해 백 살 먹은 여인의 목소리로 더럽고 축축한 석가야, 하며 노래를 부를 때도 황회는 놀라지 않았다. 송화마을의 용소에서 잠룡을 승천시켜 큰비를 내리게 할 때도 놀라지 않았던 황회였다. 그런 그의 어깨가 들썩거리고 입은 다물어지지 않았다. 황회 또한 여환과 원향의 합방을 미륵이 계시해주길 기다리고 있던 참이었다. 미륵의 징표가 나타나면, 그때 황회가 길일을 점지해 두 사람의 진정한 합일을 도울 것이었다.

양반 차림의 원향은 의원을 향해 고개를 끄덕였다. 의원은 태기라는 말에 수선도 피우지 않는 유생 차림의 여인과, 태기가 있다는 말에 화들짝 놀라는 늙은 사내를 번갈아 바라보았다. 이들이 여하한 사연을 갖고 있을 터이지만, 사람들의 사연이란 것에도 신물이 난다는 듯 의원은 특별한 약이 없소, 속을 달래주긴 하리다, 고 말하고서 일어섰다. 시간은 그저 흐르지 않는다는 것을 보여주는 황회의 주름이 깊어졌다. 주름 사이로 비 맞은 황소의 눈처럼 번득거리는 황회의 그것을 원향은 바라보았다. 늙은 아비가 떠올랐다. 늙은 아비처럼 늙었고 늙은 아비처럼 정성스러웠다. 성심을 다하는 자라면 누구나 원향은 마음이 쓰였다. 무녀로 살아가는 딸임에도 성심을 다하는 아비의 얼굴이 겹쳐졌다. 크고 강한 만신이 될 것이니 어린 딸로 여기지 마시오, 라고 신어머니가 말했을 때, 아비는 울었다. 아비에게 원향은 처음이자 마지막 자식이었다. 자식 같고 누이 같고 어미같이 든든한 여식이었다. 죽어가는 어미 몸에서도 살겠다고 숨을 놓지 않은 대견하고도 뿌듯한 딸이었다. 혹여 끼니를 거르지는 않으시려나, 원향은 황회를 보며 다시 아비를 생각했다.

─서둘러 합방을 하시오, 합방을 해야 하오, 여환과, 오늘 밤이라도.

황회가 말했다. 원향은 그의 말뜻을 알아들었다. 허나 그럴 이유가 없었다.

—모른 척하시오, 알아서 할 것이오.

　—알아서 할 수 있는 일이 아니오. 대관절 무슨 일을 저지른 건지 알기는 하는 게요? 태기라니, 합방도 하지 않은 부인의 몸에 아이가 자라다니, 거사를 코앞에 둔 이 마당에 무슨 날벼락이란 말이오?

　—소리 낮추시지요. 밖에서 듣겠소이다.

　—어찌 몸을 그리 함부로 놀리셨단 말이오? 부인의 몸은 부인만의 것은 아니지 않소? 부인은 여환의 자식을 낳아야 하는 몸이오, 용자를 낳아야 하는 몸이란 말이오. 허니 부인의 몸은 부인의 것이 아니오, 미륵강림을 원하는 우리 모두의 것이오. 미륵 세상의 완성이, 우리가 품은 염원의 끝자락이, 부인의 몸에 닿아 있단 말이오.

　—내 몸은 내 것이 아니지요. 신령님의 것이지요.

　—신령님의 것이고 새 세상의 것이기도 하오. 헌데 어찌 다른 이의 자식을 가졌단 말이오? 다른 이여서는 아니 되오, 여환의 자식이라야 하오, 여환과 함께 가야 하오.

　—그와 함께 갈 것이오. 허나 배 속의 그것을 여환의 자식으로 만들 생각은 없소.

　—부인, 여환의 자식으로 만들지 않으면서 어찌 여환과 함께 간단 말이오? 여환이 부인을 받아줄 것 같소? 아이를 받아줄 것 같소? 다른 이의 자식을 용자로 세울 것 같소?

　—다른 이의 자식이 아니오, 누구의 자식도 아니오, 내 자식이

오, 내 용자요. 누구와 합방을 했건, 배 속의 아이는 용자가 될 것이오. 용녀가 낳은 아이가 용자가 될 것이오.

황회는 말이 막히는지 헛기침을 했다. 원향은 깊어졌다 엷어졌다 하는 그의 주름살을 보며, 늙은 아비처럼 늙은 그를 떠나는 것이 마음 아플 것이라 생각했다. 그와 함께 가지 못할 길임이 분명했다. 황회는 기침을 삼키며 말했다. 어깨가 반듯해졌고 말세를 견딘 의연한 눈초리로 돌아가 있었다.

—어찌 딴마음을 품으시오? 여환의 자식이어야 하오. 미륵이 점지한 이가 바로 여환이오. 산신들이 벌통에 세우겠다는 이가 그요. 그의 자식이라야 하오. 다른 길은 없소.

황회가 일어서 방을 나갔다. 원향은 그가 이해하지 못할 것이라 생각했다. 성심을 다하는 그일지라도 다른 사내의 아이를 배고서 여환의 부인으로 남아 있으려는 원향을 받아들이지 못할 것이었다. 잠룡을 깨워 큰비를 일으킬 용녀의 책무에 충실한 원향을 원하는 것이었다. 여환의 세상을 위한 문을 열어젖히고 여환의 자식을 낳아 그 세상을 굳건히 하는 일이, 이들이 용녀에게 원하는 것이었다. 원향은 그렇게 하지 않을 것이었다. 그들이 만들어놓은 판 위에서 춤만 추지 않을 것이었다. 황해도를 떠나오면서 했던 다짐을 다시 떠올렸다. 꼭두 놀음은 하지 않을 것이리라⋯⋯.

보제원 마당에서 쉬고 있던 무리는 다시 길 떠날 채비를 하고 있었다. 원향이 툇마루에 내려서자 황회가 무리에게 일렀다.

—이제 곧 흥인문에 들어설 것이오. 무리를 지어 도성으로 들

어서기가 쉽지 않겠소. 따로 길을 가다가 어의동에서 모이는 걸로 합시다. 부인의 탕약이 시간이 좀 걸릴 듯하니 전 지사가 먼저 길을 나서는 게 좋겠소. 눈에 띄는 짓을 하면 아니 되오. 목화를 사고파는 상인으로 행세하면 될 것이오. 아시겠소?

전성달은 고개를 끄덕이고는 김시동 두 형제와 정호명, 정만일, 정대성을 데리고 보제원을 나섰다. 이각이 흐른 뒤 황회가 원향의 탕약을 가져왔다. 이말립은 마구간에서 두 필의 말을 끌고 와 여환과 원향 앞에 세웠다. 말을 탈 수 있겠소, 라고 여환이 원향에게 물었다. 원향은 아무 말 없이 갈색 암말의 안장을 손으로 쓸어내렸다. 여환은 원향이 허리춤을 들어 올려 말 위에 오르는 것을 도와주었다. 황소의 번득거리는 젖은 눈으로 황회가 두 사람을 바라보고 있었다.

*

저녁놀이 홍인문 가운데 걸려 있었다. 그 문을 통과하는 모든 이에게 붉고 따뜻한 기운을 전하려는 듯 반가웠다. 이틀을 꼬박 걸었다. 어제는 장대비를 맞으며 칠십 리 길을 걸었고, 오늘은 말을 끌고 칠십 리 길을 걸었다. 평생 걷는 것이 일인 황회였지만, 이번 여행은 고단함이 더했다. 홍인문의 저녁놀을 보자 땅을 걷는 수고로움이 발끝으로 전해져왔다. 잠시 숨을 돌리고 싶었지만 날이 더 저물기 전에 어의동에 닿아야 할 것이었다.

홍인문 앞에서 군졸 둘이 창을 들고서 오가는 이들을 살펴보고 있었다. 보통의 일이었다. 황회는 다른 군졸이 더 있는지 둘러보았다. 난리가 났다는 기색은 없어 보였다. 양주목 객주가 말한 무기 탈취는 아직 일어나지 않은 모양이었다. 그 정도의 큰일이 일어났다면 이미 파발을 통해 도성에 닿았을 것이었다. 만일 그랬다면 군졸 수십이 동원되어 오가는 이들을 멈춰 세우고는 일일이 신원을 확인하고 행선지를 묻는 번잡스러운 분위기였을 것이었다. 황회는 잠시 멈추어 일행을 둘러보았다. 여환의 말은 이말립이 끌고 그 옆으로 오경립이 봇짐을 지고 있었고, 황회는 원향의 말을 끌고 있었다. 여환과 원향은 누가 보아도 양반가 자제의 모습이었고 오경립과 이말립은 그들의 빈천한 노비의 모습이었다.

　　황회가 앞장서 군졸 앞을 지나갔다. 원향은 예의 무표정한 얼굴로 말 위에 있었다. 이말립이 황회의 뒤를 이었다. 홍인문을 지나 큰길을 따라 걸으니 오른쪽으로 타락산 능선을 타고 둘러쳐진 도성의 성벽이 보였다. 오늘 일행이 묵을 곳이 타락산 아래 어의동에 있는 김영선의 집이었다. 앞서 전성달이 이끌고 출발했던 이들은 벌써 어의동에 당도해 있을 것이었다. 조금 더 걸으니 사거리가 나왔다. 왼쪽으로 틀면 훈련원이 나올 것이었다. 내일 큰비가 와 도성이 경탕되면 무리가 모일 집결지가 그곳이었다.

　　황회는 원향의 배 속 아이를 생각했다. 저 뒤에서 원향을 따르고 있는 황해도 사내의 아이임에 틀림없었다. 신의 사람인 무녀를 사람의 눈으로만 예단해서는 아니 된다는 것을 잘 알고 있는 황회였지만, 원향의 배 속 아이를 어떻게 받아들여야 할 것인지는 알지 못했다. 여환과 성혼한 원향이 다른 사내의 아이를 가졌다는 것, 그것이 가당키나 한 일인가. 원향은 그 아이를 여환의 자식으로 만들지 않겠다 한다. 그것 또한 가당키나 한 일인가. 황회로서는 하루라도 빨리 여환과 합방을 하여 배 속의 아이를 여환의 씨로 만드는 것 말고 달리 방도가 떠오르지 않았다. 여환과 용녀의 자식이니 칠삭둥이 팔삭둥이가 무어 대수겠는가. 그것 또한 미륵의 뜻이라 여기면 될 일이었다.

허나 원향은 그리하지 않겠노라 말했다. 원향의 성정상, 그리 말했다면 그리 행할 것이었다. 그러니 황회로서는 앞으로 닥칠 일이 저어되었다. 미륵과 용신이 교접하여 성사될 수 있는 일이었다. 미륵과 용신이 한 몸이 되어야만 열리는 세상이었다. 배 속의 아이 때문에, 사사로운 정 때문에, 거사를, 그토록 고대해온 새 세상을, 망칠 수는 없었다. 거기까지 생각하다가 황회는 턱 하고 치받쳐오는 어떤 생각이 들었다. 설마 원향이 다른 꿈을 꾸고 있는 것인가. 여환과 여환을 따르는 우리와는 다른 뜻이 원향에게 있는 것인가.

용녀가 낳은 자식이 용자인 것이오, 라고 했던 원향의 말이 목구멍에서 넘어가지 않는 계륵처럼 걸렸던 것이 그 때문인가. 황회는 어렴풋하지만 분명히 있는, 잡히지 않지만 느낄 수 있는, 그 어떤 의지에 몸을 떨었다. 그때 말 위에서 원향이 황회를 내려다보았다. 황회의 생각 모두를 꿰뚫어 허공에 매달아놓을 듯한 섬광

같은 눈빛이었다. 황회의 가장 깊숙한 마음에 닿아 누구도 건드려 본 적 없는 것을 길어 올릴 것 같은 번개 같은 눈빛이었다. 황회는 자기도 모르게 걸음을 멈추었다. 말도 따라 멈추었다. 저 눈빛을 본 적이 있었다. 원향이 아닌 누군가에게서 저 눈빛을 받은 적이 있었다. 황회의 머리가 쩍 하고 벌어졌다. 누군가 도끼로 자신의 머리를 날카롭게 두 조각 내는 듯했다. 황회의 처였다. 어진이 지금 원향의 눈빛을 하고 있었다…….

　내외하는 사이에 얼굴 쳐다볼 일이 많지 않았다. 어진이 한쪽 눈을 잃고 나서 사람들에게, 황회에게조차 얼굴을 바로 보여주지 않으려 한 것도 이유였다. 눈을 마주한 게 언제 적인가 싶었다. 가끔 처의 몸에서 흘러나오는 기운이 전에 없이 예사롭지 않다 싶을 때가 있었다. 어진 또한 무당인지라 신령의 변덕이려니 생각했다. 헌데 아니었다. 언제부터인가 처의 눈빛이 짙어졌다. 그리고 깊어졌다. 그러더니 매워졌다. 짙고 깊고 매운 눈빛이라, 황회는 다시금 머리가 저릿저릿해짐을 느꼈다. 어진만이 아니었다. 계화도, 계화의 신딸 진덕도, 어진의 신딸 소율도, 양주의 성인무당이라 불리는 십여 명의 무녀들 모두 그 눈빛을 하고 있었다. 세상의 가장 깊은 곳을 함께 들여다본 눈빛, 세상의 가장 어두운 곳을 함께 건너온 그 눈빛. 황회는 더듬어보았다. 그랬다. 원향이 양주에 온 두어 달 전부터였다. 다른 신령을 몸주로 받잡고 다른 굿판을 벌이고 다른 춤을 추었던 무당들이 언제부터인가 모두 같은 눈빛을 하고 같은 춤을 추었다.

생각해보면 계화가 다시 신병을 앓은 것도 예삿일이 아니었다. 마흔아홉의 계화가, 신을 받은 지 이십 년이 넘은 만신이 다시 신병이라니, 이상한 일이었다. 계화는 정신이 들고 날고 할 때면 물을 찾아 다녔다. 우물에 뛰어들었고 마을 뒷산의 용소에서 목욕을 했다. 칠봉산 계곡에서 폭포를 맞고 있는 계화를 무녀들이 찾아 데리고 오기도 했다. 무당들은 계화에게 새로운 신령이 찾아왔다 했다. 하여 허주를 벗기고 신령을 앉히는 내림굿을 다시 했다. 계화의 신어머니가 이미 세상을 떠났으므로 원향이 내림굿을 주재했다. 마흔아홉의 계화가 열아홉 원향의 신딸이 되었다.

계화는 원향의 신딸이 되었다. 극진했다. 양주 무녀집단의 우두머리인 계화가 원향을 따르니 자연스레 나머지 무녀들도 원향을 신어머니처럼 모셨다. 어진도 마찬가지였다. 원향이 계화의 집에 머무는 시간이 많아지고 무녀들과의 회합이 잦아지는 것을 황회는 반갑게만 여겼다. 황해도의 어린 무녀가 양주의 나이 든 무녀들을 이끌 수 있을지 한편으로 걱정되던 참이었다. 이번 거사에서 원향을 축으로 하는 무당들의 역할이 클 것이었다. 말세를 견디는 민심을 모아 새 세상을 여는 힘으로 만드는 데 무녀들이 중요했다. 태어나고 죽고 병들고 이별하고 화를 당할 때마다 사람들이 방편을 찾아 달려가는 이가 무녀였다. 허니 무녀들은 사람들의 삶 속에 있었고 그들의 시간을 함께 살았다. 사람의 시간이 다해갈 때 신의 힘으로 새로운 시간을 연다는 것을 무녀들이 보여주어야 했다.

그러하기에 원향과 무녀들이 다투지 않고 화합하는 것이 중했다. 일은 순조롭게 풀리는 듯했다. 경기도 북쪽 지방에서 영발 세기로 소문난 계화가 원향을 그리 쉽게 받아들이는 것을 보고 신령의 세계란 인간의 눈으로 알 수 없구나, 생각할 때도 있었다. 헌데 그게 아닐지도 모를 일이었다. 원향의 지금 눈빛, 원향의 눈빛과 같은 눈빛을 하고 있던 성인무당들, 황회는 원향과 무녀들이 여환의 미륵 아래 화합하고 있는 것이 아닐지도 모른다는 의심이 들었다. 아닐 것이었다. 그것이 가당키나 한 일인가. 황회는 고개를 저었다. 그러다가 어진이 가끔 중얼거리던 말이 떠올랐다. 하랑이라는 이름과 모화루, 넋건지기라는 말이 기억났다. 황회가 듣고 있는 것을 알아채면 얼른 입을 다물어버리던 것도 기억났다. 황회가 모르는 어떤 일이 벌어지고 있는 것인가, 원향과 계화가, 어진이, 무녀들이, 정녕 다른 뜻을 품고 있는 것인가, 황회의 등줄기로 한기가 훑고 지나갔다. 원향의 모습이 갑자기 휘휘했다.

　황회는 복잡한 마음을 떨쳐버리려 다시 말을 끌었다. 원향은 허공을 바라보는 무표정한 얼굴로 돌아가 있었다. 날은 이미 저물었다. 서둘러야 했다. 어의동에서 일행들이 기다릴 것이었다. 전성달과 김시동 형제들, 정씨들을 떠올리자 황회는 마음이 다독여졌다. 그들과 함께라면, 다른 뜻을 품고 있을지 모를 원향을 바르게 인도할 수 있을 것만 같았다. 허나 맹렬하고도 뜨거운 그 눈빛이 자꾸만 가슴을 두근거리게 했다. 하랑, 모화루, 넋건지기, 모를 일이었으되 불안하기 그지없었다.

하랑은 말했다

　사람들은 말한다. 무녀란 신과 사람을 이어주는 특별한 이라고 말이다. 맞다, 그러하다. 죽은 자들이 만신의 몸에 깃들어 후손들에게 하고픈 말을 전하고, 살아 있는 이들의 축원이 만신의 몸을 통해 죽은 자에게 전해진다. 만 가지 신령이 깃드니 만신이고 하늘과 땅 사이의 만백성이 의탁하니 무녀인 것이다.

　크고 강한 내 딸 원향아, 나는 못다 한 시간이 흘러들어오는 곳이 만신의 몸이라 여긴다. 사람들은 누구나 제각각의 시간을 산다. 인간의 명이란 인간이 어찌할 수 없는 일, 그것은 신령이 하는 일이기 때문이다. 태어나고 죽는 것을 어찌 제 마음대로 한단 말이냐? 우리 인간들은, 알 수 없는 힘이 시간의 흐름 위에 우리를 올려놓은 그 시간을 살아갈 뿐인 것을, 각자의 시간 위에서 그 시간을 타고 흐를 뿐인 것을. 하여 태어날 자리를 선택할 수 없고 죽을 자리 또한 정해놓을 수 없는, 한없이 연약하고 가냘픈 것이 인간이 아니더냐? 그렇다고 무력하기만 하더냐? 인간이라는 위세는 전혀 없더냐?

모든 생명은 자기답게 살 힘을 갖고 태어난다, 나는 그리 믿는다. 하물며 인간인 바에야 말해 무엇하겠느냐? 신령이 인간의 명줄을 쥐고 있다 하나, 그 명줄을 어떤 색실로 엮어갈 것인지는 인간 자신이 어찌할 수 있다는 게다. 그렇지 않다면 삶과 죽음이 무엇이 다르겠느냐? 죽음처럼 덤덤히 살아가는 게 사람이라면, 미륵님이 사람을 달라 왜 하늘에 축원하셨겠느냐? 그래, 사람이란 자기 자리를 택해 태어날 수 없다. 허나 그러하므로 더욱 살아야 한다. 더욱 맹렬히 살아서 자기 자리를 열어야 한다. 사람이라면 갖고 태어나는, 자기답게 살 힘을 꽃피워야 한다. 자기답게 살 힘을 맺게 해야 한다. 그래, 사람이란 자기 죽을 자리를 택할 수 없다. 그러하므로 더욱 뜨겁게 살아서 하늘을 열어야 한다. 사람이라면 이고 태어나는, 자기의 하늘을 열어야 한다. 자기의 세계를 열어야 한다…….

그러지 못한 이들이 만신을 찾아온다. 맹렬히 살았으나 자기 자리를 열지 못한 이가, 뜨겁게 살았으나 하늘을 열지 못한 이들이 찾아온다. 시간의 흐름 위에서 삐걱거리는 이들이 우리를 찾는단 말이다. 하여 그들이 못다 한 시간이, 어찌해도 삐걱거리는 시간이 만신의 몸으로 흘러들어오는 것이다. 저승의 시간, 이승의 시간, 저승과 이승 어디에도 속하지 못한 시간 들이 내 몸에 흘러들어온다. 그 얽히고설킨 시간을 한 올 한 올 잘 풀어 본래의 주인에게 되돌려주는 것이 만신이다. 나는 그리 생각한다, 원향아.

크고 강한 만신이었던 내가 풀지 못했던 시간 한 올이 있었다. 그건 애초에 무녀라도 풀 수 없는 시간일지도 몰랐다. 헛장풀이를 하고서도 끝내 시간을 제 주인에게 돌려주지 못했다. 헛것으로 죽음을 가장하는 헛장을 본래 나는 좋아하지 않았다. 자기에게 주어진 명을 따르지 않는 것은 욕심이 아니더냐. 허나 그때 처음으로 나는 헛장을 해야겠다고 생각했다. 그이가 자기의 시간을 스스로 끊어버리려는 것이 신령의 뜻에 어긋나는 일이라 여겼기 때문이었다. 내가 죽기 일 년 전 경술년에 일어난 일이었다. 경술년, 그래, 바로 그해였다. 살아 있는 날이 비루했던 그 대기근의 해였다.

그이는 황해도에서 이름을 날리던 지체 높은 황 대감의 며느리였느니라. 사헌부 장령을 지낸 데다 세 아들마저 입신양명하니 남부러울 것이 없었다. 허나 큰며느리인 그이가 시집온 지 십 년이 지나도 태기가 없었다. 아래 두 동서는 아들을 낳아 가문을 불려나가는데 자기만 자식이 없으니 그 마음이 오죽이나 허허로웠겠느냐. 하여 태백산, 구월산, 명산으로 기도를 드리러 다니는 것이 그이의 일이었느니라. 먹을 게 없어 굶어 죽어가는 이들이 많다고는 하지만, 먹고사는 걱정 없는 양반네들이야 대를 잇는 게 우선이었을 게지.

그해 역병이 돌았다. 북쪽에서 부는 바람을 타고 번진다고 하는 그 역질 말이다. 처음에는 비렁뱅이들이 사는 아랫마을에서 시작한 역병이 어느새 마을 전체를 집어삼켰다. 기근으로 배를 곯은 이들이 먼저 죽어나가더니 양반가도 예외가 아니게 되었다. 역신이 천한 이 귀한 이 가려서 온다더냐. 잘 먹고 잘 사는 황 대감 집에도 어느새 역병으로 앓아누운 이가 생겼다. 귀하디귀한 손자 둘이 덜컥 걸려버린 것이었다. 온몸이 뒤틀리는 경련을 일으키고 먹은 것을 토해내고 설사가 멈추지 않았다. 팔다리가 식어가고 정신마저 들고 나고 하다가 그만 숨을 거두고 말았다.

거기서 끝이 아니었다. 제 새끼를 간호하던 그 어미들도 아이들을 따라가고 말았다. 하루아침에 두 손자와 두 며느리를 잃은 황 대감이 제정신이었겠느냐? 역신이 잡아가려면 슬하에 아들을 보지 못한 큰며느리를 데리고 갔어야 한다고, 죽으려면 네가 죽어야지 멀쩡한 손자를 잡아가게 했다고, 손자와 며느리의 죽음을 큰며느리 탓으로 돌린 것이었다. 안 그래도 아들을 낳지 못해 죄인처럼 살았던 그이가 대를 이을 후손까지 잡아먹는 귀신이 되어버린 것이었다. 자기가 죽어야 이 집에서 더는 죽어나갈 사람이 없지 않겠느냐. 차라리 죽는 게 낫지 않겠느냐, 살아 있어 귀신이 될 바에야.

그이는 그렇게 생각했다. 하여 목을 맸다. 시집올 때 장만해온 비단 천을 길게 늘여 목을 맸다. 몸종이 발견하고는 내려놓았다. 숨은 끊어지지 않았다. 허나 정신이 오락가락했다. 황 대감은 며느리가 목매 죽었다는 말이 새 나가지 않게 큰며느리를 살려야 했다. 의원을 불러 진맥을 하고 약을 썼다. 의원이 말했다. 회임을 하셨소. 황 대감은 이제 큰며느리가 아니라 배 속의 아이를 살리기 위해 온갖 약을 다 썼다. 허나 큰며느리는 정신을 온전히 하지 못했다. 살아는 있으나 살아 있지 못했다.

하여 나를 부른 것이었다. 음란한 짓거리를 하는 음흉한 것들이라 무녀를 욕하던 사대부 황 대감이 나를 부른 것이었다. 양반들이 그러했다. 겉으로는 예를 숭상한다며 무녀의 일을 음사로 여겼다. 허나 유학의 예가 인생의 마디마다 턱턱 걸리는 우리네 삶을 구제해주더냐? 태어나고 죽고 병에 걸리고 이별하고 사별하고 배 곯고 벼락을 맞는 삶의 마디마다 사람들이 기대어온 곳이 어디더냐? 우리 무녀들이었다. 그들도 결국 사람의 힘으로는 어찌해볼 수 없는 일 앞에서 우리 무녀를 부르지 않더냐?

황 대감은 태중의 아이를 살리려 했지만 나는 그이를 살리고 싶었다. 자식을 낳지 못한 여인으로 산 십 년의 시간을 그이에게 되돌려주고 싶었다. 제 몸 하나 숨길 곳 찾아가며 숨죽이며 살았던 그이의 얽히고설킨 시간을 풀어주고 싶었다. 배 속의 아들을 낳아야만 살 수 있는 여인이 아니라, 신령이 주신 제 시간을 맹렬히 사는 귀한 이로 살리고 싶었다. 살아야 한다, 산 사람은 귀신이 아니다, 당신은 귀신이 아니다, 당신은 사람이다, 그러니 살아라. 그이를 귀신으로 만들었던 그 시간들을 온전히 되돌려주고 싶었다. 나는 정말 그러고 싶었느니라, 원향아.

이승과 저승을 오락가락하는 그이 대신 소를 잡았다. 배 속에 송아지를 담고 있는 암소였다. 닭으로도 안 될 처지였다. 소를 데려다 제사를 지내고는 소를 잡아 앞다리를 잘랐다. 발톱을 머리 삼아 그이의 몸을 떴다. 흰 무명천에 그이의 머리카락을 싸서 묶고, 그이의 손톱과 발톱도 싸서 천으로 묶었다. 그것들을 소 앞다리의 발톱에 모두 이어 몸체를 만들었다. 그 몸체에 그이가 입었던 속 고쟁이를 입혔다. 그 몸체를 삼베로 일곱 번 묶어 관 속에 넣었다. 관을 굿청에 모셔놓고 그이가 덮었던 이불을 덮었다. 신단 위에 차려놓았던 성주상으로 다가갔다. 쌀그릇에 수저 두 개를 마주 보도록 꽂아 올려두었다. 수저 한 개를 뽑았다. 쌀알이 세 개 묻어나왔다. 홀수는 좋지 아니하였다. 조화롭지 못한 탓이었다. 다시 다른 수저를 뽑았다. 하나가 묻어나왔다. 눈물이 나왔다. 신령님, 부디 그이 대신 소의 혼백을 취하소서, 그이는 아직 생을 떠나서는 아니 되옵니다. 상여꾼들이 관을 멨다. 황 대감과 아들들이 곡을 했다. 뒷산 야트막한 곳에 무덤을 파고 관을 내렸다. 땅을 덮고 제사를 지냈다. 산 닭을 던져 보냈다. 닭이 날아가다가 나뭇가지에 걸려 팩 내리꽂혔다. 죽은 듯 움직이지 않았다. 가까이 가서 보니 부리에 피를 흘리고 뻗어 있었다. 좋지 아니하였다. 다시 눈물이 났다. 그이의 시간은 되돌릴 수 없는 것이었던가, 그이는 기어이 귀신이 되려는 것인가, 귀신이 되려는 이를 귀신은 속아주지 않는 것인가.

그이는 돌아오지 않았다. 태중의 아이도 내놓지 않았다. 황 대감은 쓰러져 몸져누웠다가 황천길로 갔다. 나는 가끔 생각했다. 그이가 돌아오지 않은 것은 귀신으로 살았던 시간에 대한 그이의 복수였을까 하고 말이다. 그이는 얽힌 시간을 풀어내는 대신 얽힌 그대로의 기억을 가져가는 길을 택했던 것일까. 이승의 기억을 품고 있는 죽은 자는, 그 기억이 혼령을 붙들고 있는 죽은 자는, 저승으로 가지 못한다.

이제 내 혼령을 붙잡고 있는 그 기억에 대해 말해야 될 참이로구나. 원향아, 크고 강한 내 딸아, 너는 그 이야기를 들을 준비가 되어 있는 게냐? 십팔 년 전의 그 일을 털어놓을 수 있기까지, 나는 오래 기다렸느니라. 너를 만나 네 몸에 들어앉고 네가 크고 강한 만신이 되어 나의 기억을 온전히 받아들이기를, 받아들여도 흔들림 없이 나아가기를, 참으로 기다렸느니라.

어의동

무진년 7월 14일 저녁 7시

어의동에 당도하였을 때, 여환은 그 집을 금방 알아보았다. 올 망졸망한 초가 사이로 맑고 밝은 기운이 나는 집이었다. 과연 지신地神이 땅을 움직여 큰 대大 자를 써서 알려준 그곳이었다. 비죽이 솟은 지붕의 정점으로부터 처마를 거쳐 툇마루와 마당에 이르는 기다란 두 개의 획이 그려졌다. 마치 거대한 사람이 양팔을 벌리고 여환을 맞이하는 듯했다. 신들은 무엇 하나 놓치지 않고 여환을 이끌고 있었다. 선왕들의 잠저가 있는 데다가, 오랜 옛날 잠룡이 머물던 연못의 기세가 남아 있는 이곳 어의동에서 여환은 하룻밤을 묵을 것이었다. 이 나라 조선의 중심, 혈 중의 혈로 향하는 입구에 이제 막 들어섰다. 내일이면 그 중심에 여환이 서 있을 것이었다, 벌통 가운데, 혈 중의 혈에 우뚝 서게 될 것이었다. 여환은 한참 동안 마당에 서서 맑고 밝은 기운이 발바닥을 타고 올라오는 느낌을 감각하고 있었다. 양팔을 벌리고 있는 거인은 여환 자신이었다.

마당이 넓은 단출한 초가는 내시의 종 노릇을 하는 김영선의 집이었다. 쌀 몇 되를 받아 장사치들이나 상번으로 올라가는 군인들을 묵게 했다. 최영길이 다리를 놔준 김영선에게는 목화를 사고파는 장사치들이 멀리 서산에 다녀가는 중이라 말해두었다. 다섯 냥을 방값으로 미리 주었다. 마르고 날쌘 아이가 나와 일행을 맞았다. 집주인은 출타 중이라 했다. 원향이 아이를 보자 말했다. 할아버지가 너를 놓아주지 않는구나, 병치레가 잦다. 아이는 멀뚱히 원향을 바라보았다. 원향은 집을 돌아보았다. 원향의 도포자락에서 사각거리는 소리가 났다.

보제원에서 먼저 떠난 일행은 뒷마당에 있었다. 여환과 황회를 보자 최영길은 방에서 쌀자루 두 개를 가져왔다. 자루 속에서 달그락거리는 소리가 들렸다.

—칼이 좋소.

—날 서야 좋은 것이오.

정호명은 자루 주둥이를 풀어 칼을 들었다. 검은색 칼집에서 칼을 꺼내 허공을 향해 겨누어보았다. 길이가 길지 않은 외날의 칼이 반짝였다. 정호명은 양손에 칼을 들고 춤을 추기 시작했다. 대신칼을 들고 군웅거리를 할 때의 몸짓이었다. 정만일과 정대성은 그런 정호명을 지켜보며 히죽거리고 있었다. 아병으로 일하는 김시동이 정호명에게 말했다.

―싸우자는 게요, 굿을 하자는 게요?

―싸우고 굿하고 다 하세나그려.

―무당의 농은 어째 웃기지가 않수.

김시동이 정호명의 칼을 빼앗아 휘둘러보았다. 칼이 허공을 갈라 획획 소리를 내다가 재빠르게 칼집을 찾아 들어가니 모두 우와, 소리를 내며 기꺼워했다. 정만일과 정대성도 칼을 잡아 김시동처럼 해보았다. 팔이 기울었소, 어깨에 힘을 빼시오, 시동이 그들의 어깨를 툭툭 치며 말했다. 이말립이 다른 자루에서 옷을 꺼내 들었다. 군복이었다. 안은 검은빛이 나고 겉에는 붉은 옷감을 덧댄 쾌자였다. 뒷솔기가 길게 터져 있어 입으면 살랑거릴 것 같았다. 이말립은 쾌자를 제 몸에 대고 오른쪽 왼쪽을 살펴보았다. 전대를 허리에 차보기도 했다. 김시동이 말했다.

―클 듯하오.

막 마름질한 새 군복의 옷감 냄새가 떠다녔다.

―칼 쓸 일이 있소? 칼 쓰는 법을 알아야 하오?

이말립이 누구에게랄 것 없이 물었다. 정호명이 대답했다.

―사내라면 칼을 쓸 줄 알아야 하오. 제 몸 제 식구는 지킬 줄 알아야지. 검계니 살수계니 칼을 차고 겁박하는 이들이 천지요.

김시동이 이말립에게 칼 한 자루를 던져주며 말했다.

―어렵지 않소. 내 가르쳐드리리다.

이말립은 김시동이 던진 칼을 제대로 받지 못해 땅에 떨어뜨렸다. 일행 모두가 웃었다. 김시동이 말했다.

─쾌자나 입고 있으시오.

이말립은 뚱한 표정으로 칼을 꺼내 들었다. 환도를 처음 보지는 않았을 터인데도 왼쪽 오른쪽을 유심히 살피면서 누구에게랄 것도 없이 다시 물었다.

─칼을 쓸 일이 정녕 있소?

칼로 농을 하던 김시동 형제와 정씨 세 사람의 손길이 잠시 멈췄다. 칼을 앞에 놓고 칼 쓸 일을 묻는 이말립의 말이 단단하게 느껴졌다. 말없이 일행의 하는 양을 지켜보던 여환은 그들의 눈이 자신에게 쏟아짐을 느꼈다. 그때 황회가 말했다.

─큰비 후의 일이네. 미륵님이 징후를 주실 것이네.

그때 황 지사님, 하고 부르는 아이의 목소리가 들렸다. 황회가 집 앞으로 갔다가 되돌아왔다. 황회 뒤로 사내 셋이 보였다. 이원명이 이들을 알은체했다. 사내 셋이 평상에 앉았다. 안 그래도 비좁은 마당이 사내들로 가득 찼다. 이말립과 김시동이 환도와 군복을 다시 쌀자루에 넣고서 방에 들여놓은 후 집 밖으로 나갔다.

─이분이 여환님이시오.

이원명의 말에 사내 셋이 고개를 숙여 여환에게 절을 했다. 여환은 이들의 절을 받고 허리를 곧추세웠다. 이원명이 여환에게 이들을 소개했다.

─어영청 군관으로 일하는 이들이오. 포수지요.

어영청이라 함은 훈련도감과 함께 도성과 국왕의 수비를 맡은 군대였다. 내일 큰비가 온 후에 무리가 집결할 훈련원이, 이들이 무술을 연마하는 곳이었다. 이원명에 따르면 이들 중 오순언이라는 자가 성인과 신승神僧이 도성에 입성한다는 이야기를 듣고 직접 만나보기를 청했다는 것이다. 오순언은 외가가 있는 영평의 친척에게서 소식을 들었다 했다. 오순언은 동료들에게 은밀히 이 소식을 전해주었고 어영청 군관 몇이 앞일을 염려해 따라왔다고 했다.

　—소문이 사실인 게지요? 이리 한양까지 오신 걸 보니.

　—도성은 기울 것이오. 세상이 무너질 것이오.

　여환이 낮은 목소리로 말했다.

　—우리는 어찌하면 되오? 가솔들은 어찌한단 말이오?

　—염려할 것 없소. 큰비가 온 후 우리 무리가 도성을 점거할 것이오. 그때 우리와 함께 오면 되오.

　—그저 기다리기만 하라는 것이오? 세상이 휩쓸려갈 만큼 큰비가 오길 기다리라는 말이오? 도성이 기울면 도성에 있는 우리도 기우는 것 아니오? 세상이 무너지면 사람들도 모두 무너지는 것 아니오?

　오순언이 바닥에 손바닥을 치며 물었다. 함께 온 사내 두 명도 대답을 기다리고 있었다. 정호명이 대답했다.

　—미륵출세를 믿는 자들은 살아남소. 여환님과 함께하는 이는 살아남소. 훈련원에 모여 있다가 궐이 비면 들어갈 것이오. 훈련원에서 몇 걸음 되지도 않소. 우리가 궁극적으로 도달할 곳은 궐이오.

―그리 쉽게 궐이 비워진단 말이오? 임금이 되려는 것이오?

오순언의 동료라는 한 사내가 말했다. 사팔뜨기라 누구를 향해 묻는 것인지 가늠이 되질 않았다.

―소아칭왕이 물러날 때가 되었소. 크지 않은 아이가 왕이 되니 지금 나라 꼴이 이 모양이 아니오? 저잣거리에도 싸움, 조정도 싸움, 궐에서도 싸움이오. 천지에 피부림이 나지 않는 곳이 없소. 지금 궐에 있는 이가 당신의 임금이오? 우리의 임금이오? 그는 나의 임금이 아니오, 우리의 임금이 아니오.

정호명의 말에 무리는 탄성을 내며 입을 다물지 못했고 군관들은 놀라 입을 다물었다. 무리들의 마음에 똬리를 틀고 있었으나 누구 하나 입 밖에 내지 않았던 말들이 정호명에게서 쏟아지고 있었다. 우리의 임금이 아닌 이가 휩쓸려가고, 우리가 으뜸이라 여기는 이가 그 자리에 앉고 나면, 우리는 으뜸과 함께 세상을 지배할 것이다. 천한 것들이 귀해지고 귀한 것들이 천해지는 세상에서 미륵의 뜻을 펼 것이다…….

군관들은 자신들이 수호하고 있는 임금을 임금이라 여기지 않는 이 무리를 어떻게 받아들여야 할지 알 수 없는 표정이었다. 세간의 눈으로 보면 반역이고 역모였다. 왕을 부정하고 왕도의 전복을 꾀하고 세상의 종말을 맞이한다는 이들은 분명 반역자이고 역적이었다. 발각되면 죽음이고 삼족이 멸해질 것이었다. 반역의 끝은 죽음과 죽음보다 더한 치욕뿐이라는 것을 도성살이 십 년 동안 뼈저리게 느낀 이들이었다. 새 왕이 즉위한 후 환국이다 당쟁이다

하여 잊을 만하면 피바람이 불어닥치고 있었고 남인과 서인 들이 서로를 제거하는 명분이 바로 역모였다. 힘 가진 이들끼리의 싸움이었지만, 힘없는 이들도 경계하지 않을 수 없는 시국이었다. 헌데 역모라니, 반역이라니.

허나 이들을 도성까지 이끌었다는 확신에서는 기이한 뜬구름의 냄새가 났고, 이들이 따른다는 여환이라는 자는 속기俗氣라곤 찾아볼 수 없을 만큼 청아했다. 중과 무당이 이끈다는 이들 무리가 속세의 권력싸움을 하고 있다는 생각이 선뜻 들지 않았다. 도대체 이들은 누구인가, 무엇을 하려는 것인가. 이들은 자신들이 지금 반역을 모의하고 있다는 것을 아는 것인가, 모르는 것인가. 여환이라는 자는 결국 임금의 자리를 탈취하고자 한다는 것을 아는가 모르는가.

군관들의 복잡한 표정을 바라보며 여환이 말했다.

─피를 흘리는 일이 아니오. 임금과 전쟁을 하자는 것도 아니오. 우리는 미륵의 뜻에 따라, 기울고 치오르는 이치를 따를 뿐이오.

─해괴하오. 내 이런 해괴한 이야기는 처음 듣소. 대우경탕, 정말로 그런 일이 일어난단 말이오?

─인간의 눈으로 보면 그러하오, 허나 인간의 눈이 보지 못하는 일이 일어나고 있소. 동료들에게도 이르시오. 우리와 함께해야 새 세상을 맞이할 수 있소.

정호명은 옷섶에 지니고 있던 책을 건넸다. 여환의 미륵계시를 책으로 엮어 성인경이라 이름 붙인 것이었다.

─미륵의 계시가 적혀 있소. 동료들과 돌려 읽으시오. 단, 믿을
만한 이들이어야 하오. 거사가 이루어지기 전까지 우리의 일이 발
설되면 아니 되오.

오순언이 책을 받았다. 그의 동료들도 오순언과 머리를 맞대었
다. 첫 장을 훑어가는 그들의 얼굴이 점점 흙빛이 되어갔다. 미륵
이 강림하신다, 세상에 오신다. 미륵의 뜻이니 준비하라. 오늘날
중들은 부처를 공경하지 않고 속이 부처를 공경한다. 이와 같은
때에 용이 자식을 낳아 나라를 차지할 것이다. 바람과 비가 고르
지 않고 오곡은 여물지 않아 사람들이 죽어갈 것이다. 석가의 시
대가 다하고 미륵불의 시대가 올 것이다. 칠월 보름에 비가 내리
기 시작해 그믐까지 크게 쏟아부으면 나라가 기울 것이다. 미륵의
무리가 멀리 북쪽에서 한양까지 말을 달려 무인지경에 들어가듯
입성할 것이다. 비와 우박이 크게 쏟아져 인간들을 쓸어 없애버리
면 마치 빈 성에 들어가는 듯할 것이다. 성인이 대명전을 차지하
면 새로운 법이 자연히 이루어질 것이다. 비록 성인이라도 군장과
복색을 미리 준비하고 시대가 다하기를 기다렸다 맞이하라. 미륵
의 시대는 양반이 상놈이 되고 상놈이 양반이 된다. 미륵의 출세
가 머지않았다. 미륵이 강림하신다, 미륵의 뜻이니 준비하라.

─이런, 미친 사람들 아닌가?

사팔뜨기 사내가 내뱉었다. 정호명이 벌떡 일어서 사내를 치받
으려는 걸 여환이 제지하면서 말했다.

─제정신인 자가 미치고, 미친 자가 제정신인 세상이오. 천륜이

끊어졌으니 무언들 제대로이겠소?

—허나, 이건 역모요, 반역이오. 잘못하면 죽소. 이 미친 이야기를 믿고서 죽을 길로 가란 말이오? 제정신들이 아니오, 괜히 왔소.

정호명이 거칠게 소리쳤다.

—누룩 세 덩어리가 여환님의 손바닥에 있소이다. 조선이 여환님 발아래 놓일 것이오, 큰비가 오기 전에 믿음을 가지시오, 내일이면 후회하오.

세 사람은 자리에서 일어섰다. 그때 김시동이 다급히 뛰어왔다.

—황 지사님, 지사님, 양주목을 쳤다 하오.

—뭐라? 누가? 언제?

정호명이 눈을 빛내며 물었다. 김시동은 가쁜 숨을 몰아쉬며 씩씩대느라 대답하지 못했다. 여환과 황회는 채근하고 싶은 마음을 애써 달래며 김시동의 입을 바라보고 있었다.

—요 앞 삼거리 주막에서 몇 사람이 웅성거리고 있더이다. 패랭이를 쓰고 봇짐을 내려놓은 것으로 보아 길을 가는 중인 듯싶었소. 한꺼번에 말을 섞는 바람에 정확한 이야기를 알아들을 수는 없었으나 양주목과 환도라는 말이 분명하게 들렸소. 하여 그들의 얼굴을 유심히 바라보았소. 만난 적이 있는지 더듬어보았으나 영 모르는 이들이었소.

시동이 말을 전하는 사이 군관 셋은 놀란 눈으로 다급히 집을 나섰다. 정호명이 그들을 쫓아갔다.

—그래서 누가 양주목을 털었다는 게냐? 잡혔다더냐?

황회가 김시동의 말을 자르고 물었다.

—장정 서너 명이라는데 두 사람은 잡혔고 나머지는 도망갔다 하오.

—누군지는 모르오?

—삭녕 사람이라는데 이름은 모른다 하오. 홧김에 그랬다고만 했다오.

—정원태가 아니어야 할 터인데. 하긴 그자가 서너 명으로 그런 일을 했을 리는 없네만.

장정 서너 명만이 도모했다는 말에 정호명과 정만일의 얼굴빛이 가라앉았다. 경기 북부에서 가장 큰 동헌인 양주목을 습격한다면 수백은 아니더라도 수십 정도는 되어야 일이 성사될 터였다. 고작 서너 명의 사내들로 무슨 일을 하겠다는 것인지, 일이 왜 이렇게 되는 것인지 모르겠다며 정호명은 툴툴거렸다.

—관졸들이 쫓지는 않겠소?

—아직은 풍문으로만 도는 이야기라 가늠이 어렵겠소. 서너 명이 홧김에 저지른 일로 끝난다면야 큰 탈은 없어 보이오만.

—잡힌 자가 우리의 거사를 발설하면 어찌 되오?

김시동이 황회에게 물었다. 일행이 황회의 답을 기다리고 있었다. 그 순간, 무리는 모두 같은 마음일 것이었다. 잡힌 자가 입을 닫고 있기만을 바랄 것이었다. 죽을 때까지는 아니더라도 오늘, 내일까지만 입을 다물고 있기만을 바랄 것이었다. 내일 큰비가 내려 도성이 휩쓸려간다면, 이깟 일이 문제가 아닐 터였다. 허나, 그

이가 그만큼의 인내심을 가져줄지, 고신을 참아줄 만큼 새 세상을 염원할지, 그것은 황회나 여환으로서도 알 수 없는 일이었다.

여환은 삭녕과 장포 사람들의 뜨거운 환대를 기억했다. 그들은 기다렸다는 듯 여환을 맞아주었다. 여환도 처음에는 놀랐다. 그리고 깨달았다. 밥그릇이 비어가고, 쌀독이 비어가고, 논밭의 작물이 비어갈 때, 사람들은 다른 생각을 하기 시작한다는 것을. 지금처럼 사는 것 말고 다르게 사는 길을 찾기 시작했다. 아니, 다른 길로 내몰리고 있다고 말해야 옳을 것이었다. 그 다른 길이 곱고 화사할 리는 없었다. 빈 밥그릇에는 울분과 증오가 담겼다. 쌀독이 비어갈수록 가혹한 세상에 대한 원한이 차올랐다. 빈 논밭을 보며 사람들은 금수의 삶으로 내모는 세상을 끝장 낼 힘을 얻었다. 죽어라 일해도 자식들에게 밥 한 끼 배불리 못 먹이는 그런 세상이라면, 무너뜨려야 한다는 파괴의 심성을 피워냈다.

사람들의 마음속에 잠연하고 있던 그 심성이 여환을 통해 발했다. 여환은 미륵의 강림으로 새 세상을 약속했고, 사람들은 지금 세상이 끝장나야 한다고 믿었으므로 여환에게 모여들었다. 양반이 상놈 되고 상놈이 양반 되는 세상을, 미륵을 등에 업은 여환이라면 해낼 것이라 믿었다. 여환은 그들에게 말했다. 미륵의 시대가 곧 올 것이니 군장을 하고 기다리라……. 그들 중 몇은 여환이 한양으로 떠났다는 소식을 곧 새 세상이 열릴 것이라 알아듣고서, 군장을 하기 위해 양주목을 습격했을지 몰랐다. 뜻은 같으나 방편이 다를 수 있음을 여환도 모르진 않았으나, 일이 이렇게 될지는 예측할 수 없었다. 무장 봉기의 우두머리로 도성에 입성하는 것도 그 방편이긴 했으나, 이번 거사는 그리 계획한 것은 아니었다. 큰 비가 먼저이고 칼이 다음이었다. 하물며 서너 명의 장정으로야 어림없는 일이었다.

—더 정확한 소식을 기다리시게나, 그들이 우리 무리라는 것도 확실치 않잖은가. 지금부터가 중요하네. 섣불리 움직이면 아니 되네. 거사는 내일일세. 허투루 몸을 놀리지 말란 말이네.

황회의 묵직한 목소리를 들으며 여환은 잠시 눈을 감고 앉아 있었다. 무리들의 불안한 웅성거림을 뒤로하고 여환은 자리에서 일어났다. 원향을 찾았다. 원향은 없었다. 배앓이가 그만해졌는지 걱정되었다. 감기 한번 걸리지 않은 강한 몸이었다. 혹 원향의 배앓이가 신령의 다른 어떤 계시인 것인지 여환은 불안했다. 원향은 집 마당 왼편의 장독대에 있었다. 아낙의 차림으로 되돌아와 있었다. 여남은 개의 항아리가 올망졸망 앉아 있는 곳 뒤로 둘러쳐진 대나무 숲을 향해 중얼거리고 있었다. 여환은 원향에게 다가갔다. 가시오, 놓아주시오, 길이 다르오. 원향이 말했다. 여환은 원향의 팔을 잡았다. 원향이 여환을 바라보았다. 텅 비어 있는 얼굴이었다. 예서 이럴 거 없소, 더 큰 일이 있지 않소. 여환이 말했다. 원향은 한참을 더 대나무 숲을 바라보았다. 입술이 들썩였지만 소리는 내지 않았다. 그리고 여환에게 말했다.

—들러볼 곳이 있소이다.

—함께 가오.

—오실 것 없소.

—아프질 않소.

—아프지 않소. 저어하지 마시오.

원향의 텅 빈 얼굴에 누군가의 얼굴이 자라났다. 허허로운 눈빛에 열기가 돌았다. 여환은 지금 이 순간 원향 안에 들어와 있는 무엇이 불안했다. 오늘 자꾸 불안해지는 것 또한 불안했다. 여환의 마음이 늘 징후를 일러주었지만 이번만은 아니길 바랐다. 원향은 장옷을 챙겨 집을 나섰다. 원향의 머리를 쪽 찌고 있던 비녀가 빠지면서 칠흑 같은 긴 머리가 등 뒤로 풀어헤쳐졌다. 여환의 마음이 흔들렸다. 다시 보니 원향은 사라지고 없었다.

*

전시우를 믿었던 것이 잘못이었다. 아니, 애초 얼치기 같은 이들과 일을 도모한 것이 문제였다. 정원태는 양주목을 지척에 둔 민가에서 숨을 고르고 있었다. 양주목의 어영으로 일하는 최가의 집이었다. 전시우는 오지 않았다. 삭녕과 장포 사람들을 데리고 양주목에 합류해 일을 도모하자던 전시우는 끝내 모습을 드러내지 않았다. 허시만과 삼돌이, 귀남이, 반백의 사내와 함께 그들을 기다리던 정원태는 밤이 깊어지고 달이 훤해지면서 전시우의 진심을 깨닫게 되었다. 배신이었고 배반이었다. 미륵강림의 세상에서 훈련대장도 하고 어영청 대장도 하자던 전시우의 쾰쾰한 목소

리가 귀에 맴돌았다. 제 눈에 보이기만 하면 그대로 물속에 처박
아버릴 것이라고 다짐하면서도 정원태는 이제 어떻게 할지를 선
택하는 일이 남았음을 느꼈다. 이들과 함께 관아를 습격하거나 가
만히 있거나 둘 중 하나였다. 사실 선택이랄 것도 없었다. 그들 없
이 일을 도모하기에 양주목은 너무 컸다. 밤에 관아를 지키는 관
졸들만 수십이었다. 관아의 정문 앞에 둘, 문을 들어서면 다시 넷,
목사의 관저에 넷, 무기고에 넷, 북쪽으로 통하는 후문에 다시 둘,
그들을 상대로 관아의 가장 안쪽에 자리한 무기고를 습격한다는
건 백전백패였다. 질 싸움을 시작하는 것은 바보들이나 하는 짓이
었다. 허나 아무것도 하지 않고 비만 기다리기에는 정원태의 혈
색이 과하게 붉으락푸르락했다. 하여 고민이란 걸 해보았다. 답은
이미 나와 있는 고민이니 결정은 쉬웠다. 허나 삼돌이는 달랐다.
그의 결정은 정원태도 예상 못 한 것이었다. 삼돌이가 말했다.

　—굶어 죽으나 맞아 죽으나 매한가지요. 나는 양주목을 칠 것
이오.

　철면피 허시만의 동그랗게 뜬 눈이, 삼돌이의 말의 가당치 않음
을 말해주고 있었다.

　—무기고에서 가장 가까운 담벼락을 넘어가면 되오. 관졸 넷을
해치우는 걸 사내 다섯이 못 하겠소?

　—사내도 사내 나름이지 않은가? 저 늙은 사내가 무슨 힘을 쓰
겠는가? 시만이 자네도 칼을 써본 적은 없질 않은가? 우리 다섯으
로는 어림도 없는 일이네. 붙잡혀 태형을 받을 게 불 보듯 뻔하이.

정원태는 말할수록 이 일의 가당치 않음이 명백하게 느껴졌다. 허시만을 바라보며 말을 보태라는 눈짓을 해 보였다. 허시만은 모른 척했다.

—삼돌이가 싸움을 잘하오. 나도 힘깨나 쓰오. 관아가 코앞인데 아무 일도 하지 말자는 게요? 우릴 뭐하러 불렀소? 여길 왜 왔느냔 말이오.

이번에는 귀남이가 나섰다.

—애초 계획한 일이 틀어지질 않나? 전시우가 사람들을 모아 왔다면 망설일 필요 뭐 있었겠나?

삼돌이는 이미 정원태의 말을 듣고 있지 않았다. 삼돌이가 반백의 사내에게 물었다.

—어떻게 할 거요? 관아를 칠 거요 말 거요? 우린 들어갈 테니 알아서 하시오.

—나도 가우, 가야지, 논 한 뙈기, 나도 가우.

반배의 사내의 손에 들린 환도가 달빛을 받아 은빛으로 빛났다. 미세하게 떨리는 은빛을 눈으로 좇으니 덜덜 떨고 있는 사내의 손이 보였다. 초췌하기 이를 데 없는 차림새의 그가 떨리는 손으로 환도를 들고 양주목 관아를 치겠다고 하는 것이었다. 정원태는 그가 과연 제정신이 아니라는 것을 확신했다. 양주목을 치자고 데려온 그들을 이제 양주목을 치지 말라고 달래야 할 판이었다.

—질 싸움을 뭐하러 하냔 말이오? 개죽음 당할 필요는 없소. 우리에게 다음이란 게 있단 말이오.

—다음은 없소. 모르오? 우리 같은 버러지들한테 다음은 없소. 이 사내에게 다음이 있을 것 같소? 미친 사람처럼 보여도 어엿한 농사꾼이었소. 우리 마을에서 바지런히 농사 잘 짓기로 소문난 이였소. 허나 농사 잘 지으면 뭐하오? 하늘이 비를 내려주지 않고 나라가 인정을 베풀지 않는 것을. 가뭄이 들어 쌀 한 가마니 겨우 수확한 것을 관아에서 환곡을 갚으라며 가져가버렸소. 그때 부인과 젖먹이 자식이 죽은 후로 정신이 저리 된 거요. 이 사내가 지금 살아 있는 것 같소? 내가 살아 있는 것 같소?

—삼돌이, 자네는 아직 젊으이. 주인을 죽여 도망친 노비라 해도 사람이질 않은가? 사람은 살 길을 도모해야지 죽을 길로 갈 이유가 무에 있는가?

—도망친 노비라 해서 이러는 게 아니오. 나는 내 죽을 길을 선택하는 것이오. 이 나라에서 노비는 어떻게 살지 선택할 수 없소. 허나 노비라 해도 죽을 길은 택할 수 있소. 나는 지금 그걸 하려는 것이오. 운이 좋아 관아의 무기를 빼앗아 미륵 세상인지 용왕 세상인지를 연다면 그것도 좋소. 허나 관졸들에 잡혀 매 맞아 죽는다 해도 운이 나쁜 것은 아니오. 더 나빠질 운이라는 게 우리에게 있기나 하오? 내 죽을 길은 내가 택할 것이오, 관아에 들어갈 것이오.

말을 마치고 몸을 휙 돌려 관아의 서쪽 담벼락으로 걸어가는 삼돌이를, 그때 말렸어야 했지만 정원태는 그러지 못했다. 삼돌이를 따라 귀남이와 반백의 사내가 휘청휘청 걸어가는 것을 제지해야 했지만 그러지 못했다. 더 나빠질 운이라는 게 우리에게 있기나 하오, 라는 삼돌이의 말에 고개가 끄덕여지고 마음이 젖어들었다. 죽을 길만은 자신이 택하고 싶다는 그 한 움큼의 의지라는 것을, 정원태 자신이 제지할 자격이나 있는 것인지 회의가 들었다. 일 년 열두 달, 하루 이십사 시간, 숨 쉬는 것조차 제 의지로 못 하는 인생을 스스로 끝장내는 게 무에 그리 잘못된 일인가, 설핏 그런 생각도 들었다.

허나 말렸어야 했다, 죽을 길을 택한다 해도 다른 죽음이어야 했다. 그렇게 명명백백하게 개죽음을 당해서는 아니 되었다. 삼돌이가 가뿐히 넘어간 관아의 담벼락에서 숨죽이고 기다리던 정원태의 귀에 그들의 말로가 보였다. 누구냐, 도둑이다, 무기를 가졌다, 는 관졸들의 고함 소리가 들리고 삼돌이와 귀남이, 반백의 사내가 얼마간의 칼부림을 하는 듯 쟁쟁 소리가 났다. 잡아, 묶어, 칼부터 치워, 하는 소리가 들렸고, 한 놈 도망간다, 담 넘어간다, 는 고함이 이어졌다. 정원태는 허시만에게 어서 몸을 피하시게, 최가 집에서 보세나, 하고 말하고는 세상의 온갖 그림자 속에 몸을 숨기며 도망쳤다.

정원태가 최가 집에 도착하고 반각 정도가 흐른 뒤 인기척이 들렸다. 정원태는 방문을 열었다. 허시만이 발걸음을 죽이며 최가 집에 들어섰다. 정원태는 가슴을 쓸어내리며 손을 맞잡았다.

—괜찮은가? 따라오는 군졸은 없었고?

허시만은 대답 대신 고개를 끄덕이고는 방바닥에 그대로 드러누웠다. 철면피의 낯가죽이 땀으로 젖어 번들거렸다.

―삼돌이와 사내가 잡혔다네. 귀남이는 어디론가 도망친 모양일세.

―내 탓일세. 내가 그들을 막았어야 했네.

정원태는 방바닥에 주저앉았다.

―후회가 무슨 소용 있는가? 삼돌이가 혀를 깨물고 죽었다네.

―뭐라? 삼돌이가?

―죽으려고 담을 넘지 않았는가? 매 맞아 죽는 것보다 혀 깨물어 죽는 게 낫다고 생각했을 터. 사내는 매를 맞고 있는 것 같네. 배후가 누구냐 캐묻는 모양인데 논 한 뙈기, 밭 한 뙈기만 중얼거리니 보는 이들마다 미친놈이라 했다지. 횡설수설하는 그 모양새가 차라리 다행이질 않은가. 관아에서 유별나게 여기지 않으니 그저 광인의 애먼 짓으로 넘어가면 좋겠네. 미친놈을 죽이기까지야 안 하겠지. 매 몇 대 맞고 풀려나면 도성의 거사가 발설되지도 않을 거고 말일세.

횡설수설하는 광인, 미친 사람 취급을 받은 사내는 분명 미륵의 세계를 꿈꾸는 이였다. 여환과 용녀를 믿고 목숨 걸고 강을 건너고 담을 넘은 이였다. 그가 광인 취급을 받아 그나마 기밀이 누설되지는 않았으나, 강을 건너고 관아의 무기를 훔치려 했던 그의 마음은 정원태의 마음과 다르지 않았고 여환의 마음과 다르지 않을 것이었다. 세상이 뒤집어진 후 다가올 미륵의 세상을 맞이하고 싶었을 것이었다. 세간에서는 미쳤다고 말하는 그 일을, 광인의 애먼 짓을 정원태 또한 도모하고 있는 것이었다. 매를 맞으면서도 그놈의 한 뙈기를 천신과 지신, 미륵에게 갈구하고 있었을 얼치기의 미련한 순박함이 정원태의 마음을 젖어들게 했다.

—이제 어쩌려는가? 동헌에 말도 없이 빠지면 수상히 여길 것이네. 요즘 차출 문제로 아전들이 정신없지 않은가? 나는 영평현으로 돌아가려네.

허시만이 일어나 봇짐을 챙겼다.

—나는 한양으로 갈 것이네. 가서 일을 내 눈으로 보아야겠네.

정원태는 어제 저녁 양주목 객주 근처에서 본 계화와 무녀들을 떠올렸다. 그들의 뒤를 밟고 묵을 곳을 확인하면서 정원태는 이상한 확신이 들었다. 그들은 분명 한양으로 향하고 있었다. 그들의 발끝이 그리 말하고 있었다. 정원태는 왜 그들이 무리의 계획과는 달리 먼저 한양으로 출발했는지를 알아야 했다. 무언가 다른 뜻이 있음이 분명했다. 그들을 좇아 한양으로 가는 길에 죽림칠현의 대장을 만날 계획이었다. 칼의 힘을 쓸 것이면 확실하게 써야 한다고, 얼나흘의 틸이 밀하고 있넜나. 성원태는 한양까지 타고 갈 말을 빌리러 양주목 객주로 걸어가기 시작했다.

*

원향은 어의동을 나와 희재가 있는 종로로 향했다. 희재는 거처에 없었다. 방에 앉아 희재를 기다렸다. 신꽃을 만들다 말았는지 방바닥에 종이 꽃잎들이 듬성듬성 놓여 있었다. 그 옆으로 종이 몇 장이 있었다. 그림들이었다. 원향은 그것을 들여다보았다. 무녀가 서 있었다. 붉은 철릭과 붉은 꽃갓을 쓰고 하늘을 향해 두 팔을 벌리고 있었다. 갓을 장식한 모란꽃의 잎들에는 이슬이 맺혀 있었다. 연풍돌기를 하는 중인지 몸에서 신명 난 가락이 느껴졌다. 신을 맞은 얼굴에는 엄중한 표정이 흘러내렸다. 무녀의 손에 들린 방울에서 찰랑 소리가 났다. 다른 그림은 베 가르기를 하고 있는 무녀의 모습이었다. 길게 펼쳐진 무명천을 둘로 가르고 있었다. 원향은 열두 살 때 받았던 내림굿을 떠올렸다. 신의 사람이 되는 의례의 마지막이 베 가르기였다. 하얀 소복을 입고 하얀 물길처럼 떠 있는 무명을 가를 때 어떤 마음이었던가. 길이 나지 않은 길, 누구도 가보지 않은 길, 한번 갈라지면 다시 붙일 수 없는 무명천처럼 돌이킬 수 없는 길로 가야 하는 운명에 울었던가.

희재가 들어왔다. 손에 색종이 두루마리를 들고 있었다. 굿청에 놓을 신꽃을 만들 참이었다. 크고 화려해야 하오, 이 세상 저세상 어떤 꽃보다 크고 화려해야 하오, 라고 원향은 일렀었다. 몸은 편안해진 것이오? 원향은 대답 대신 고개를 끄덕였다. 희재는 원향의 눈과 코, 입을 어루만지는 듯한 눈빛을 보냈다. 곧 종이를 펼쳐놓고 꽃을 마저 만들기 시작했다. 큰비가 오면 당신은 무얼 하려오? 원향은 희재의 길고 섬약한 손을 바라보며 물었다. 저 손으로 피어난 꽃들은 늘 원향의 굿판을 치장했다. 겉만 화려한 꽃이 아니라 신이 내리는 신물답게 정성과 정결함으로 빛났다. 꽃을 만들지 않겠소? 희재는 무심히 대답했다. 꽃 만드는 화공에게 무슨 일을 하려는지 묻는 것이 유별나다고 생각하는 듯했다. 원향은 웃었다. 오랜만에 허허, 웃어보았다. 큰비가 오면 나는 굿을 하려오. 이번에는 희재가 웃었다. 그의 입술에 미소가 번지는 것 또한 오랜만이었다. 큰비가 와도 화공은 신꽃을 만들고 만신은 굿을 한다, 그렇게 생각하니 원향은 들쑥날쑥했던 마음이 다독여지는 것을 느꼈다. 큰비가 와서 도성이 휩쓸려가고 미륵의 세상이 온다 해도, 굿은 사람들을 위로하고 신꽃은 굿을 치장할 것이었다. 그러니 큰비가 와도 원향과 희재는 이렇게 나란히 앉아, 희재는 꽃을 피워내고 원향은 꽃을 피워내는 그 섬약한 손가락을 바라보고 있을 것이었다.

가야 할 시간이오. 원향은 너무 오래 머물렀다고 생각하며 일어섰다. 희재는 얼굴을 들지 않았다. 이제 막 피어난 꽃잎 안쪽에 노란 나비를 새겨 넣고 있었다. 희재의 손에서 노란 나비가 날갯짓을 접고 꽃잎에 편안히 자리 잡았다. 저 나비는 어느 구천을 헤매다 저 꽃에 앉은 것일까? 구만리 하늘을 날아오면서 구천의 기억을 모두 다 버리고 왔을까? 나비가 바람에 실려 보낸 기억들이 원향의 마음에 스몄다. 나비가 노랗소, 어여쁘오. 원향은 방을 나섰다. 희재도 일어섰다.

원향은 희재와 함께 종로 시전으로 들어섰다. 지나가는 이들로 북적거렸을 거리는 더없이 고즈넉했다. 두 사람의 발소리만 저벅거렸다. 달은 가득해질 대로 가득해지고 있었다. 내일이면 만월을 이루고 그리하면 달에게는 쇠락만이 남아 있을 것이었다. 원향은 장옷을 벗고 가옥들을 살폈다. 저 멀리 붉은 등을 단 화려한 가옥이 보였다. 화락당, 꽃과 더불어 즐거운 곳, 원향은 입구 앞에서 걸음을 멈추고 잠시 희재를 기다렸다. 뒤따라오던 희재가 걸음을 빨리했다. 원향과 희재가 들어서자 시중드는 아이가 둘을 맞았다. 장구 소리와 노랫소리가 울려 퍼졌다. 들에서는 곡소리가, 기생집에서는 창 소리가 가득한 시절이었다. 소담 부인을 찾아왔소, 라고 말하자 아이는 고개를 끄덕이며 따라오라는 몸짓을 했다.

꿈속의 여인이 찾아가라 한 이였다. 소담, 이라는 이름에서 무언가 타는 냄새가 났다. 매캐한 냄새 속에 원향이 찾는 것이 있을 것 같았다. 아이는 뒤뜰의 한적한 곳에 있는 작은 집으로 원향과 희재를 데리고 갔다. 손님입니다, 라고 아이가 방문에 대고 말하자, 들이거라, 라는 대답이 돌아왔다. 나이를 알 수 없는 여인의 목소리였다. 아이는 드시오, 라고 말하고는 절을 했다. 뒤돌아 가는 아이의 어깨에 보름달만 한 아이 하나가 앉아 있었다. 원향은 하늘을 바라보았다. 달이 구름에 가려 보이지 않았다.

여인은 바르게 앉아 있었다. 까마득히 오래전부터 움직이지 않은 듯 여인의 몸과 그를 둘러싼 모든 것이 정지해 있었다. 하얗게 센 머리에서 꼿꼿하고 성마른 기운만이 느껴졌다. 원향과 희재는 여인에게 절을 하고는 앉았다. 여인의 눈과 원향의 눈이 부딪쳤다. 원향의 눈은 여인의 눈에 단박에 사로잡혔다. 눈동자를 돌릴 수가 없었고 눈을 감을 수도 없었다. 깊은 소용돌이 속으로 빨려 들어가는 듯했다. 검은 것이 검은 것을 잡아먹고 있는 세계, 그곳으로 원향은 휘돌아 들어갔다.

　—너는 죽을 것이다.

　여인이 입을 열었다. 원향은 그제야 멈추었던 숨을 내쉬었다.
눈을 깜빡이고 나니 어둠이 사라졌다.

　—사람은 다 죽소.

　—너는 질 것이다, 그리고 죽을 것이다.

　—싸우지 않는데 질 수 있소? 가늠키가 힘드오.

　여인은 눈을 감았다. 원향은 감은 눈을 바라보았다. 타는 듯한
매캐한 냄새가 다시 밀려왔다. 원향은 눈앞의 이 여인에게서 다른
여인의 존재를 동시에 느꼈다. 원향은 두 사람과 함께 앉아 있는
듯했다. 이 여인은 누구인가. 여인의 눈꺼풀이 벌어지고 비에 젖
은 살쾡이의 눈이 원향을 바라보았다. 이 여인은 우는 것인가.

　—원향이라 하더냐, 원향아, 크고 강한 딸 원향아. 네 말이 맞
다. 싸우지 않는데 질 수야 없는 법이지. 헌데 너는 질 것이다, 너
는 지금 싸우고 있다. 너는 무녀의 신성과 힘을 억누르려는 것들
과 싸우고 있다, 무녀를 음란하고 간사한 것이라 없애버리려는 것
들과 싸우고 있다, 아직까지 그 누구도 해본 적 없는 신령의 쟁투
를 하고 있다……. 내 말 알아듣는 것이냐? 이 나라 조선을 거머
쥔 사대부가 새로운 신성으로 세상을 지배하고 있다. 예, 유학의
예가 그것이니라. 그들은 이른다, 무녀들이 귀신에게 제사 지내며
아첨한다 하고, 인륜과 천륜을 저버리고 제멋대로 제사 지내며 요
망함을 부린다 한다. 수천 년 동안 굿으로 점복으로 사람들을 위

로해온 우리 무녀들의 의례를 음사요 사술이라 하여 경계하고 있다. 하여 나라에 큰 화가 생길 때 임금과 함께 명산대천에서 제사 지내던 무녀들을 쫓아내고 도성 안에 얼씬도 하지 못하게 했다. 이로써 저들은 왕도가 순수해졌다 하니, 그들에게 무녀들은 부정하고 불결하며, 하여 가까이 두어서는 안 될 존재인 것이다. 그들은 이른다, 천자는 천지에 제사 지내고 제후는 산천에 제사 지내고 대부는 오대 조상에 제사 지내고 사대부와 일반 백성은 조부에게 제사 지낸다. 이것이 무슨 뜻인지 알고 있느냐? 천자만이 하늘에 제사 지낼 수 있다 함이 무슨 뜻인지 아는 게냐? 그들은 하늘과 통하는 그 힘을 자기네들이 세운 천자에게만 허하려는 것이다. 천지에 산천에 조상에 제사 지내는 이들 모두 예의 신령에 속하게 하려는 것이다. 사대부들은 유학의 예를 새로운 신령으로 받잡고 사람들을 지배하려 한다. 그들의 순수한 예법에 가장 걸림돌이 되는 이가 누구이겠느냐? 바로 무녀들이다. 수천 년 동안 하늘과 통하고 신령과 통하면서 인간사에 스며들었던 힘을 가진 무녀들이다. 땅에 사는 비천한 이들이 땅의 삶을 하소연하고 하늘의 뜻을 알게 하는 문이 되어준 무녀들이다. 그 힘을, 신령스러움을, 무녀에게서 빼앗으려 한다. 하여 무속의 신령과 예의 신령이 다투는 것이다. 신령의 쟁투이다. 너는 그 쟁투의 한가운데 있는 것이다. 너는 신령의 힘을 나누어 갖지 않으려는 그들과 싸우고 있는 것이다……. 너는 그 싸움을 이길 수 없다, 무녀들은 이길 수 없다. 하여 신령의 힘을 빼앗길 것이다. 세상을 움직이는 힘이 바뀌고 있다. 한번 힘을 손에 넣은 그들은 죽음을 불사하고 그 힘을 지키려 할 것이다. 하여 십팔 년 전 만신을 죽음에 몰아넣듯, 너도 죽일 것이다. 너 또한 사대부들이 신성시하는 예의 신령이 내리는 벼락을 맞을 것이다. 그래도 그 길을 가겠느냐? 죽어도 가겠느냐?

원향은 대답했다.

─나는 싸우지 않소, 하여 질 수 없소. 나는 쟁투를 하는 것이 아니오, 모든 것을 제자리로 돌려놓을 뿐이오. 내 혼이 영의 칼이오, 내 육신이 무녀의 칼이오. 허나 그 칼은 아무도 베지 않소, 아무도 죽이지 않소. 그저 서러운 만신 하나가 베어내지 못한 시간을 베어낼 뿐이오. 풀 수 없었던 시간의 한 올을 끊어낼 뿐이오. 무녀는 세상을 움직이는 것이 아니오, 세상을 지배하는 것도 아니오. 사람들이 열지 못한 그네들의 하늘을 열도록 도울 뿐이오. 사람들이 맹렬히 살아내지 못해 얽힌 시간들을 풀어내어 되돌려줄 뿐이오. 무녀들이 세상을 뒤집어엎지는 못하오, 허나 사람들의 고통 한 방울을 덜 수는 있소. 하여 나는 쟁투하는 것이 아니오, 싸우는 것이 아니오, 허니 나는 질 수 없소, 지지 않소. 허나 죽을 수는 있겠소, 이 세상에 한순간도 살지 않은 것처럼 떠날 수는 있겠소. 그리하여도 나의 죽음이 패배를 뜻하는 것은 아니오. 만신의 죽음은 무녀의 패배를 뜻하는 것이 아니오. 나는 그리 믿소.

여인의 눈이 깜빡였다. 무한의 시간이 흐른 듯싶었다. 다시 뜬 여인의 눈동자가 메말라 있었다.

─크고 강한 원향아, 너는 그리 믿을 것이다, 허나 너의 용은 그

리 여기지 않을 것이다, 너의 용은, 네게 깃든 용은, 원수를 갚고 싶다.

무한의 시간을 응축한 여인의 눈동자를 원향은 피할 수 없었다. 용이 되어 추었던 신무를 떠올렸다. 그 쾌미가, 그 열락이, 다시금 피어올랐다.

—너의 용은 신이 되려고 한다, 신이 하는 일을 하려고 한다, 위태롭도다, 위험하도다, 신령의 힘을 빌린 자가 그 힘이 자신에게 속한다고 믿어버릴 때, 그 위태로운 때가 네가 닥쳤도다, 하여 너는 질 것이다, 이길 수 없다, 크고 강한 만신의 마음을 잃어버린다면, 너는 질 것이다.

원향은 물에 잠긴 사람처럼 조용히 숨을 참고 앉아 부인의 말을 듣고 있었다. 여인은 몸을 돌려 문갑을 열었다. 보자기로 싼 넓적한 것을 들어 올리니 도르르 방울 소리가 났다. 부인은 원향 앞에서 보자기를 풀기 시작했다. 붉은 철릭과 철대가 보였다. 무구였다. 어느 방울에서 떨어졌는지 쇠구슬 세 개도 있었다. 원향의 정수리가 이글거리기 시작했다. 하랑 만신의 것임을 알았다. 끝내 발견되지 않은 성수방울, 그 방울에서 떨어져 나온 쇠구슬 세 개. 이 여인은 하랑을 알고 있는가, 하랑의 죽음을 알고 있는가. 부인은 다시 비에 젖은 살쾡이의 눈이 되어 원향에게 말했다.

—큰비가 내리고 물의 소용돌이가 하랑을 감싸 안았다. 하랑은 그대로 사라졌다. 그 후에도 큰비가 사흘을 내리 쏟아져 하랑을 찾을 수 없었다. 이틀이 지나 물 위로 하랑의 옷과 쇠구슬 세 개만

이 떠올랐다. 하랑의 육신은 없었다. 무녀들이 진오귀굿을 했지만 하랑의 넋을 건지지 못했다. 하랑의 혼백은 어디에도 없었다. 하랑의 옷과 쇠구슬 세 개만이 남았느니라. 이걸, 받겠느냐?

원향은 손을 내밀어 붉은 철릭 위에 놓았다. 쇠구슬 세 개가 텅, 하고 부딪히며 맑은 소리를 냈다. 부인의 눈에서 붉은 눈물이 쏟아졌다.

—하랑 만신님과 어찌 되시었습니까?

—그와 함께 죽으려 했으나 죽지 못했다. 죽을 길이라 하랑에 일렀으나 끝내 말리지 못했다. 하랑은 용부림 하는 큰 만신이었다. 만신이 비구름을 만들 수는 없지만, 비구름을 몰고 오는 용을 부릴 수는 있다. 하랑은 가장 강한 용부림꾼이었다, 가장 큰 용녀였다. 만신인 나는, 십팔 년 전 하랑과 함께 이미 죽었느니라. 너를 기다리며 육신을 살렸다. 크고 강한 만신의 마음으로 죽을 길인 줄 알면서도 터벅터벅 걸어갈 수 있는 이, 하랑이 껴안은 그 죽음이 결코 무녀들의 패배가 아니라는 것을 빌어줄 이, 너를 기다리며 몸을 살렸다. 이제 나는 죽을 것이다.

원향은 부인에게 큰절을 올렸다.

—곧 다시 뵈옵겠습니다, 여한 없는 그곳에서 편히 계시옵소서.

하랑은 말했다

끔찍한 가뭄이었다.

우물물이 말랐다. 사월부터 두레박에 물이 차지 않더니 오월이 되자 완전히 말라버렸다. 두레박이 우물 바닥을 쳤다. 사람들은 물을 찾아 용소로 계곡으로 헤매었다. 그들에게 우물물은 육신에 들이킬 생명수였다. 나에게 우물물은 정신을 순수하게 하는 신령수였다. 만신이 되고 이십 년 동안 아무도 건드리지 않은 새벽의 첫 우물물을 길어 기도를 드리던 나였다. 밤사이 북두칠성님의 별빛이 그 물에 스몄고 새벽이 되면 용신의 입김이 서렸다. 우물물을 길어 기도를 드리는 것은 인간의 육신에서 신의 육신이 되는 첫 의례였다. 그런 우물물이 말랐다.

마을이 생긴 이래 수백 년 동안 우물물은 생명수였고 신령수였다. 끝을 알 수 없는 저 아득한 수맥에서 물이 솟았다. 그 물로 밥을 짓고 몸을 씻고 집을 소제했고 기도를 올렸다. 웬만한 가뭄에도 우물은 물을 약조했다. 우물의 용신은 사람들을 배신하지 않았다. 그런 우물물이 말랐다. 생명수가 마르니 생명이 다했다. 가뭄을 주관하는 한발이 물을 주관하는 용신을 이겼다. 우물물이 마르기 전에 논바닥은 이미 쩍쩍 갈라졌다.

끔찍한 가뭄이었다. 온 나라가 한발에 당했다. 팔도가 다르지 않았다. 들의 곡식이 말라가고 백성이 죽어나갔다. 국운이 기울었다. 만백성이 하늘을 보고 한숨만 쉬었다. 나라님은 백성들의 괴로움이 자신의 부덕함에서 연유한다며 괴로워했다. 정전에 들지 않고 음식을 줄였으며 사직에 제사를 지냈다. 본디 왕이란 풍요를 가져올 수 있는 능력을 가지지 않았더냐? 그 능력을 다하지 못함을 책망하는 것이 당연했다. 하여 나라님은 중국 은나라의 탕왕을 본받고자 했다. 탕왕은 한발 앞에서 기도를 드리고 스스로 머리카락을 자르고 손을 묶었다. 옛 부여에서도 가뭄이나 장마가 들어 오곡이 제대로 영글지 않으면 그 허물을 왕에게 돌리지 않았더냐? 왕을 바꾸거나 죽여야 한다고 하지 않았더냐? 나라님이 탕을 기리며 하늘에 부덕을 사죄하고 겸양을 갖추었다. 허나 비는 오지 않았다.

각 고을마다 기우제를 했다. 제문을 읊으며 수령들은 울었다. 지금 백성들의 생활은 참혹하기 이를 데 없습니다. 옛날에 자식을 도랑에 버린다고 하였는데 지금은 생매장하는 자가 있으며, 옛날에 자식을 바꾸어 먹는다고 하였는데 지금은 삶아 먹는 자가 있으니, 온 백성이 장차 살아남지 못하고 사람의 도리가 장차 다 없어지게 될 것입니다. 길에 굶어 죽은 자와 시궁창에 버려진 시신은 말할 것도 없습니다. 우리 신명님께서 구름을 일으키고 단비를 내려서 이미 끊어진 백성들의 목숨을 이어주십시오.

나라님도 기우제를 주관했다. 한 번, 두 번, 다섯 번, 아홉 번이나 비를 구했다. 삼각산과 목멱산, 한강, 풍운뇌우단과 우사단에서 기우했다. 사직 종묘와 북교, 감악산과 송악산에서 비를 구했다. 저자도와 용산강, 관악산, 박연, 화적연에서 비를 청했다. 오방색의 용을 그려 동서남북과 중앙에 걸게 했다. 갑을일에 동쪽에 청룡을 그려 동자에게 춤추게 하고 경신일에 서쪽에 백룡을 만들어 노인에게 춤추게 했다. 석척아 석척아, 구름을 일으키고 안개를 토해내라, 비가 흥건하게 내리면, 너를 돌려보내리라. 한강 신단에서 수백 명의 석척동자가 외는 주문이 엿새 동안 울렸다. 허나 비는 오지 않았다. 논바닥의 갈라진 골이 깊어갔다. 이 나라, 이 땅덩어리 전체가 끝없는 수렁으로 빠져드는 듯했다.

하여 무녀를 불렀다. 사대부들이 쫓아낸 무녀들을, 그들이 다시 불러들었다. 그들이 만신을 불렀다. 용을 부릴 줄 아는 무녀를 불렀다. 나를 불렀다, 원향아.

내가 말하지 않았더냐, 만신은 사람들의 어둠과 함께하는 이라고, 하여 밝음의 때에는 빛 아래 잠겨 있다가 어둠의 때가 되어서야 존재가 드러나는 이라고. 나라 전체가 꼼짝없이 한발에 당하여 해볼 수 있는 일이 없을 때, 예를 갖추어 종묘사직과 신단에 제사를 지내고도 하늘이 꿈쩍하지 않을 때, 바야흐로 세상의 끝이 보이기 시작하는 어둠의 때에, 그들은 우리들이 필요하다 하였다.

용을 부릴 줄 아는 신령한 힘이 오롯이 내게만 속하는 것이라 여겼다면, 나는 그들의 부름에 응하지 않았을 것이다. 인간의 눈으로 보자면 그들은 나와 내 동료, 신어머니와 무녀의 뿌리를 없애버리려 한 원수들이 아니더냐? 음란하고 간사하고 요망한 것들이라 우리 무녀들을 내치고 사람들에게서 떼놓아 유폐시키려는 자들이 아니더냐? 신성한 왕도를 더럽힌다 하여 도성에 한 발자국도 들여놓지 못하게 했던 그들이란 말이다.

허나 원향아, 나는 그들의 부름에 응했다. 그것도 간절히 응했다. 한발의 노기를 달래고 용신을 머무르게 할 수 있기를, 쩍쩍 갈라지는 논바닥과 그보다 더 갈라지는 사람들의 시름을 달래줄 수 있기를, 간절히 바라며 응했다. 내게 주어진 힘은 내 것이 아님을 알기에 답했다. 그 신령한 힘이 쓰일 어둠의 때를 끝내고 싶기에 답했다.

동무는 말렸다. 죽을 길이라 했다. 살아 돌아오지 못할 것이라 했다. 나도 알고 있었다. 비가 오지 않으면 죽을 것이요, 비가 온다 한들 살 길을 도모하기 힘들 것이었다. 그것이 사대부의 나라에서 신과 통하는 무녀로 사는 이의 운명이었다. 나는 기우를 하는 의례 중에 죽을 것이었다. 한발은 신이다. 가뭄을 일으키는 신이다. 그 신을 달래고 어르지 못한 책임이 무녀에게도 있지 않느냐? 용을 부르고 머무르게 하는 용녀라면 더더욱 그러하지 않겠느냐?

신과 통하는 능력으로 강우를 조정하지 못한 그 태만함을 무녀라면 피해서는 아니 된다 여겼다. 나는 죽을 것이었다. 죽을 길로 가는 것이었다.

날짜가 잡혔다. 칠월 보름날이었다. 동무는 나를 따라나섰다. 죽을 길인 줄 알면서도 무복과 북을 챙겼다. 나의 신딸로 무업을 시작해 만신이 된 세 무녀도 따라나섰다. 장구재비 할미도 따라나섰다. 우리는 도성 서문 밖의 모화루 연못으로 향했다. 모화루는 태종 임금이 중국 사신을 접대하기 위해 만든 곳이었다. 모화루에서 기우를 한다 하니 처음에 관리들이 어쩔 줄 몰라 했다. 나라 간에 예를 극진히 하는 곳에 무녀가 발을 들이다니 있을 수 없는 일이었다. 허나 어둠의 때였다. 모화루여야 했다.

전각 옆에는 예로부터 크지 않은 연못이 있었는데, 물이 매우 깊어 사람들이 자주 빠져 죽었다 하였다. 하여 연못을 메우려고 흙을 들이부었지만 연못은 메워지지 않았다 하였다. 기이한 일이었다. 사람들은 깊이를 알 수 없는 땅바닥까지 뚫린 물속에 용이 산다고 믿었다. 늘 물이 넘실거리고 그 빛이 검푸르기까지 하니 연못이나 용소라 할 만했다. 그곳이 말라가고 있었다. 용소가 바닥을 드러내기 시작했다. 어서 빨리 용을 승천시켜야 했다. 나는 거대한 몸뚱이를 진흙 속에 처박고 죽어가는 이무기를 느꼈다. 하늘로 박차 오르려 기를 쓰는 이무기의 몸부림을 느꼈다.

아, 다시 그때로 돌아간다 해도 나는 달리 선택하지 않았을 것이다, 원향아. 죽을 길로 걸어가 죽고야 마는 그것 말고 달리 어떤 길이 있더란 말이냐, 원향아. 크고 강한 내 딸아, 네가 말했다. 무녀가 되는 길은 어찌할 수 없었으나 어떤 무녀가 되느냐는 어찌할 수 있습니다……. 그렇다. 무녀의 삶은 선택할 수 없었다만, 무녀의 죽음은 택할 수 있다, 난 그렇게 믿는다. 하여 크고 강한 만신으로서 나의 죽음은 그리해야만 했다. 너는 나를 이해하기에, 지금 그 길을 가고 있는 것 아니냐, 원향아?

죽을 길

무진년 7월 14일 밤 9시

세월이 무상하오. 어진이 폐허가 된 계화의 굿당을 바라보며 말했다. 목멱산 중턱에 고요히 내려앉아 한강을 내려다보던 소박한 굿당은 불탄 자리마저 사라지고 없었다. 예로부터 무녀들과 백성들이 목멱산 신령에게 지극정성으로 기도하던 당집은 모두 허물어지고, 임금만이 제사를 올릴 수 있는 제단이 목멱산 정상에 자리했다. 계화는 한때 국무당의 강건한 신줄기를 타고 신령의 세계를 드나들었던 그곳에 앉아 한양을 내려다보았다.

도성은 넓고 높았다. 계화가 용녀 부인의 행로를 피해 길을 돌아 도성의 남쪽으로 들어선 지 몇 시각이 흘렀다. 이 땅에 들어선 순간 흐억, 흐억, 하는 끊임없는 소리가 들리면서 계화의 몸을 압도했다. 거대하고 진득한 소리였다. 계화는 그것이 도성의 숨소리임을 알았다. 도성 전체가 거대한 아가리로 흐억, 흐억, 숨을 쉬고 있었다. 도성의 땅과 도성의 하늘이 들숨을 쉬며 부풀어지고 날숨으로 날렵해지기를 끊임없이 되풀이하고 있었다. 그것에 사로잡히지 않으려 계화는 힘껏 숨을 들이켜 내쉬었다. 거대하고 진득한 도성의 숨소리가 계화의 들숨 날숨에 겹쳤다. 숭례문은 기세등등하게 솟아 있었고 대로는 끝없이 이어지고 있었다. 오고 가는 이들은 도성의 숨소리를 느끼지 못하는 듯 누구의 낯빛을 살필 여력도 없이 바삐 움직이고 있었다. 그들은 도성이 들이쉬고 내쉬는 숨의 일부분이 되어 있었다. 가마를 들고 봇짐을 지고 수레를 끌고 머리에 짐을 이고, 저마다의 삶을 어깨에 지고 길을 걸으며 도성이 내는 숨소리의 가락을 타고 흐르고 있었다.

계화는 앞서거니 뒤서거니 지나치는 이들을 바라보다 도성의 하늘을 바라보았다. 분명 도성은 조선 안에 있는 고을이건만 조선보다 크게 느껴졌고, 도성의 하늘과 양주의 하늘이 다르지 않을 것이건만 왕도의 하늘은 그지없이 높아 보였나. 음란한 것들을 성밖으로 축출한 뒤 왕도는 더 신성해지고 높아졌단 말인가, 귀신에게 아첨하는 간사한 자들을 같은 하늘 아래 두지 않겠다 겁박한 뒤 신도는 더 우람해지고 넓어졌단 말인가. 계화는 어진을 바라보았다. 어진의 검고 탁한 눈으로는 이곳 또한 검고 탁한 한낱 사람 사는 곳일 뿐일까. 신도에서 음사를 행했던 이의 낙인이 석양에 번들거렸다.

계화가 앉은 자리에서 서너 길 떨어진 곳에서 버석거리는 소리가 들렸다. 왔나 보오. 계화는 매운 눈빛을 하고서 일어섰다. 시남이 쌀자루를 이고 오르막길을 힘겹게 내딛고 있었다. 쌀자루 안에서 무언가가 끙끙대며 발버둥 쳤다. 시남이 계화 앞에 이르러 쌀자루를 거칠게 내려놓았다. 컥, 하는 소리가 났다. 벗겨라. 시남이 쌀자루 입구를 단단히 묶은 끈을 풀기 시작했다. 이윽고 입에 재갈을 문 사내의 기름진 얼굴이 보였다. 술 냄새가 쏴아 풍겼다. 계화의 어깻죽지가 들썩였다. 칼로 살갗을 저미는 듯하고 쐐기의 쇠날로 뼈를 찍어내는 듯했다. 나무에 묶어라. 시남은 쌀자루를 벗기고는 사내를 일으켜 세웠다. 두 손이 묶인 사내는 무어라 말을 내뱉지만 재갈에 막혀 억억, 소리만을 내며 주위를 두리번거렸다. 시남이 몇 걸음 떨어진 소나무로 사내를 데려가 동여맸다. 계화가 사내의 입에 물린 재갈을 걷어내고는 사내의 눈을 바로 보며 물었다.

—내가 누구인지 알겠느냐?

—무얼, 하려는 게냐?

사내는 계화를 알아본 듯했다.

—너를 죽일 것이다, 여기서, 지금, 신령과 만신을 욕보인 죄로.

사내는 몸을 곧추세웠다. 계화의 매운 눈빛과 단정한 말투는 방금 한 말이 결코 허투가 아님을 깨닫게 했다. 허나 사내 또한 보통 사내는 아니었다.

—네 목숨이 만 개라면 어디 나를 죽여보아라, 신령과 만신을 욕되게 했다는 죄로 나를 죽인다면, 이 나라는 사대부의 나라가 아니지.

—내 목숨이 만 개라면 너는 만 번 죽어야 한다, 내가 한 번 죽어 끝나는 사람임을 감사히 여겨야 할 것이다.

—양주의 계화, 정성인. 성인이라 추앙받는 만신이 사람을 죽인다, 그게 너의 법도이더냐? 네 신령은 사람을 죽여도 좋다 그리 이르더냐?

—그 입으로 신령을 다시 운운했다가는 혀가 먼저 뽑힐 것이다. 나는 사람을 죽이는 게 아니다, 짐승을 죽이는 것이다. 너는 네가 저지른 일을 부끄러이 여기지 않는다. 그것이 네놈이 짐승이라는 징표이다, 부끄러이 여길 줄 아는 것이 사람이고 뉘우치는 것이 사내이거늘, 네놈은 사람도 사내도 아니니라, 그저 짐승이니라, 예의 탈을 쓰고 엄정한 척하는 발정 난 짐승일 뿐이니라. 그런 족속을 일러 너희들은 사대부라 부르는 것이냐?

—네 이년, 한낱 무녀 따위가 사대부를 능욕하다니, 삼족이 멸하게 될 것이다.

—삼족이니 팔족이니, 그게 무슨 의미가 있느냐? 고고한 가문을 이어가려는 너희들이나 현재를 팔아 미래를 지키거라, 인지상정을 삶아 숭고한 예의 신단에 바치거라, 죽어서도 그리할 수 있다면.

—나는 선덕이를 버린 것이 아니다, 다시 찾을 것이다, 양주로 가게 되면 선덕이를 다시 들일 것이다, 아이도 거둘 것이다, 허니…….

—내가 지난 세월 동안 무얼 생각하며 산 줄 아느냐? 네놈을 어떻게 죽일까, 어떻게 해야만 만신을 욕되게 하고 신령을 욕되게

한 짐승을 잘, 거뜬히, 여한 없이 죽일 수 있을까, 그 생각을 했더랬다. 석척을 잡아 서로 잡아먹게 한 다음 마지막 남은 한 마리를 태워 가루로 만들어 먹일까, 그놈에게 잡아먹힌 놈들의 분노와 공포가 너를 살금살금 먹어치우도록. 짚으로 네 몸을 만들어 목을 막 딴 말의 피를 묻힌 다음 심장을 찌르고 눈에 못을 박으며 사신이 사냥을 나서신다고 염을 할까, 네가 영문도 모른 채 죽을 만큼의 고통 속에서 미쳐가도록. 네놈의 속옷에 개의 피를 묻혀 저주를 퍼부어 밤마다 개에게 물어 뜯기도록 할까, 아침마다 개의 이빨 자국을 보며 죽는 것이 낫겠다 스스로를 난자하도록. 그런 생각을 했더랬다. 허나, 너 따위를 죽이자고, 신령의 힘을 검은 주술로 행할 수는 없지. 그것조차 네겐 과분하다, 넘치는 죽음이다. 하여 나는 짐승을 죽이는 방법으로 너를 죽일 것이다, 목을 따고 배를 가를 것이다, 그것이 당연한 죽음이다, 짐승다운 죽음이다.

사내의 얼굴이 공포로 일그러지기 시작했다. 사람을 짐승으로 생각한다면 해하지 못할 이유가 없었고 뱃가죽을 가르지 못할 이유도 없었다. 사람을 죽이는 게 무녀더냐, 선덕을 거둘 것이다, 사내는 고함을 쳤다.

—칼을 주라.

—어머니, 제가 하렵니다, 제가 하도록 해주십시오.

계화가 시남을 바라보았다. 아들의 눈에 서린 것은 계화의 것과 다르지 않았다. 허나 계화는 자신의 손으로 끝내야 할 일임을 알고 있었다. 하여 일렀다.

―대신칼을 주라, 가장 크고 무거운 칼을 주라.

시남은 소나무 아래를 파기 시작했다. 십팔 년 전 계화가 이곳을 떠날 때 묻어두었던 무구들이 나무 아래 있었다. 굿당은 사라져도 무구는 남겨두고픈 계화의 마음이 이 밤에 다시 파내졌다. 시남은 곧 땅속에서 나무궤짝을 꺼내 뚜껑을 열고는 대신칼을 찾아 계화에게 넘겨주었다. 계화는 대신칼을 양손에 들었다.

―무녀의 칼이 진짜 사람을 벨 수 있는지 궁금하지 않으냐? 굿판을 벌이기 전에 칼을 갈아 종이 한 장 가를 만큼 날 서게 만든다는 것을 모를 테지? 너희들이 미륵과 칠성과 선덕여왕을 불태웠을 그때의 그 굿판을 벌이기 전에도 나는 대신칼을 갈고 또 갈았다. 그때 갈았던 날이 오늘에야 무언가를 베는구나.

묵직한 칼의 느낌이, 불타오르는 굿당 속에서 걸지게 한판 추었던 춤을 불러왔다. 계화의 발이 소리 없는 가락을 타기 시작하고 가락에 맞춰 손이 뻗쳤다가 다시 모아졌다. 신령님은 강림하지 않으실 것이었다. 사람의 일이었고 사람의 춤이였다. 횃불만큼 빌긓게 달아오른 유생들의 얼굴, 훨훨 불타오르던 굿당, 불길 속에서 스러져가던 선덕여왕, 땅바닥에 나뒹굴던 시루떡, 귀신에게 아첨한다는 자에게 내리치던 징과 북, 선덕을 끌고 가던 사내들의 울뚝불뚝한 손, 가마 다리를 잡고 있던 시남의 벌건 눈, 금쪽같은 딸을 주시려 했나 보오, 하던 선덕의 가지런한 이. 계화는 하늘로 뛰어오를 듯 둥둥 솟구치다가 사내가 묶인 소나무를 빙빙 돌면서 마음에 품은 어떤 순간을 향해 돌진해갔다. 신령의 뜻이 아닌 계화 자신의 의지로 무참한 한순간으로 뛰어 들어갔다. 그때.

─정성인.

목소리가 들렸다. 정성인. 계화는 돌진하던 몸을 세웠다. 춤사위가 멈추었다. 계화의 격렬한 연풍돌기가 멈춘 자리에 솔바람이 불었다. 계화는 뒤를 돌아보았다. 원향이 있었다. 계화는 대신칼을 천천히 내렸다. 절을 했다. 원향의 뒤를 따르던 선덕이 다급히 계화에게 뛰어왔다. 소나무에 묶인 사내를 보는 선덕의 얼굴이 비틀렸다.

─죽일 참이오?

원향은 텅 비어 있는 얼굴로 계화에게 물었다. 텅 비어 있음의 대가로 보통의 삶을 버린 자의 엄격함이 거기 있었다. 자신에게 주어진 운명의 길을 뚜벅뚜벅 걷는 자의 단단함이 있었다. 비어 있어 세상을 품을 그 자리에 자신의 사사로움이 침범할까, 계화는 저어되었다. 허나 멈출 수는 없었다.

─해치워야 합니다, 이 손으로 하렵니다, 오시지 않는 게 좋을 뻔했습니다.

원향은 다시 텅 비어 있는 얼굴로 소나무에 묶인 사내의 얼굴을 보더니 계화에게 말했다.

─큰비가 오면 모든 것이 정결해지거늘, 왜 성인의 손에 피를 묻힌단 말이오?

─큰비가 오기 전에 죽어야 하는 자입니다. 짐승에 맞는 벌을 주려는 것이니 부인께서는 모른 척하시지요.

―어머니, 벌은 사람이 내리는 것이 아니지 않습니까, 저 때문에 어머니가 신령님에게 등을 돌리는 일은 없어야 합니다.

―너 때문이 아니다, 나 때문이다. 무녀를 능욕하고 신령님을 욕되게 하는 자와 같은 하늘 아래 살 수 없다, 그것이 나다, 그것이 내 뜻이다, 허니 너는 물러서 있거라.

―정성인, 계화 만신.

원향의 허허로운 얼굴에 어떤 감정이 피어올랐다. 계화는 원향이 노여워하는 것이라 생각했다.

―만신의 꿈, 만신의 세상을 잊었소? 큰 굿판을 앞두고 있는 만신이, 신령님께 지극정성을 다 바쳐도 미진하거늘, 살아 있는 목숨을 앗으려 하는 그 마음으로 신 앞에 서겠다는 것이오? 하찮은 사내 하나 죽이자고 만신의 세상을 여는 일을 망치려는 것이오? 왜 스스로 비천해지고자 하오?

―만신의 꿈, 그 꿈이 있어 예까지 오지 않았습니까, 무녀를 귀히 여기는 세상을 꿈꾸기에 부인과 함께하지 않았습니까? 송구히 옵니다, 이 일이 저를 비천하게 할지라도 제겐 새로운 세상을 열어젖히는 첫걸음입니다. 저 사내를 지워야 저는 새 세상을 맞이할 수 있습니다. 저 사내의 피가, 원한으로 응어리진 저를 정결히 할 것입니다. 제 일입니다, 사람의 일입니다, 신령의 일이 아닙니다. 물러나 계시지요.

그때 소나무에 묶여 있던 사내가 산의 위쪽으로 난 길을 따라 도망치기 시작했다. 동아줄을 헐겁게 만들어 몸을 자유로이 한 모양이었다. 시남이 급히 그를 쫓기 시작했다. 죽음의 길 앞에서는 취기도 느껴지지 않는 듯 잽싸게 발을 날렸다. 허나 시남이 더 빨랐다. 사내는 바위를 오르지 못하고 시남에게 붙잡혔다. 시남과 사내는 엎치락뒤치락 한참을 씨름하다가 한 몸으로 얽히면서 경사진 둔덕으로 굴러떨어졌다. 낮은 나무와 수풀이 우거진 곳에서 발과 손을 서로에게 휘두르며 나뒹굴었다. 사내가 주먹만 한 돌을 들어 시남의 머리를 내리쳤다. 시남은 머리를 쥐어 잡고 둔덕 아래 구덩이 속으로 굴러떨어졌다. 계화가 대신칼을 들고 사내에게 달려갔다. 그의 목을 치려는 순간, 사내가 벌떡 일어나 칼을 피하고서 계화의 목을 조르기 시작했다. 계화의 손에 들린 칼날이 땅을 향했다. 계화가 목을 쥔 사내의 손을 떼어내려 했으나 잘 되지 않았다. 어진이 달려가 사내의 팔을 잡아채고 이로 물었으나 사내가 어깨로 어진을 밀쳐냈다. 시남이 일어서려 안간힘을 썼으나 도로 주저앉았다. 계화의 손에 들린 대신칼이 땅에 떨어졌다. 선덕은 아이고, 아이고 소리만 질러댔다. 그때 원향이 사내의 등 뒤로 달려가 허리를 잡아챘다. 계화와 계화의 목을 조르는 사내, 그 사내의 허리춤을 잡고서 잡아떼려 안간힘을 쓰는 원향, 세 사람이 한 덩어리가 되어 서로를 향해 죽을힘을 다했다. 계화가 컥컥거리는 소리를 내며 흰 눈자위만 번득거렸다. 원향이 사내의 몸에서 떨어져 나무 아래로 달려가더니 이끼로 뒤덮인 검푸른 큰 돌을 집어 들었다. 원향은 그대로 사내에게 달려가 그의 머리에 돌을 내리쳤다. 철퍽, 하는 소리와 함께 돌은 두 조각이 났고 사내는 쓰러졌다. 정수리에서 검은 피가 솟아 흐르더니 사내의 눈을 붉게 물들였다. 선덕이 달려와 쓰러지는 계화를 안았다. 원향은 자리에 털썩 주저앉았다. 피에 젖은 사내의 눈이 감겼다.

*

황회는 약재를 신중히 고르고 있었다. 유백피와 제유향, 반하, 박하, 천화분, 위령선이 필요했다. 유백피와 제유향은 자궁을 크지 못하도록 할 것이고 반하와 박하는 산모와 아기의 생명줄을 끊어놓을 것이며 천화분과 위령선은 태 속 아기를 크지 못하도록 할 것이었다. 약재로 탕약을 지어 하루빨리 원향에게 먹여야 했다. 여환과 합방하지 않을 원향이기에, 아이가 더 크기 전에, 여환이 알아차리기 전에 배 속의 아이를 지워야 했다.

약방 주인은 황회와 오래 알고 지낸 까닭에 연유를 묻지 않았으나 의아하게 여기는 기색까지 감출 순 없었다. 약방 문을 닫은 지 한참이 흐른 밤중에 찾아와, 약재, 그것도 태중의 아이를 해하는 약재를 달라는 오랜 지인의 사연이 심상치 않아 보였다. 허나 황회는 주인의 궁금증을 모른 척했다. 모른 척하는 것이 최선이었다. 풍문이 돌아서는 아니 되었다. 사람들의 입에 한 번이라도 오르내려서도 아니 되었다. 일어나서는 아니 되는 일을, 일어나지 않은 일인 듯 만들어야 했다. 일은 돌이킬 수 있는 법, 이라고 황회는 자꾸 되뇌었다. 또 다른 황회가 일은 돌이킬 수 없는 법, 이라고 되받아쳤다. 한여름 밤의 물기 머금은 후덥지근한 기운에도 황회는 한기를 느꼈다.

누가 아프오? 황회는 엽전을 떨어뜨릴 뻔했다. 종이에 싸서 짚으로 엮은 약을 받아들고 약방 주인에게 값을 치르는데 여환의 목소리가 들렸다. 입이 무거운 약방 주인은 누구에게도 방금 황회가 산 약재가 무엇인지 말하지 않을 터였고, 여환이 설마 이 약재를 일일이 헤아려보지는 않을 것이어서 황회 자신만 평정하면 될 일이었다. 허나 약재를 쥔 황회는 손이 떨렸다. 용녀 부인이 배앓이를 하셨다니 그 약인가 봅니다. 여환과 함께 온 이말립이 황회를 보며 말했다. 황회는 용녀 부인이라는 말이 나오자 약방 주인을 바라보았다. 당신은 들어서는 안 되는 이름을 들은 것이오, 허니 조심하시오, 라고 말하고 싶었으나 꿀꺽 삼켰다. 약방 주인은 예사로운 표정으로 점방 안으로 들어갔다. 황회는 이말립에게 고개를 끄덕이고는 약방을 나왔다.

—이 밤에 웬 산보시오? 이틀을 꼬박 걸어 고단하실 터인데.

—방 안에 있으니 무더운 게 더하오. 부인이 보이질 않아 찾을 겸 해서 나왔소.

여환은 어두운 길가의 저편을 바라보며 말했다. 황회의 눈을 똑바로 바라보지 않는 것이 무언가 시름을 품고 있는 것이 분명했다. 오늘 낮 보제원에서 전성달과 어떤 풀리지 않는 이야기를 나눈 것인가, 아니면 원향의 일을 알게 된 것인가, 황회는 덜컥 가슴을 졸였다. 세 사람은 나란히 어의동을 향해 걸었다. 황회는 여환의 침묵을 불안하게 지켜보고 있었다. 평소 같으면 약재를 이말립에게 맡기고 빈손으로 걸었겠지만 그러지도 않았다.

―뭔가 자꾸 미진하다는 생각이 드오.

여환이 길가에서 벗어나 소나무가 제법 우거진 숲속으로 들어가 바위에 앉았다. 이야기가 길어질 모양이었다. 황회는 약재를 이말립에게 주고 먼저 어의동으로 가 집주인에게 탕약을 우리게 하라 일렀다. 이말립은 순한 얼굴로 황회의 말을 듣고는 몸을 돌려 걸어갔다.

―비가 오지 않으면 어찌 되오?

―내일은 아직 오지 않았소. 조바심 낼 일이 아니오.

―비가 오지 않으면 어찌 되겠소?

황회는 여환의 반듯한 얼굴을 바라보았다. 젊은 어깨에 조선 팔도를 짊어지고 있는 스물다섯 살의 청년이 처음으로 버거워 보였다. 미륵을 만나 미륵이 일러준 대로 나아갔던 그가, 주춤거리는 기색을 처음으로 내비치었다. 저 주춤거리는 발걸음에, 조선을 짊어진 어깨에 원향의 아이까지 얹어주어서는 안 된다는 생각이 다시 피어올랐다.

―일이 성사되지 않을까 걱정되시는 게요?

―그저 가늠해보려는 것이오, 비가 오지 않는 그 후를.

―이번 거사가 힘들면 다음을 기약하면 되오. 오늘보다 더 길한 날을 잡으면 되오.

―사람들이 떠날 것이오. 믿음도 사라질 것이오. 이번에 꼭 성

사해야만 하오.

큰비가 오지 않은 후의 일을 황회 또한 헤아려보지 않은 것은 아니었다. 하지만 미륵이 다시 방도를 알려줄 것이고, 그 방도를 여환이 받을 것이며 황회는 실행할 것이었다. 허니 흔들릴 이유는 없었다. 황회는 여환에게서 눈을 돌려 사람들이 사라진 거리를 바라보았다. 꺾일 줄 모르는 더위에도 어디론가 걸어가고 물건을 두고 흥정하고 길을 멈춰 인사하던 사람들이 그 거리에 있었다. 먹구름이 몰려올 것인지, 큰비가 올 것인지 걱정하지 않아도 되는 그네들의 삶이 편안해 보였다. 그네들처럼 살 수 없다는 것을, 살지 않기로 한 것을 황회는 후회한 적이 없었다. 여환을 만난 후로는 자기가 이뤄내야 할 일에 더욱 당당해졌다. 여환을 믿고 여환을 점지한 미륵을 믿었다. 언젠가는, 오늘이 아니더라도, 세상은 뒤집어질 것이라 믿었다. 헌데 여환은 어찌 저리 조바심을 내는 것인가.

그때 이말립이 거리 끝에서 바쁜 걸음으로 다가오는 것이 보였다.

—어서 가보시는 게 좋을 듯하오. 정원태가 와 있습니다.

—뭐라? 정원태? 그자가 이곳 한양에 왔단 말인가?

황회와 여환은 서둘러 어의동으로 향했다. 낯선 사내가 방에 들어 있었다. 사내의 굵은 목소리가 들렸다. 양반놈들 재물을 탈취하는 것이 목적이었소, 재미 좀 봤수다. 여환이 방에 들어서자 사내가 몸을 고쳐 앉았다. 덥수룩한 수염과 떡 벌어진 어깨가 한눈에 보아도 힘깨나 쓸 듯했다. 마흔 정도 돼 보였지만 그보다 더 들었을 수도 있었다. 사내 옆에 정원태도 보였다. 사내는 여환을 처음 만나는 다른 이들과 달랐다. 경외나 존경 대신 얄은 호기심과 거침없는 입담으로 대화를 이끌어갔다. 정호명과 정만일, 이원명은 그런 사내의 이야기에 귀가 솔깃한 듯 달아오른 얼굴이었다.

—일을 왜 그리 어렵게 하시오? 우리 죽림칠현과 손잡으면 금방 성사될 것을.

사내가 여환을 바라보며 말했다.

—우리의 일을 어찌 들었소?

여환이 물었다.

—어찌 듣기는, 해괴하게 들었지. 큰비가 와서 도성을 쓸어버린다, 마른하늘에 날벼락이라도 기대하는 게요?

—말이 지나치시오.

황회가 낮지만 분명한 목소리로 사내를 제지했다.

—허, 황 지사라는 분이시로구먼. 내가 말이 좀 거치오, 이해하시오. 답답해서 그러오. 미륵이 점지한 이가 있것다, 경기도 북부 사람들이 죄다 따르것다, 돈도 거두었것다, 뭘 기다리는 건지 당최 납득이 되질 않아서 말이오.

사내는 황회를 개의치 않고 말을 이어나갔다. 정원태와 정호명이 사내의 말에, 그렇지, 그렇지, 하고 맞장구를 쳤다.

—죽림칠현이 어떤 무리요? 공자 왈 맹자 왈, 선비 흉내를 내는 게요?

정호명이 물었다.

—검계요.

일순 방 안에 긴장감이 감돌았다. 검계에 대한 풍문은 숱하게 들었지만 실제로 자신을 검계원이라 밝히는 이는 처음이었다. 검계가 한양을 주 무대로 활동하는 데다 워낙 비밀스럽게 결사하는 조직이라 정체를 알기가 힘들었다. 시퍼렇게 날이 선 검의 기운이 이 사내에게서 풍기고 있었다.

—우리들이 죽지 않는 한 끝내는 너희들 배에 반드시 칼을 꽂으리라. 육 년 전 숭례문에 붙은 괘서를 아시오? 죽림칠현이 한 일이오. 칠현, 일곱 현자가 조직을 이끄오. 지체 높은 양반가에서만 현자가 나오라는 법 있소? 아니 그러오?

—검계는 다 붙잡히지 않았소? 사 년 전에 임금이 친히 나서서 싸그리 잡힌 걸로 아오.

면주인인 정호명이 역시 물정에 밝았다. 정호명의 말에 사내가 피식 웃음을 지었다.

—임금이 나서긴 했지. 그해 정초부터 추포를 시작했소. 다섯 달 동안 겨우 열 명이 잡혔소. 그 많은 계원들은 어디 있겠소? 한양에서만 수백이오, 허허.

—아직도 칼을 쓰오? 재물을 탈취하오?

정호명이 다시 물었다. 그는 허허, 거리며 고개를 끄덕였다. 양반과 관리 들의 밤잠을 설치게 했던 검계가 아직도 활동한다는 말이었다. 탐관들의 곳간을 털고 양반들의 농장에서 개와 돼지를 잡

고, 저항하는 양반들을 죽이면서 맹위를 떨쳤던 검계가 아직도 건
재하다는 말이었다.

―한양의 명문대가들의 노비 태반이 검계나 살주계 계원이오.
남인의 목내선, 서인의 김석주, 이사명의 노복들 중에서 살주계원
이 아닌 이가 없을 정도요.

―모두 칼을 쓰오?

―칼은 우리의 손이고 발이오. 우리의 목소리이고 우리의 힘이
오. 이 힘을 키우기 위해서 훈련이란 것도 하오, 칼을 쓰고 진을 치
고 공격하고 방어하는. 우리는 무뢰배가 아니오, 불한당이 아니
오. 천한 이를 겁박하는 세상을 향해 칼을 휘두르는 것이오.

―원하는 게 무엇이오? 어떤 세상을 꿈꾸오?

황회가 사내에게 물었다. 사내의 말이 많아지고 있었다. 이쯤에
서 이야기를 마무리해야겠다고 생각했다.

―난리가 나는 것이오. 난리가 나서 세상이 뒤집히는 것이오.
양반이 상놈 되고 상놈이 양반 되는 것이오.

―우리가 하려는 것이 그것이오.

이원명과 정호명이 동시에 말했다. 둘은 사내가 하려는 일이 무
리가 하려는 일과 같다고 여기는 모양이었다.

―노비는 죽어서야 주인에게서 벗어날 수 있는 세상, 엿 같소.
배부른 놈이 배고픈 놈 밥그릇 뺏는 세상도 엿 같소. 끝내야 하오.

―상놈이 양반 되는 세상을 꿈꾼다면서 민가를 습격하고 백성
의 가축을 도적질한단 말이오? 양반의 부녀자를 겁탈하면 양반이

되오? 화적떼와 무엇이 다르오? 미덥지 않소.

황회가 사내에게 뚱한 목소리로 말했다.

—허, 그건 발정 난 계원 몇이 저지른 일이오. 칼 든 흡족함이 과한 것이오. 허나 그것이 우리의 전부가 아니오.

—우리와 함께하고 싶은 거요? 이유가 무엇이오?

—같은 꿈을 꾸질 않소? 나는 그리 여기오. 허나 그대들의 대우경탕으로는 새 세상이 올 것이라 믿지 않소. 송구하오, 미륵의 계시를 받았다는 분 앞에서 이런 말을 하는 것이 거북한 건 사실이오. 대우경탕을 도모하지 말라는 것이 아니오. 칼을 함께 쓰라는 것이오, 검계와 손을 잡자는 것이오.

—그리하면 큰비가 오든 큰비가 오지 않든 세상을 뒤집을 수 있소. 똑바로 난 확실한 길이 있는데 왜 굳이 흐릿한 길을 돌아가려 하시오?

정원태가 누구에게랄 것 없이 물었다. 그는 이미 검계의 사내와 손을 맞잡은 것처럼 눈을 빛냈다. 황회는 여환을 바라보았다. 여환은 무리 중 누구도 바라보지 않은 채 말문을 닫고 있었다. 사내는 개의치 않았다. 눈빛이 단단해졌다. 칼을 쓰는 자의 눈빛도 형형할 때가 있다고 황회는 생각했다.

—칼을 쓰는 사람은 앞장설 수 없소. 오륙 년 동안 검계에 몸담으면서 깨닫게 된 사실이오. 백성들은 칼을 쓰는 사람을 두려워만 할 뿐 따르지는 않소. 칼은 앞서 나가서는 아니 되오, 그림자 속에 숨어 있어야 하오. 칼을 자신의 그림자 속에 감출 사람이 필요하

오. 백성들이 따를 수 있는 으뜸이 필요하오. 세상에 겁박당하고 있는 백성들의 마음을 얻을 수 있는 우두머리가 있어야 한단 말이오. 그를 따르면 지금의 세상을 끝장내고 새 세상을 열어젖힐 수 있다는 믿음, 그가 살 만한 세상을 만들 수 있다는 믿음, 그의 세상에서 살고 싶다는 믿음, 그걸 심어줄 이가 필요하오. 여환님이 필요하오.

─그냥 우리 무리에 들어오면 되질 않소? 여환님을 따르면 되질 않소?

─칼은 숨어 있으되 언제든 빼어 들 수 있어야 하오. 허니 우리 계는 독자적으로 움직여야 하오. 칼을 쓰는 자들을 움직이는 나름의 법도가 있는 법이오. 우리는 그 법도에 따라야 하오. 칼이 지배하는 세상이오. 칼의 힘을 업신여기지 마시오.

정호명은 사내의 말에 고개를 끄덕였다. 엊그제 정호명의 입에서 사내의 말과 똑같은 말이 나왔었다.

─뜻을 알았으니 이민 들아가시오.

황회가 말했다. 사내는 일어서지 않았고 무리들도 사내와 더 이야기를 나누고픈 기색이었다. 여환이 먼저 일어섰다. 황회도 따라 일어나 방을 나섰다. 방을 나가려다 말고 원태, 나 좀 보세나, 하고 말했다. 여환은 이미 마당을 가로질러 문밖으로 나선 참이었다. 황회가 동행하고자 했으나, 부인이 보이지 않소, 혼자 가리라, 라고 말하고는 휘휘 걸어갔다. 그의 뒷모습을 바라보는 황회의 마음도 휘휘해졌다. 정원태가 황회의 옆에 와 섰다. 그의 몸이 후끈거렸고 들숨이 달아올랐다.

―양주목을 쳤나?

―소식 들으셨소? 바람보다 빠르오.

―양주목을 쳤나?

―그러려고 했소만, 전시우 그자 때문에 일을 망쳤소.

―기별을 줄 터이니 기다리라는 말을 잊었나? 자네 때문에 거사가 발각될 뻔하지 않았나? 왜 그리 경거망동한가? 저 검계원은 또 뭔가? 사람 살리는 일을 도모하는데 사람 죽이는 자를 들이다니 도대체 무슨 생각을 하는 겐가? 우리의 뜻을 거역할 거라면 차라리 검계를 따라나서시게나.

―그리 성을 내실 일만은 아니오. 여러 방편을 고려해보자는 것이오.

―거사의 방편을 고민하는 건 자네 일이 아니네. 그건 미륵님이 결정하실 일이네. 왜 앞질러 가면서 일을 그르치려고 하는가? 가뜩이나 여환님의 심사가 편칠 않은 상황에서 양주목을 치다니, 검계와 손을 잡자니, 이런, 쯧쯧.

황회는 정원태를 바라보며 혀 차는 소리를 냈다. 정원태는 황회가 자신을 타박하는 것에 별로 개의치 않고 말했다.

―큰비가 오지 않는다면 황 시사님도 생각이 달라지실 것이오. 내 이번에는 황 지사님 말씀대로 따를 것이오만, 다음번에는 그리 한다 약조를 못 드리오. 잡히지도 않는 안개를 손에 쥐려는 부질없는 일은 한 번으로 족하단 말이오.

황회는 이번 거사가 이루어지지 못한다면 칼에 대한 무리의 욕망이 더욱 커질 것이라는 것을 예감했다.

—헌데 말이오, 성인무당들이 양주를 떠난 걸 알고 계시오?

—무어라? 성인들이?

—역시 황 지사님도 모르고 계시는 일이었구려. 황 지사님 부인과 정성인, 그 신딸들을 양주목에서 봤소.

—안사람이? 정말 어진이었단 말인가? 계화까지?

—내 두 눈으로 똑똑히 봤소. 이상해서 뒤를 밟았소. 양주목 주막에 있는 선덕을 만나더이다. 시남이가 나무궤짝을 지고 있더이다. 정성인의 무구 아니오? 굿을 하려는 게 아니면 무구를 왜 가지고 다니겠소? 한양으로 떠나는 길인 듯싶었소, 느낌이 그러하오.

황회도 알지 못하는 일이었다. 그들이 도성으로 온다니, 그 연유를 알지 못했다. 그의 처가 그에게 말하지 않은 일이 있다니 기이했다. 굿판이라, 황회는 하랑, 모화루, 넋건지기라 중얼거리던 어진의 얼굴을 생각했다. 모화루면 서문 밖이었다. 큰 연못이 있다는 이야기만 들었다. 뭔지 모르지만 무녀들이 일을 꾸미고 있었다. 원향이 이끌고 있음이 분명했다. 그 일을 알아야 했다. 원향의 뜻을 알아야 했다. 황회는 일어서면서 정원태에게 말했다.

—모화루로 가세.

—이 밤에 말이오?

—조용히 정호명을 불러오게. 난동을 피워서는 안 되네. 무슨 일을 하는지 살피기만 하는 걸세. 우리가 보고 있다는 걸 알아차

리게 해서는 안 되네. 알겠는가?

황회는 성인무당들이 하고 있던 그 눈빛의 정체를 알아야겠다고 생각했다. 원향이 그들에게 어떤 힘을 부리고 있는지 알아야 할 때가 되었다고 생각했다. 내딛는 다리가 맥없이 떨렸다. 만월에 거의 이른 달에서 쏴한 기운이 흘렀다.

*

모화루, 이곳까지 와야 했다. 사대의 예를 갖추고 천자의 사신을 맞이하던 곳, 명국의 예가 조선의 심장으로 향하는 문지방에서 그들이 축출하고자 했던 만신들의 강건함을 보여주어야 했다. 그것이 만신의 세상을 여는 신성한 행로였다. 모화루, 이곳이어야 했다. 순수한 왕도의 한가운데에서 헤매는 서러운 만신의 원혼을 건져야 했다. 그것이 무녀의 세상을 여는 신성한 의례일 것이었다. 황해도 은율에서 양주를 거쳐, 한양의 한가운데인 모화루까지, 이제 신성한 행로가 끝에 도달했다. 모든 것이 신령의 뜻대로 준비되었다. 원향 자신인 용녀, 금욕과 치재, 뜻을 함께 한 성인무녀들, 하랑의 무복과 무구까지, 모든 것이 준비되었다, 단 하나의 오섬을 빼놓는다면.

모화루의 전각은 지키는 이가 따로 없었다. 원향은 연못을 찾았다. 전각에서 대여섯 걸음 정도 떨어진 오른쪽에 버드나무 세 그루가 서 있었고 그 아래 못이 있었다. 연못은 검었다. 달빛을 받아

물이 은빛으로 빛나는데도 연못은 검었다. 연못도 가뭄을 피해 가지 못했다. 땅에서 한 자 정도 물이 내려가 있었다. 원향은 연못을 내려다보았다. 너는 누구니? 너와 영원히 함께하련다……. 연못물이 원향에게 말했다. 영원히, 라는 말에서 원향은 연못의 깊이를 가늠했다. 연못은 검었다.

뒤따르던 계화와 어진이 제물을 전각에 모셨다. 계화의 목에 남은 선명한 손자국을 보자 사내의 붉은 눈이 떠올랐다. 원향의 마음이 제대로 닫히지 않은 사립문처럼 덜컹거렸다. 단 하나의 티끌이 태양빛을 가려버리는 듯 암울했다. 고기 한 점, 술 한 모금 입에 대지 않은 세월이었다. 보통의 모든 욕망을 내려놓기 위해 정진한 시간들이었다. 오늘, 지금, 원향에게 깃들 신령을 맞이하기 위해, 씻고 비워내고 닦아내면서 얻은 정결함이었다. 허나 단 한순간의 정념이 모든 정결함을 앗아갔다. 단 하나의 오점이 판을 뒤흔들었다. 사내가 흘리는 피가 원향에게 흐르고 있었다. 사내의 피는 원향에게 흐르고 흘러 손을 적시고 입을 적시고 마음을 적시고 있었다. 피로 물들고 있는 마음을 허허롭게 만들 방법을 원향은 알지 못했다. 그렇다고 굿을 미룰 수는 없었다. 사내의 시신을 수습하고 망자를 위로할 시간이 없었다. 시남이 목멱산에 남아 그의 시신을 땅에 묻고 있을 터였다. 원향은 빌고 빌 뿐이었다. 신령님, 용서하소서, 사람의 목숨을 앗은 이가 만백성 살리겠다고 다시 굿판을 벌이오, 용서하소서. 불현듯 원향은 목덜미에 거대한 숨결을 느꼈다. 까슬까슬한 것이 목덜미에 솟아나는 듯했다.

원향이 보기에 굿상은 미흡했으나 마음은 가득했으므로 그걸로 되었다. 사과와 배, 참외가 앞줄 중앙에 진설되었고, 그 뒤로 술석 잔이 바쳐졌다. 떡시루는 가장 가운데에 놓여 있고 그 위에 칠성화가 피어났다. 떡시루 뒤에 향로와 두 개의 양초, 밥 한 공기와 정화수 한 그릇이 놓였다. 희재가 다섯 색깔의 깃발을 이은 오방신장기를 전각에 매달았다. 파란 깃발은 동쪽의 장군신, 흰 깃발은 서쪽의 제석신, 빨간 깃발은 남쪽의 성수신, 검은 깃발은 북쪽과 서낭신, 노란 깃발은 중앙과 조상신을 의미했다. 무녀들이 궤짝에서 북과 장구를 챙기고 무복을 꺼내어 입었다.

원향도 무복을 펼쳤다. 소담 부인에게서 받은 하랑의 무복이었다. 붉은 철릭을 입고 붉은 꽃갓을 썼다. 하랑의 무복을 입고 하랑의 넋을 건져야 하는 것이 기막혔다. 무복과 집 잃은 성수방울 세 개만이 물 위로 떠올랐다 했다. 하랑의 육신은 온데간데없었다 했다. 하랑의 넋이라도 건지려 하였으나 관아에서 모화루를 내어주지 않았다. 기우제를 하던 도중 만신이 물에 빠져 죽었다는 소문이 돌자 민심이 걷잡을 수 없이 흉흉해졌다. 잔뜩 놀란 관아에서 모화루를 폐쇄하고 출입을 엄금한다는 명령을 내렸다. 하랑의 신딸들이 황해도의 굿당에서 넋건지기 굿을 했으나 끝내 하랑의 혼령을 만날 수 없었다. 하랑은 그렇게 모화루의 검은 물 아래로 침잠해 들어가 십팔 년의 세월을 보냈다.

원향은 모화루의 연못 속에 잠겨 있을 하랑을 생각하며 정성들여 의례를 준비하기 시작했다. 쌀을 담은 놋그릇 속에 삼혼구

백三魂九伯이라 쓴 종이 위패를 넣었다. 뚜껑을 닫고 물이 들어가지 않도록 잘 봉한 다음 놋밥그릇을 소지종이로 아홉 번 쌌다. 무명 한 필을 길게 늘어뜨려 끝을 둥그렇게 묶고 나서 밥그릇을 넣고 돌을 달았다. 오목한 조리도 함께 매달았다. 무녀 여섯은 연못 앞에 섰다. 진득한 근기가 흘렀다. 오방신장기는 바람에도 펄럭이지 않았다. 풀벌레 소리조차 묵직했다. 모두들 말이 없었다. 계화와 소율이 신을 청하기 위해 쇳소리와 북소리를 내기 시작했다. 북소리는 사방으로 퍼져가는 대신 연못 속에 무겁게 가라앉았다. 하랑의 방울 세 개가 딸랑, 소리를 냈다. 원향은 무명천을 연못 속으로 힘껏 던졌다. 무명천은 휘익 물 위로 하얀 길을 만들더니 이네 물속으로 서서히 가라앉았다. 수탉도 연못으로 던졌다. 꼬꼬댁, 하며 수탉이 연못 물 위에 앉았다. 원향은 무가를 부르기 시작했다. 수중고혼 모화루에서 간 망자, 산 닭을 타고 나오라고 넋을 건지는 굿을 하며 하랑 만신을 찾으니, 용신 길에서 닭을 타고 육지로 나오시오. 징구 소리 나는 굿정으로 오시와 제물 받고 신발 신고, 물결 따라 축원 받아 육지로 나오시오…….

원향은 쌀말에 꽂아둔 넋대를 내려서 잡고 춤을 추기 시작했다. 두 손을 위아래로 엇갈리며 올렸다 내렸다 하다가, 몸 전체를 앞뒤로 굴리더니 제자리에서 뛰기 시작했다. 그러더니 왼쪽으로 원을 그리며 빙빙 돌기 시작했다. 연풍돌기 하며 빠르게 돌아가는 원향의 몸이 빨간 나비 같았다. 망자를 못 잊은 우리 무녀들, 영혼이라도 만나볼까 간절히 기다리며 넋을 골고루 찾으니, 늦기 전에

이 소리 듣고 모든 용신님들 물속의 용신귀 영산들이 나오도록 길을 터주시오. 하랑님 나오시오, 하랑님 나오시오, 하랑님 부디 나오시오. 원향의 연풍돌기가 거세졌다. 검은 연못에 원향이 입은 철릭의 주름 같은 물결이 일어났다. 그 순간 원향의 정수리가 이글거리기 시작했다. 익숙한 고통, 처음 느끼던 순간부터 원향의 것 같았던 그 고통, 어떤 시간과 역사를 담고 침잠해 있다가 불현듯 뜨거워지곤 하던 그 고통. 뜨거움이 정수리를 타고 얼굴로, 가슴으로, 사지로 흘러내렸다. 별들이 쏟아졌다. 신령의 세계가 열렸다. 원향 앞에 하랑의 세계가 펼쳐졌다. 하랑이 보였다. 원향은 눈앞에 펼쳐진 세상을 보고 알 수 있었다, 느닷없이 정수리가 이글거리곤 했던 이유, 자신의 것인 양 친숙한 고통의 시원, 고통이 담고 있던 시간의 의미. 머리에 화로가 놓여 있었다. 하랑 만신은 화로를 이고 있었다…….

화로에 숯불이 벌겋게 달아올라 있었다. 숯불은 연기와 열기를 내며 화로를 지글지글 태우고 있었다. 주위를 둘러보았다. 하랑은 물이 말라버린 모화루 연못 속에 홀로 있었다. 붉은 철릭 위에 두꺼운 솜옷을 입었다. 땀인지 눈물인지 모를 것이 쉴 새 없이 하랑의 얼굴로 흘렀다. 하랑의 발아래에는 질척거리는 진흙만이 흥건했다. 연못 주위로 수많은 사람들이 하랑을 바라보고 있었다. 붉은 철릭을 입은 소담이 보였다. 얼굴은 흐릿했지만 울고 있었다. 다른 서너 명의 무녀들도 얼굴을 일그러뜨리며 울고 있었다. 갓을 쓴 양반들과 관복을 입은 관리들이 보였다. 그 주위로 흰 옷을 입은 젊고 늙은 백성들이 보였다. 수백 수천의 사람들이 하랑의 고통스러운 모습을 지켜보고만 있었다. 하랑의 고통이 그들에게 옮겨지지는 않은 듯했다. 그중 거적데기 같은 옷을 걸친 마른 사내가 소리쳤다. 그의 소리가 원향의 마음으로 들렸다. 무녀를 처벌하라, 무녀를 괴롭히라. 그 사내의 목소리에 몇 사람의 목소리가 더해졌다. 무녀를 폭로시켜라, 더 뜨겁게 괴롭히라, 하늘이 불쌍히 여겨 비를 내려줄 것이다…… 몇 사람의 외침이 함성이 되는 데 찰나의 시각밖에 걸리지 않았다. 하랑을 둘러싼 모든 사람이 소리치기 시작했다. 젊고 늙고 할 것 없이, 관리이거나 백성이거나 신분의 높고 낮음을 가릴 것 없이, 남정네이거나 아녀자이거나 구별 없이, 조선의 모든 사람이 하랑에게 소리쳤다. 무녀를 태워라, 무녀를 처벌하라, 신령한 힘을 태만히 했다, 무녀를 폭로시켜라, 무녀를 태워라, 비를 내려줄 것이다…….

폭로였다, 능욕이었고 학대였다. 하랑은 용을 부릴 줄 아는 힘을 가졌다는 이유로 폭로를 당하고 있었다. 무더운 날 솜옷을 입고 화로를 머리에 이고서 혹독한 고통을 견디고 있었다. 백성들은 하랑에게 분노하고 있었다. 물을 말려버린 한발에 분노하고 비를 내리지 않는 용신에 분노하고 있었다. 벼가 말라가고 우물물이 바닥을 보이는 공포의 시간들, 굶어 죽은 자식을 땅에 묻은 그 슬픔의 시간들, 어미를 버리고 아비를 죽이던 분노의 시간들이 하랑에게 표출되고 있었다. 신이한 힘을 가졌다는 이유로 뭇사람들에게 존경받던 특별한 만신 하랑이 가장 처참하게 능욕당하고 있었다.

사람들을 두렵게 했던 하랑의 신이함이 분노를 불러왔다. 배앓이가 멈추지 않아 굿을 해주었던 묵돌이 아비가, 역질로 죽은 할비의 원혼을 고이 달래 저승으로 보내주었던 막둥이 어미가, 아들을 낳지 못해 쫓겨나 걸인으로 죽은 할미의 오귀굿을 해주었던 응삼이네가, 하랑 만신 덕에 발 뻗고 잠드오, 하며 좋아하던 만백성이 벌건 눈을 부라리며 하랑을 욕보이고 있었다. 백성들은 하랑이 고통스러울수록, 해갈이 될 것이라는 희망을 보았다. 하랑의 고통이 커질수록 백성들의 희망 또한 커져갔다…….

원향은 화로를 이고 서 있었던 하랑의 마음을 읽었다. 그것은 살을 태우고 뼈를 관통하는 뜨거운 고통이 아니었다. 물이 말라버린 세상에 대한 분노를 혼자 짊어진다는 원망도 아니었다. 고통도 원망도 아닌 그것은 외로움이었다. 쓸쓸함이었다. 누구도 대신해 줄 수 없는 일, 누구도 가지 않은 길을 홀로 가야만 하는 크고 강한 만신의 외로움이었다. 하랑은 울었다. 외롭고 쓸쓸해서 울었다. 세상의 모든 어둠을 껴안은 자의 담대함 속에서 하랑은 울었다. 허나 쓰러지지 않았다. 신령이 함께하고 있었고 하늘이 함께하고 있었다. 하랑의 머리카락에 불이 붙기 시작했다. 불붙은 머리카락이 얼굴로 흘러내렸다. 눈썹이 가느다랗게 타올랐다. 하랑의 얼굴에서 연기가 나고 곧 불길이 일었다. 진득한 것이 옷에 흘러 솜옷이 타올랐다. 붉은 철릭이 붉은 불길을 일구면서 타올랐다. 하랑의 몸 전체가 타오르기 시작했다. 사람들은 더욱 격해졌다. 벌건 눈이 더욱 벌게졌다. 달아오른 목소리가 화로처럼 활활 타올랐다. 무녀를 처벌하라, 무녀를 폭로시켜라, 무녀를 태워라, 더 뜨겁게 태우고 태워라…….

그때 우르르 쾅쾅, 천지를 진동하는 천둥소리와 함께 쏴 하고 비가 내렸다. 하랑이 홀로 서 있는 모화루 연못부터 비가 왔다. 강하고 큰 비였다. 이어 하늘은 온 세상을 적시는 비를 내렸다. 단비였다. 금비였다. 사람들은 함성을 질렀다. 하늘에서 내리는 생명수를, 먹고 마시고 받았다. 얼싸안고 뛰고 어깨동무하고 춤을 추었다. 하늘은 과연 제 몸 하나로 사람들의 분노를 고스란히 받고 있는 하랑을 불쌍히 여긴 것이었다. 사람들의 무리와는 섞일 수 없는, 특별해서 외로운 하랑을 껴안은 것이었다. 하늘은 모화루 연못에 유독 큰비를 내렸다. 연못이 순식간에 차오르기 시작했다. 하랑의 다리로 허리로 어깨로 빗물이 차올랐다. 하랑은 미동도 하지 않았다. 연못 밖으로 나올 생각을 애초 하지 않은 듯했다. 소담은 하랑에게 나오라 악을 썼다. 무녀 몇이 연못 속으로 뛰어들었다. 허나 이미 연못의 물은 사람 키를 넘고 있었다. 누구도 연못 가운데에 있는 하랑에게 다가가지 못했다. 하랑의 얼굴이 잠겼다. 입술과 코, 눈, 머리, 화로까지 모두 잠겼다. 지직, 하고 숯불 꺼지는 소리와 연기가 났다. 연기마저 곧 사라져버렸다…….

끼이이익. 원향의 목덜미에서 비늘이 섰다. 뿔이 솟고 꼬리가 활개 치고 날개가 펼쳐졌다. 용이 깨어났다. 용은 큰 울음을 울며 연못을 돌아 하늘로 솟구쳤다. 솟구쳤다 내리꽂히고 다시 솟구치기를 되풀이했다. 우르르 쾅쾅, 마른하늘에 천둥소리가 울려 퍼졌다. 세상으로부터 내쳐진 여인들의 원혼이 천둥소리를 타고 넘실 댔다. 용이 불길을 뿜었다. 세상을 집어삼킬 불이었다. 하랑을 향한 만백성의 분노에 맞서, 더 크고 깊은 분노를 세상에 되돌려주었다. 거대하고 기다란 꼬리를 내리치며 세상을 향해 돌진했다. 세상의 종말을 부르는 몸짓이었다. 도성을 태워버릴 큰불 이후 세상을 쓸어버릴 큰비를 부르는 춤이었다. 무녀들은 장구를 두드리며 격렬하게 춤을 추었다. 계화와 어진, 진덕과 선덕, 소율이 연풍돌기를 하며 하랑을 불렀다. 멈출 수 없는 가락을 타고 여섯 무녀가 연못으로 흘렀다. 붉은 철릭이 팽 돌았다. 붉은 꽃갓이 흔들렸다. 오방신장기가 휘날렸고 방울 소리가 요란했다. 만월의 빛이 춤을 추는 여섯 명의 무녀들을 비추었다. 선녀인 듯 혼신인 듯 바리데기인 듯 당금애기인 듯 이 세상 사람이 아닌 듯 보였다. 이들 가슴속의 염원이 연못 위에서 덩실거렸다. 원향이 춤을 멈추고 무명줄을 잡아당기며 하랑님 빨리 나오시오, 라고 소리쳐 불렀다. 계화의 북이 둥둥 울었다. 여섯 명의 무녀와 무구가 모두 울었다. 무녀들은 무명줄을 잡고 흔들며 하랑 만신의 넋이 건져지기를 애원했다. 하랑님 부디 나오시오, 이제 나오시오, 그 어둡고 습한 곳에서 나오시오, 그 외롭고 쓸쓸했던 곳에서 나오시오, 당신의 외로움을 우리 부녀들이 함께할 것이니 제발 나오시오…….

수탉이 사라졌다. 물속으로 잠기었다. 무명천은 연못 속에 뿌리를 박은 수초처럼 쉬이 거두어지지 않았다. 무녀들이 모두 달려들어 무명천을 잡아당겼다. 알 수 없는 근기가 원향의 마음에 무겁게 내려앉았다. 열 필 무명천 끝에 매달았던 밥그릇 뚜껑을 열어 보았다. 머리카락이 있으면 넋이 건져진 것이었다. 허나 없었다. 머리카락 한 올 보이지 않았다. 하랑의 넋이 왔다는 흔적은 없었다. 원향의 어깨가 늘어졌다. 왜 아니 오시는 겁니까? 우리의 치성이 못 미더우신 것입니까? 우리의 꿈이 헛된 것입니까? 아직 끝나지 않은 것이옵니까? 원향은 연못의 검고 완고한 물에 물었다.

그때, 전각 쪽에서 검은 형체가 어른거렸다. 연못으로 다가왔다. 저벅저벅 발소리에 힘이 들어차 있었다.

―무엇을 하시오?

정원태였다. 그 뒤로 황회와 정호명이 따르고 있었다.

원향은 몸을 곧추세웠다. 무녀들이 원향 주위로 모여들었다. 북소리가 뚝 끊어진 모화루 연못이 더욱 검어졌다. 바람에 펄럭이던 오방신장기도 움직임을 멈추고 뚝 처졌다.

―예서 무얼 하시냐고 묻질 않소.

―보면 모르오. 굿판을 벌이고 있지 않소.

―누구를 위한 굿판이오, 무엇을 위한 굿판이오.

정원태는 물러서지 않겠다는 기세로 원향에게 따져 물었다. 원향은 어둠 속에서 번뜩이는 정원태의 눈빛을 보았다. 살기가 느껴졌다.

―거사에 필요한 일이오. 당신의 일이 아니오.

―거사에 필요한 일이 왜 내 일이 아니오? 누구를 위해 굿을 하오? 어서 말하시오!

정원태가 원향에게 다가왔다. 그의 몸이 부풀어 오르고 있었다. 허나 원향은 무섭지 않았다. 다만 저어될 뿐이었다. 어서 하랑의 넋을 건져야 할 터인데, 십팔 년 동안 검은 물속에 갇힌 원혼을 자유로이 해주어야 할 터인데, 그것만이 저어될 뿐이었다. 황회가 정원태의 어깨에 손을 올려 두 번 두드리고는 원향 앞에 섰다. 황회는 어진과 계화의 얼굴을 번갈아 바라보다 다시 원향에게 눈을 돌렸다. 물음이 많은 얼굴이었다. 원향은 마음이 쓰였다. 아비가 떠올랐다. 황회에게만은 시름을 주고 싶지 않았다. 허나, 어쩔 수 없었다. 그와 함께 갈 수 있는 길이 아니었다. 어차피 갈라서야 할 길이었다. 때가 지금이라면, 피할 수 없었다.

　―만신이오. 용을 부리는 힘을 구함이오.

　―부인, 용을 부리는 건 부인의 힘으로 충분하오. 송화에서 그리했잖소? 비를 오게 하려면 기우제를 해야 할 것을 왜 넋건지기 굿을 하는 것이오? 무슨 뜻이 있는 게요?

　황회는 어르는 말투가 되었다. 비에 젖은 원향에게 도롱이를 씌워줄 때의 눈빛이었다. 원향은 약해지는 마음을 다잡았다. 일부러 뚱한 소리를 내었다.

　―당신이 관여할 바가 아니오, 우리의 일이오.

　―우리? 우리가 누구요? 부인의 우리는 누구냔 말이오? 여환을 따르는 우리 무리가 당신의 우리가 아니오?

　정원태가 쇳소리를 냈다. 금방이라도 원향에게 달려들 기세였다. 희재가 정원태를 막아섰다. 두 사람의 단단한 몸이 서로의 앞

길에 버티었다.

―대관절 이 사내는 뭐 하는 사람이오? 왜 부인을 따라다니오? 무녀의 기둥서방이라도…….

희재가 정원태의 얼굴을 후려갈겼다. 순식간이었다. 정원태는 갑작스러운 손찌검에 잠시 넋이 나간 표정을 짓더니 곧 희재에게 달려들어 멱살을 잡았다. 황회가 둘을 떼어놓으려다 뒤뚱거리며 넘어졌다. 정호명이 정원태의 팔을 잡고 겨우 떼어놓았다. 굿판이 난장판으로 변해가는 것을 무녀들은 좋인 마음으로 지켜보고 있었다. 거칠게 숨을 몰아쉬는 사내들에게 원향이 말했다.

―비가 오게 하려면 이 굿을 해야 하오, 넋을 건져야 하오. 허니 그만들 물러가시오.

―무슨 꿍꿍이가 있는 게요? 부인은 처음부터 우리와 뜻을 온전히 하지 않았소, 난 그걸 알았소. 텅 비어 있는 얼굴에 무얼 감추고 있는 것이오? 부인의 신령은 의뭉하질 않소?

정원태가 씩씩거리며 소매로 입을 닦으며 말했다. 원향의 정수리가 이글거리기 시작했다.

―입을 닫으라, 너 따위가 입에 올릴 신령님이 아니시다. 노린내 나는 입을 닫으라, 불순한 네가 관여할 일이 아니란 말이다.

황회가 원향의 팔을 잡았다. 원향은 이제 건너올 수 없는 강을 건넜다는 것을 알았다. 황회의 주름살이 깊어졌다. 원향은 모른 척했다.

―미륵의 세상을 열어 우두머리를 차지하려는 네 마음을 내 모

를 줄 알더냐. 그런 탐욕으로 거사가 이루어질 것 같으냐?

　―뭐라? 실성을 한 것이냐, 아님 이제야 본색이 드러나는 것이냐. 탐욕? 불순? 그래, 고작 관아의 심부름이나 하는 내가 미륵의 세상에서 군관도 되고 훈련대장도 되려 한다, 귀한 사람이 되어 만백성을 호령하면서 살아보려 한다, 그게 어쨌다는 것이냐? 네 마음은 얼마나 고결한 것이더냐?

　―누구 한 몸 귀하게 하려고 용을 쓰는 것이 아니다, 칼을 품고 세상을 호령하게 하려고 기를 쓰는 게 아니란 말이다. 우리 뜻은 그것이 아니다. 우리의 미륵은 그리 이르지 않으신다.

　―오호라, 너의 미륵은 뜻이 다르다는 게지. 실토하는구나, 너의 미륵을 따른다는 것을, 우리의 미륵을 따르지 않는다는 것을.

　―칼을 못 쓰게 한 것도 다른 뜻이 있었던 게요? 어제 내린 비로 삭녕이나 장포 사람들이 한탄강을 건너지 못하게 한 것도 그런 게요? 부인의 미륵을 세우기 위한 것이었소?

　정원태의 뒤에 서 있던 정호명이 원향에게 물었다. 대답은 황회가 했다.

　―이 사람들아, 미륵은 하나일세, 너의 미륵, 나의 미륵을 분별하는 것이 어리석네.

　―황 지사님 말씀이 하늘님 말씀이오. 헌데 미륵은 하나라면서 부인은 왜 우리와 뜻을 함께하지 않는 거요? 용신을 부려 비를 내리게 하는 것이 용녀 부인의 일이오. 헌데 다른 일을 꾸미고 있소. 거사가 이루어질 리가 없지 않소? 날선 무기를 갖추는 것보다 구

름과 비를 조정하는 용녀가 있으면 된다 하여, 칼을 쓰는 계획을
접지 않았소? 무리를 기망하였소.

정호명은 감정을 격하게 드러내지 않은 채 말하고 있었다. 그의
노여움이 거칠게 쏟아져 나올 때가 차라리 나은 일이었다. 정호명
의 가슴에서 원향에 대한 원망이 가라앉고 가라앉아 순도 높은 살
의의 의지로 날 서고 있었다. 황회는 두려웠다. 원향의 뜻이 두려
웠고 정호명과 정원태의 의지가 두려웠다. 이 모든 걸 감내해야
할 여환의 시름이 두려웠다.

—칼을 쓰고자 하는 욕망이 눈을 가려 앞 못 보는 자와 같다. 왜
자신들의 어리석음을 탓하지 않느냐? 보이지 않는 것을 볼 수 있
는 눈을 가진 것이 본래 사람이거늘, 왜 그 신이함을 외면하느냐?
하여 일을 그르친 후에나 깨닫는 그저 예사로운 사람이 되려는 것
이냐? 예사로운 욕망이 사람을 망친다, 하여 온전히 신령님을 받
잡으라 그리 일렀건만.

—신령은 네게만 깃든다더냐? 네 신령이 가장 세다더냐? 어디
비를 내려보아라, 어서 비를 내려 네 신령의 힘을 보여라.

—입을 닫으라.

—그깟 신령, 비도 못 내리는 신령이 무슨 대수냐, 무에 두렵
더냐.

정원태는 그깟 신령, 하면서 연못 앞에 차려진 제물을 발로 차
고 제단을 엎기 시작했다. 쌀그릇이 엎어져 땅바닥으로 쏟아져 싸
락눈이 내렸다. 그 위로 사과와 배가 나뒹굴며 흙옷을 입었다. 계

화와 어진이 정원태에게 달려들었다. 정원태가 두 사람의 어깻죽지를 거칠게 밀어냈다. 계화가 아악, 비명을 지르며 어깻죽지를 감싸 안고 쓰러졌다. 희재가 정원태를 막아섰다. 정원태가 희재의 얼굴을 주먹으로 쳤다. 희재가 머리를 들이밀어 정원태의 가슴팍을 쳤다. 두 사람은 엎치락뒤치락했다. 정호명이 엉켜 있는 두 사람에게 달려들었다. 원향도 정원태의 등 뒤로 가 허리를 잡아끌었다. 정호명이 쇠같이 단단한 팔을 휘두르며 원향을 밀쳐냈다. 원향이 뒤로 나자빠지면서 연못 속으로 텀벙, 빠졌다. 검은 물속으로 가라앉으면서 원향은 무녀들이 소리치는 것을 들었다. 제단의 칠성화가 불타올랐다. 희재가 밤새 만든 신화였다. 모란꽃에 붙어 있던 노란 나비가 하늘로 날아올랐다. 별들이 우수수 쏟아졌다.

*

온통 검었다.

별들이 쏟아져 내린 후의 밤하늘 같았다. 어둠이 아가리를 벌리고 원향을 집어삼키고 있었다. 아가리 속의 더 검은 어둠이 원향을 맞았다. 원향은 그대로 있었다. 어둠이 원향의 몸을 집어삼키는 것을 가만히 지켜보고 있었다. 원향의 몸으로 깊이깊이 어둠이 스몄다. 원향은 스스로 어둠이 될 때까지 가만히 있었다. 가차 없고 냉혹한 어떤 것이 원향을 기다리고 있는 것 같았다. 처음 작두에 올라설 때 칼날의 느낌이 그러했다. 한 치의 부정함도 용납하지 않는 서슬, 신에 대한 한 방울의 의심이라도 베어버릴 칼날 위에 섰을 때의 느낌이었다. 원향은 내림굿의 막판에 작두에 올랐다. 신어머니는 물이 든 큰 통 위에 상과 쌀통을 얹어 칠성단을 만들었다. 그 칠성단 위에 시퍼런 작두를 두 개 나란히 올려놓았다. 오방신장신이 강림한 후였다. 흰 버선을 벗고 흰 발을 작두 칼날 위에 내딛었을 때 원향은 이미 신의 세계에 있었다. 원향이라 여기는 모든 것들이 산산이 부서졌다. 원향은 죽어 없어졌다. 스스로 죽지 않고는 죽은 자를 볼 수 없었다. 하여 원향은 자신을 죽이고 신을 살렸다. 산 자가 죽은 자가 되었다. 죽은 자가 산 자의 몸에 들어왔다. 산 자는 한 방울의 의지도 갖지 않은 채 오직 죽은 자만을 의탁했다. 신의 딸이고 신의 사람임을 믿어 의심치 않고 칼날 위에 섰다. 신어머니는 작두날을 날카롭게 갈았다. 날카로울수록 신의 영검으로 발이 베이지 않는다 했다. 종이 한 장, 머리카락 한 올조차 허용하지 않는 그 칼날 위에 올랐다. 산 자와 죽은 자가 겹쳐지는 찰나의 칼날 위에 섰다. 원향의 몸이 날아오를 때 하늘과 바다와 허공이 깊어지고 뒤엉켰다. 원향은 끝 모를 허공으로 비상했다.

딸랑딸랑, 방울 소리가 울렸다. 눈을 떴다. 딸랑딸랑, 어디서 들리는지 모를 방울 소리가 끊임없이 울렸다. 방울이 울리자 어둠이 서서히 걷히기 시작했다. 원향은 방울 소리를 따라가기 시작했다. 사방에서 울리는 듯했지만 소리의 시작을 가늠할 수 있었다. 소리가 방울이 있는 곳을 알려주었다. 원향은 소리를 따라갔다. 소리가 원향의 길을 터주었다. 여인이 있었다. 원향을 기다리고 있었다. 원향의 꿈에 나오던 그 모습이었다. 하늘하늘 흰 속곳이 나부꼈다. 흰 저고리가 눈부셨다. 여인의 손에 성수방울이 들려 있었다. 구슬 세 개가 빠져나간 자리가 휑했다. 그래도 방울은 딸랑, 하고 잘 울렸다. 여인의 머리에 화로가 있었다. 화로는 여전히 벌겋게 타오르고 있었다. 머리카락이 녹아 얼굴에 달라붙었다. 이마가 녹아 허물어지고 있었다. 진득한 물이 흐르고 매캐한 냄새가 났다. 하랑.

하랑은 눈을 뜨고 있었다. 원향을 바라보았다. 크고 깊고 부드러운 눈빛이었다. 열락과 지복의 얼굴이었다. 원향은 놀랐다. 불타오르는 육신에 어찌 저런 눈빛을 하고 있단 말인가. 죽음에 몰린 고통에 어찌 저런 얼굴을 하고 있단 말인가.

—너는 죽었다.

하랑이 말했다. 당연한 일인 듯 싶었다. 하랑은 죽어야 만날 수 있는 이였다. 하여 원향은 죽었다.

—너는 죽었다. 허나 다시 살아날 것이다. 그 전에 죽어야 했다. 크고 강한 내 딸, 원향아.

—죽는 것은 두렵지 않사옵니다. 어찌 죽는가가 문제일 뿐.

—너는 소생한다. 할 일이 있다.

—무녀의 세상을 열 것이옵니다.

—그렇다. 너는 그리할 것이다.

하랑은 크고 깊고 부드러운 눈빛으로 원향을 어루만졌다. 한기가 사라지고 원향의 몸이 가볍고 따뜻해졌다.

　―만신의 세상을 열 것이다, 너만의 방편으로 그 세상을 열어젖힐 것이다. 지금의 방편은 너의 것이 아니다.

　원향은 잘 알아들을 수가 없었다.

　―너의 방편을 찾아라, 그것이 너의 소명이다.

　―하랑님의 넋을 건져야 합니다. 그것이 저의 앞선 소명입니다.

　―크고 강한 내 딸아, 나의 넋을 건지지는 못할 것이다.

　―넋을 건지도록 해주십시오. 억울한 죽음을 맞이한 하랑님의 원혼을 위로하게 해주십시오, 간절히 원하옵나이다.

　―그래, 너는 그리 생각한다. 내가 억울하게 죽어 원혼이 되었다고 생각한다.

　―아니라는 말씀이신지요?

　―나를 보아라, 내 낯빛을 보아라. 내가 슬퍼 보이느냐? 원통해 보이느냐?

　원향은 하랑의 얼굴을 찬찬히 보았다. 어디에도 슬픈 기색은 없었다. 원통해 보이지 않았다. 열락과 지복의 얼굴, 부드러운 눈빛이 다시금 놀라웠다.

　―나는 슬프지 않다, 억울하지 않다. 나는 나의 죽음을 선택했을 뿐이다, 나답게 죽는 길을 갔을 뿐이다. 그것뿐이다.

　―믿기지 않사옵니다, 믿을 수 없사옵니다. 저는 보았습니다. 하랑님의 마지막 모습을. 사람들의 분노를 한 몸에 받고 불타오르던 모습, 쓸쓸함, 그리고 큰비. 어떻게 억울하지 않을 수 있습니까,

어떻게 슬프지 않을 수 있습니까.

—그것이 만신이다. 그것이 크고 강한 만신의 마음이다. 사람들 마음의 어둠과 세상의 그림자를 끌어안고 죽을 수 있는 이, 그이가 만신이다. 나는 그렇게 죽었고 내가 죽을 길을 이룰 수 있어 기쁘다. 복된 것이다. 슬픈 것이 아니다.

원향의 목덜미에 거대한 숨결이 다시 느껴졌다. 마음이 울렁거리기 시작했다.

—살아 있는 자들은 아니옵니다. 하랑님은 복된 일이라 하시지만 우리는 아닙니다. 하랑 만신의 죽음은 하랑님만의 것이 아닙니다. 하랑님이 죽을 길을 선택했고 그 선택에 온당한 기쁨을 누린다고 해서 그 죽음이 기쁘게 기억되어야 하는 것은 아닙니다. 그 죽음을 하랑님만의 것으로 만들지 마시오. 그 죽음은 우리 무녀들의 것이기도 합니다.

—내 딸아, 화가 났구나.

원향은 하랑이 자신을 놀리고 있다고 생각했다. 하랑이 일부러 짓궂게 말을 건다 여겼다.

—하랑님에게 솜옷을 입히고 화로를 얹히고 불타게 하고 죽게 했던 이들을 잊어버리신 겁니까? 저는 보았습니다. 홀로 죽어가는 하랑님의 모습을. 하랑님은 그저 한 사람의 만신이 아니라 죽음으로 몰린 숱한 무녀들이었고 여인의 몸으로 쓰이다 죽임 당하는 이들이었습니다. 저는 그들의 원혼을 풀어주고 싶습니다. 무녀를 겁박하는 세상을 뒤엎고 싶습니다. 다시는 그렇게 무참히 죽어

가는 무녀들이, 참혹하게 내쳐지는 여인들이 없는 세상을 만들고 싶습니다.

—그래, 그리할 것이다. 너는 그리하고도 남음이다.

—헌데 왜 복된 일이라 하십니까? 왜 슬프지 않다 하십니까?

—내 딸아, 나는 죽음에 내몰린 것이 아니라 죽음으로 걸어간 것이다. 네가 죽을지도 모르는 길로 성큼성큼 걸어가는 것과 같다. 사람들이 나를 죽음으로 내몬 것이 아니었다. 만신의 고통은 사람들이 주는 것이 아니다, 신이 주는 것이다. 신이 주는 그 고통을 견뎌야 하는 것이 만신이다, 죽을 만큼의 고통이 만신을 기른다, 하여 만신이라면 그렇게 죽어야 한다고 나는 생각했다.

—하랑님을 폭로시킨 자들은 어찌합니까? 무녀들을 천히 여기는 자들은 어찌합니까? 우리에게 신령을 빼앗으려는 자들은 어찌합니까?

—그들이 네게서 신령을 빼앗을 수 있다고 여기느냐? 하늘이 준 신이한 능력을 사람들이 앗아갈 수 있다고 여기느냐? 그들이 너를 천히 여긴다고 하여 네가 천한 이가 된다고 진정 믿는 것이냐?

—저는 천한 몸이 아닙니다.

—헌데 왜 그들을 저어하느냐? 왜 그들을 원망하느냐? 그들은 네게서 무엇도 빼앗을 수 없다, 그들은 내게서 무엇도 빼앗을 수 없었다. 나는 크고 강한 만신이다, 죽어간 그날도 죽은 지금도.

원향의 울렁거림이 서서히 잦아들었다.

─하랑님의 넋을 건지도록 해주십시오, 강한 용녀의 힘을 주십시오.

─나의 넋은 건질 수 없다. 없는 것을 어찌 건지겠느냐? 나의 넋은 연못에 있지 않다.

─대체 어디에 계시옵니까?

─모르겠느냐? 나는 네 안에 있다. 무녀들 안에 있다. 여인들 안에 있다. 네가 곧 하랑이다, 네가 곧 앞서간 숱한 무녀들이다. 우린 하나이다, 둘이어 본 적이 없다, 원향아.

하랑은 들고 있던 성수방울을 원향에게 건넸다. 원향은 방울을 받아들었다. 가슴께에 간직하고 있던 쇠구슬 세 개를 꺼냈다. 성수방울의 빈자리에 쇠구슬을 맞춰 넣었다. 꼭 맞았다. 방울이 딸랑, 하고 더 깊은 소리를 냈다.

─너의 소명을 찾아라. 너의 방편을 찾아라.

─방편이라 하시면, 소명이라 하시면.

─그렇다. 복수는 너의 방편이 아니다. 원망과 분노가 너를 지배하도록 두어서는 아니 된다. 숱한 원한과 분노를 품은 용이 너를 집어삼키도록 두어서는 안 된다. 용은 부리는 거라 하지 않았더냐? 잊었느냐? 대우경탕은 일어나지 않을 것이다, 큰비는 오지 않을 것이다. 너의 방편이 아니었기 때문이다. 너의 것이라 여겼지만 너의 것이 될 수 없었다. 나를 빌려 너를 구하지 마라. 너는 본래 너이니라, 하여 너는 나이니라. 이제 나를 떠나라, 나를 보내라. 나의 죽음이 너의 오늘이다. 너의 하늘을 열어라.

하랑의 몸을 어둠이 감쌌다. 하랑이 어둠이 되었다. 원향의 성수방울이 딸랑, 하고 세 번을 울렸다. 원향은 눈을 감았다.

큰비

무진년 7월 15일 아침 5시

여환은 천불산의 미륵바위 앞에 섰다. 새벽이슬에 젖은 상연한 풀냄새에 서성이던 마음이 다독거려졌다. 미륵바위를 보자 어미를 만난 것처럼 반가웠다. 길 떠나온 고단한 자신을 바위가 안아줄 것만 같았다. 바위에 다가섰다. 하늘로 치솟은 미륵을 바라보았다. 미륵은 가만히 여환을 내려다보았다. 여환은 놀랐다. 미륵이 두 눈을 부릅뜨지 않았다. 노여워하지도 않았다. 울음도 그쳤다. 노여워하지만 울음 우는 미륵이 아니었다. 미륵의 얼굴이 텅 비어 있었다. 누구의 감정도 담지 않은 아무것도 아닌 얼굴이었다. 마치 원향의 얼굴처럼 보였다. 비에 젖은 풀냄새 대신 마른 장작더미가 타오르는 매캐한 냄새가 밀려왔다. 여환은 숨을 쉴 수가 없었다. 컥컥거리며 잠에서 깼다.

식은땀이 났다. 여환은 이부자리를 걷고 일어났다. 텅 비어 있는 미륵의 얼굴이 낯설었다. 여환이 알던 미륵이 아니었다. 여환에게 계시를 내리던 미륵이 아니었다. 그 바위는 누구의 미륵이란 말인가? 지복을 누리려는 중생을 위해 출세하는 미륵은 누구의 미륵이란 말인가? 여환은 불안했다. 자기가 모르는 무슨 일이 일어나고 있는 것만 같았다. 꿈속의 매캐한 냄새처럼, 손에 잡히지 않지만 분명 있는 무언가가 자신을 겁박하는 것만 같았다. 만일 그렇다면 그건 원향과 관련 있을 것이었다. 불안했다.

방 안의 마른 기운에서 비가 오지 않음을 알았다. 방문을 열어보았다. 한양의 하늘은 시치미를 떼고 있었다. 비 한 방울 내리지 않았다. 비가 오지 않았고, 올 것 같지도 않았다……. 여환은 성마른 하늘을 바라보았다. 빗자루로 구름을 쓸어버린 듯 투명하기만 했다. 먹구름은커녕 목화솜 잔털만큼의 구름도 없었다. 퍼렇고 광활한 허공, 하늘빛이 저렇게 무심했던가 싶었다. 하긴 그랬다. 하늘은 늘 무심한 낯빛이지만 그걸 보는 사람들이 부심치 않은 것이었다. 오늘 여환은 무심한 하늘의 낯빛에서 자신의 조바심을 읽고 있었다. 무심할 수 없는 스스로가 기이하게 여겨졌다. 하늘 어디에도 비가 예비되어 있다는 기색은 없었다. 허나 날이 밝은 지 얼마 되지 않았고 하루해가 긴 여름이니, 큰비가 올지 그렇지 않을지 예단하기는 아직 일렀다. 미륵의 예지가 적절하지 않은 적은 없었다. 원향의 용 부리는 신이한 능력도 제 눈으로 확인한 터였다. 치재를 올렸고 환도와 군장까지 준비되었으니 모든 것이 갖추어졌다. 하여 큰비가 오는 것을 의심해본 적은 없었다. 큰비는 올 것이고 도성은 휩쓸려갈 것이고 여환은 새 세상에 우뚝 설 것이었다.

허나 여환은 평정했던 마음이 조금씩 흔들리는 것을 느끼고 있었다. 유황을 입힌 도자기처럼 매끈하고 굳건했던 마음에 바늘만큼 가는 틈새가 벌어지는 것을 느끼고 있었다. 첫 닭의 울음으로 잠을 깬 순간 빗소리가 들리지 않음을 깨달은 후로 틈새가 점점 벌어지고 있었다. 날이 밝고 하늘이 훤해지고 사람들이 살아가는 소리에 세상이 부산해지는 동안 틈새는 커져갔다. 그 틈새로 조바심과 불안과 미련이 밀려왔다. 큰비가 오지 않을 때의 일이 저절로 헤아려졌다. 무리들이 동요할 것이었고 미륵이 점지했다는 여환을 이전처럼 믿지는 못할 것이었다. 양주와 삭녕, 장포, 포천, 황해도까지 퍼져 있는 미륵강림의 믿음이 흔들릴 것이었다. 황회가 길일을 가늠해 거사일을 다시 잡아올 것이지만 지금의 무리와 지금의 믿음이 그대로 가진 않을 것이었다.

무엇이 잘못된 것일까. 큰비가 왜 오지 않는 것일까. 스스로의 공부가 덜 된 것일까, 미륵의 뜻을 잘못 이해한 것일까. 여환은 천불산에서 누룩 세 덩이를 받은 일부터 한양의 행로를 되돌아보았다. 다른 뜻을 찾을 수 없을 만큼 명징한 계시의 연속이었다. 칠월의 눈송이가 날리는 이징을 보며 이제 더 이상의 계시는 없을 것이라 여겼다. 계시란 거사가 일어나기 전의 일, 이미 거사가 물살이 아래로 흐르듯 순조롭게 진행되는 때에 계시란 불필요하므로. 여환이 더 이상 애쓸 일도 기를 쓸 일도 없어 보였다.

헌데 무엇이 잘못된 것일까. 여환은 문득 양주를 떠나기 며칠 전 꾸었던 꿈을 뒤적거렸다. 여환이 있던 자리로 큰물이 흘러들어 왔다. 검은빛이었다. 북쪽이었다. 늙은 중과 늙은 사내가 물 위로 떠오르더니 여환에게 말했다. 해제海帝, 바다의 제왕이 지금의 왕을 가르쳐 현명하게 하면 마침내 지금 국왕이 부처를 받들 것이니 그리하면 반드시 대대로 전해질 것이다…… 말이 끝나자 역시 북쪽에서 많은 군사가 일어났다. 그들은 창과 칼을 들고 함성을 지르면서 사방으로 퍼졌다. 검은 물도 군사들과 함께 땅 위에 두루 퍼졌다. 전모를 쓴 여인들이 나타나 말했다. 북방을 먼저 지나온 것은 이것이 흑룡임을 말하는 것입니다…….

검은 물이 사방을 휩쓸었고 군사들이 일어났다. 큰비가 내리고 세상이 뒤바뀔 것이었다. 그 주인공은 해제였다. 여환이 바로 해제였다. 여환이야말로 기울고 있는 세간을 다시 차오르도록 만들 우뚝 설 이였다. 큰물과 함께 북쪽에서 내려오는 여인들은 원향과 무녀익 무리들일 것이었디. 이렇게도 멍칭한 예지가 있었ᄉᆞᆯ, 왜 비가 오지 않는단 말인가? 순간 여환의 눈이 번쩍 뜨였다. 북방을 먼저 지나온 것은 이것이 흑룡임을 말하는 것입니다……. 북방은 오방색 중 검은색에 해당되었다. 해제는 북방을 지나쳐온 흑룡이라야 했다. 북방을 지나쳐와야 했다. 여환은 머릿속으로 지도를 그려보았다. 양주에서 도봉산의 누원을 거쳐 흥인문을 향하는 것 또한 북쪽에서 남쪽으로 내려온 것이긴 했다. 허나 미진했다. 미륵의 예지는 한 점의 부족함 없이 실행되어야 했다. 한 치의 미진함도 있어

서는 아니 되었다. 누원에서 흥인문을 거쳐 도성에 입성한 것이 미
진했다. 그러했다. 여환은 자신의 안이함을 책망했다. 통탄할 일이
었다. 누원을 거쳐 오는 경흥대로가 아니라 삼각산에서 산길을 타
고 백악산으로 내려와야 했다. 그래야만 흡족하게 북방을 지나쳐
온 행로가 될 터였다. 그래야만 도성이 북방의 흑룡을 온전히 맞이
하게 되는 것이었다. 여환은 옆에 누운 황회를 깨웠다.

　―날이 밝기 전에 백악산으로 가야 하오, 어서 채비를 하시오.

　훤히 밝지도 않고 아예 어둡지도 않은 새벽녘의 어슴프레함 속
에서 황회가 말했다.

　―누구와 가시려오?

　―부인과 가오.

　―부인은 아니 되오, 정호명과 시동을 데리고 가시지요.

　―부인과 가오, 기우를 청하는데 용녀가 가야 하지 않겠소?

　―부인은, 두고 가오.

　황회는 주섬주섬 옷을 챙겨 입고 밖으로 나갔다. 여환도 옷을
입었다. 원향의 배앓이가 아직도 여전한 것 같아 마음이 쓰였다.
방문을 나서려는데 구석에 놓여 있는 쌀자루 두 개가 눈에 들어왔
다. 환도와 군복이 들어 있었다. 정녕 저것을 써야 할 일이 있을 것
인가 싶다가 고개를 저었다. 기우를 청하는 게 우선이었다. 잡스
러운 생각을 거두어내고 미륵을 믿고 비를 청해야 했다. 텅 비어
있는 얼굴의 미륵이 아니라 노여워하고 울음 우는 미륵에게 빌어
야 했다.

정호명과 김시동은 그새 준비를 마치고 여환을 기다리고 있었다. 정호명이 옷자락에 장도를 찔러 넣는 것이 보였다. 그저 호신용이니 개의치 마시오. 봇짐을 진 정호명이 말했다. 기우를 위해 염송할 경과 부적이 봇짐에 있을 것이었다. 김시동은 잠이 덜 깨었는지 크게 하품을 했다. 산행에 필요한 짐을 대충 꾸리고 네 사람은 어의동을 빠져나왔다. 벌써부터 길을 오가는 이들이 눈에 띄었다. 대낮의 뜨거운 햇빛을 피해 새벽녘에 논밭으로 향하는 이들이었다. 세상을 쓸어버릴 비를 갈구하는 자신의 절박함만큼이나 논밭으로 향하는 저들의 발걸음도 절박할 것이라고 여환은 생각했다.

네 사람은 동대문을 빠져나와 입성할 때의 길을 되돌아 나갔다. 도봉산 근처까지 서둘러 가야 했다. 백악산에 당도하는 것만이 목적이라면 그보다 빠르고 쉬운 길이 있었다. 혜화동과 삼청동을 지나면 백악의 초입에 닿을 수 있었다. 허나 여환은 그 길을 따르지 않았다. 북방으로부터 한양에 입성해야 한다는 예언에 충실하지 못했던 행로는 한 번으로 족했다. 남쪽이 아닌 북쪽에서 내려와 백악에 닿아야 했다. 그러려면 삼각산을 타고 내려오는 행로여야 했다.

—왜 백악이라야 하오?

김시동이 물었다. 황회가 대답했다.

—백악이라야 하네. 한양의 주산이 아닌가. 좌청룡인 낙산과 우백호인 인왕산의 호위를 받는 진산일세. 그뿐인가. 백악의 서쪽에

서 흐르는 물이 경복궁을 오른쪽으로 감아 도는 백운동천이 되고 백악의 동쪽에서 흐르는 물은 경복궁의 왼쪽을 휘감아 돌아 삼청 동천이 되네. 이 물은 청계천으로 흘러들어 한강으로 합류한단 말일세. 궐을 감싸 안듯이 품어 산의 정기와 물의 수기를 머물게 하여 최고의 명당을 만들어내는 산일세.

산을 보고 지기를 평하는 지관인 황회의 말에 김시동은 고개를 끄덕였다. 옆에서 걷던 정호명이 물었다.

—백악에서 기우를 하면 비가 온단 말이오?

—예로부터 임금과 왕실이 국가의 안녕과 피흉화복을 바랄 때 오르던 중요한 기도처이자 기우처라네. 이 나라 조선을 세운 태조가 백악신을 진국백으로 삼고는 경대부와 사서인은 제사를 올릴 수 없도록 했지 않은가. 임금만이 백악산에서 제를 지낼 수 있도록 한 것일세.

—임금만이 제를 지낸다, 그것이 법도란 말이오?

—사대부의 나라에서는 백성이 아무 신령에게나 제사 지낼 수 없네. 신령에게도 격이 있고 그 격을 갖춘 사람만이 신령에게 제를 드릴 수 있네. 천신에 대한 제사는 조선의 임금조차 올릴 수 없지, 천자는 조선이 아닌 대국에 있으니 말일세. 그것이 유학의 법도이네.

—별 해괴한 소리를 다 듣겠소. 빌고 싶은 신령에게 빌면 그만인 것을 무슨 격 따지고 한단 말이오? 우리 하늘에 대고 우리가 빌면 되는 것을, 무슨 법도가 그러오? 허면 엊그제 새벽에 천신에게

제사 지낸 우리는 임금보다 더 높은 이들이었겠소. 허허, 그건 쾌한 일이오만 참 해괴하오. 어서 미륵의 세상을 열어야겠소, 법도에 묶인 신령도 해방되고 우리의 하늘도 되찾을 수 있게.

　―그러세나. 백성도 해방되고 신령도 해방되고, 좋을 일일세.

　저 멀리 뿔처럼 솟아 있는 삼각산의 세 봉우리가 눈에 들어오기 시작했다. 여환은 한달음에 오르지 못하고 성큼성큼 내딛어야만 하는 발걸음이 답답하기만 했다. 삼각산은 험준했다. 워낙 산세가 험하고 경사가 심해 사람들이 쉬이 찾을 수 있는 산이 아니었다. 산 전체가 암벽으로 뒤덮였고 가장 높은 산봉우리들은 그 자체가 하나의 거대한 암괴였다. 삼각산의 바위 모두가 텅 빈 미륵이 되어 여환 자신을 쏘아보는 것 같았다.

　산 중턱에 오르자 눈앞이 훤히 트였다. 저 너머로 삿갓 모양으로 봉긋하게 솟아 있는 백악산이 보였다. 물안개에 휩싸인 봉우리가 신령스러웠다. 가히 도성을 수호하는 백악신이 머무를 만했다. 하늘은 맑고 푸르렀디. 무심힌 하늘에 원밍이 새록새록 새어 나왔다. 어서 백악에 올라야 한다, 기도를 해야 한다. 저 봉우리에 닿아 기도를 하면 분명 미륵은 물안개를 비로 바꿔주실 듯했다. 여환은 깎아지른 산의 경사면을 성큼성큼 올랐다. 그 뒤를 김시동과 정호명이 따르고 있었다. 황회는 열두어 걸음 떨어진 곳에서 숨을 헐떡이고 있었다. 오를수록 길은 험했다. 좁아지고 아예 끊어지기도 했다. 길인가 싶어 걸어가보면 절벽으로 이어져 다시 되돌아 나오곤 했다. 일행은 이미 지친 기색이었다.

동이 터 오르고 있었다. 산의 형색이 또렷해지고 나무와 바위가 제 색을 내기 시작했다. 여환은 앞서 걷다가 뒤를 돌아 일행의 모습을 바라보았다. 땀으로 범벅된 김시동과 정호명, 뒤에 한참이나 처져 힘겹게 발을 내딛는 황회가 안쓰러웠다. 일행은 삼각산의 문수봉에 닿았다. 촛대바위 아래 문수사가 있었다. 자연이 만들어준 동굴을 법당으로 꾸며놓은 기도처였다. 일행은 잠시 절에 들러 쉬어 가기로 했다. 계곡물을 건너려는데 황회가 미끄러져 풍덩 빠지고 말았다. 한여름이니 옷이 젖은 건 문제가 아니었지만 발목이 아픈 듯 황회의 얼굴이 일그러졌다. 김시동이 황회를 업고 문수사로 들어섰다. 법당 앞 바위에 황회를 앉혀놓고 김시동이 샘에서 물을 떠왔다. 감로수라 이름 붙여졌다니 과연 물맛이 좋았다. 황회는 물을 벌컥 들이켠 후 입을 닦았다. 여환은 걱정스러운 표정으로 황회를 바라보았다. 젊은 몸이 아니었고 발목까지 성치 않으니 백악을 오르긴 힘들어 보였다.

—늙었나 보오, 발을 접질리다니.

평생 길을 떠돌며 산 황회였다. 한양과 경기, 황해도, 평안도까지 가깝고 먼 곳을 대중없이 다녔던 그였다. 황회의 얼굴에 주름살이 깊어졌다.

—황 지사는 예서 쉬고 계시오. 산길을 더 오르는 건 무리겠소.

—송구하오.

황회가 고통으로 얼굴을 찌푸렸다. 발목은 벌써 부어오르고 있었다.

─길이 가파르오. 길 찾는 게 쉽지 않겠소.

김시동이 여환에게 말했다.

─백악산까지 갈 거 뭐 있소? 예서 기우를 합시다. 동굴 법당이 있지 않소? 기도발이 좋다 소문난 곳이니 백악보다 낫지 않겠소?

정호명이 숨을 고르며 여환에게 말했다. 여환은 답답했다.

─백악산이어야 하오. 북방에서 도성으로 입성해야 하오.

─이제 와서 그 행로를 밟으면 뭐가 달라집니까? 이미 우리 무리는 도성에 들어와버렸지 않습니까? 예서 기우를 합시다. 황 지사도 거동이 힘드니 그리합시다.

정호명의 목소리가 높아졌다. 황회가 정호명을 바라보며 고개를 저었다.

─나 혼자라도 다녀오리다. 예서 기다리시오.

─길을 잃어버리면 어쩌려고 그러십니까? 여기가 김화의 천불산인 줄 아시오?

정호명이 다시 목소리를 높였다. 여환은 무리의 마음이 이미 흔들리고 있음을 알았다. 자신의 불찰이고, 자신의 미진함이었다. 여환의 입은 굳게 다물어졌다. 반듯한 이마와 복숭앗빛 볼에서 스스로에 대한 실망과 자괴가 피어나왔다.

─일행도 지치고 저도 온전치 않으니 이곳에서 기우를 하시지요. 비가 와도, 비가 오지 않아도, 그건 미륵의 뜻임을 잊지 마시오. 아직 때가 이르지 않았음이오, 누구의 탓이 아니오.

여환이 황회를 물끄러미 바라보았다. 그대는 아직 젊고 우리는 아직 꿈꾸오, 그러니 낙담하지 마시오, 라고 황회의 눈이 말하고 있었다. 인간사 그러하다는 것을, 큰일일수록 그러하다는 것을 젊은 여환이 받아들이기는 힘들었다. 북쪽에서 내려오지 않았기 때문이 아니라 아직 때가 이르지 않았기 때문이라는 것을 받아들이기에 여환은 너무 반듯했다. 여환은 고개를 돌렸다. 네 사람은 동굴 법당으로 들어섰다. 자연 동굴치고 꽤 컸다. 입구에서 왼쪽으로 제단이 있었고 맞은편에는 천장 바위를 타고 흘러내려오는 석간수가 고인 샘이 있었다. 물은 쉴 새 없이 흘러내리고 있었다. 문수보살이 정좌하고 네 사람을 맞았다. 오른손에는 지혜의 칼을, 왼손에는 푸른 연꽃을 들고 있는 문수보살은 중생을 제도하는 지혜의 부처였다. 바위의 시원한 기운이 무리의 설뜬 마음을 다독여주었다. 이곳에서 지복을 바랐을 숱한 사람들의 염원이 동굴 안에 둥둥 떠다녔다. 절박한 심정으로 가솔의 안위를 걱정했을 이들의 기도가 여환의 마음에 닿았다. 바라는 것이 있는 삶, 기도할 것이 있는 삶, 어쩌면 그것이 이 땅에서 생명을 이어나가는 이들의 참모습일는지 몰랐다.

일행은 동굴 법당의 입구에서 문수보살이 아니라 하늘을 향해 섰다. 정호명이 성인경을 읽기 시작했다. 미륵이 강림하신다, 세상에 오신다, 미륵의 뜻이니 준비하라……. 경을 읽어 내려가는 정호명의 목소리가 전에 없이 소침했다. 경을 다 읽고 정호명은 덧붙였다. 하늘의 도우심을 힘입어 대사를 이루고자 하였으나 지금 응하는 바가 없어 큰비가 내리지 않습니다. 맥없이 돌아가 미룩의 예시를 기다립니다. 네 사람은 하늘을 향해 네 번 절했다. 여환은 마지막 절을 하고서 선뜻 일어서지 못했다. 김시동이 그를 일으켜 세웠다. 여환이 바로 앉자 정호명과 김시동이 법당 밖으로 나갔다. 그들의 발소리가 멀어지고 들리지 않게 되어서야 황회가 입을 열었다.

─용녀 부인은 우리와 뜻이 다르오, 함께할 수 없음을 아셔야 할 것이오.

여환은 텅 빈 미륵의 얼굴이 떠올랐다. 울음 울지 않는 미륵을 보고 원향을 떠올렸던 것이 기우가 아니었다.

─원향은 사해용왕의 딸이 아니었소. 능히 구름을 일으키고 비를 내리게 하여 신변불측하긴 하나, 우리의 미륵을 따르지 않소. 허니 용녀가 될 수 없소, 미륵과 교접할 수 없소. 용자를 낳을 수 없소.

여환이 말했다.

─원향은 어디 있는 것이오?

황회가 말했다.

─찾지 마시오, 갈 길이 다르오, 우린 다음을 기약하면 되오.

다음을 기약하라는 황회의 말에 오히려 여환은 원향이 더욱 살피어졌다. 원향이 용녀 부인이 될 수 없다는 말이 담고 있는 의미가 선뜻 와닿지 않았다. 그 말이 스스로 제 의미를 드러내기까지 쉽지 않은 시간이 흘러야 할 것이라고 여환은 어렴풋이 생각했다. 어젯밤 원향을 찾으러 어의동을 빠져나올 때도 여환에게 그 어렴

풋함이 스몄다. 한밤중이었다. 원향이 딱히 어디에 있는지 알 수
없었다. 길 어디에서, 원향이 자신을 기다릴 것만 같았다. 인간의
인연이 아니라 여겼다. 신령의 뜻이라 생각했다. 허나 원향이 없
는 길 위의 자신이 이리 허허로울지 몰랐다. 여환은 달빛이 기울
어질 때까지 정처 없이 걸었다. 끝내 원향을 만나지 못했다.

　—내가 만날 것이오. 타이를 것이오. 이대로 다른 길을 가서는
아니 되오.

　여환이 말했다. 황회는 대꾸하지 않았다.

　—원향이 용녀가 맞소. 그보다 더한 신이한 이는 없소. 황 지사
도 보지 않았소? 마른하늘에서 비를 불러오는 그 기이한 힘을. 이
미 나와 성혼했소. 용자를 낳을 것이오.

　—잊으시오.

　—내가 원향을 만나겠소. 원향을 데려오시오.

　여환은 원향이 왜 다른 뜻을 품은 것인지 듣고 싶었다. 여환의
미륵을 왜 따르지 않는지 묻고 싶었다. 허나 황회는 원향을 찾지
마라 이르고 있었다.

　—지금까지 여환님의 뜻을 거스른 적은 한 번도 없었소. 허나
이번 일만큼은 제 뜻대로 해주시오. 저 또한 원향의 신이한 능력
을 귀히 여겼소. 하여 여환님과의 성혼을 도모한 것이오. 허나 원
향이 우리를 속였소, 기망하였소. 곁에 둘 여인이 아니오.

　—여인으로 곁에 둔 적이 없소. 신령의 사람이라 여겼소.

　—여환님이 여인으로 대하지 않았더라도, 원향은 여인이오. 여

인의 몸이오.

황회는 말을 마치고 잠시 여환을 바라보더니 일어서 동굴을 나갔다. 여인의 몸이오, 황회의 마지막 말이 동굴 벽에 부딪쳐 여환에게 되돌아왔다. 그 말에 감추어진 어떤 뜻이 은밀히 넘실거리고 있었다. 여환은 익숙한 그 느낌에 몸을 떨었다. 눈에 보이지는 않으나 확실히 존재하는 어떤 것이 여전히 거기 있었다. 여환은 텅 빈 미륵의 얼굴이 자꾸 떠올랐다. 이 모든 것이, 노여워하되 울음 우는 미륵이 자신을 떠났다는 징표인 것만 같았다. 미륵은 정녕 노여움을 거둔 것인가, 울음을 거둔 것인가. 미륵이 분노와 울음을 거둔다면 여환은 이제 무엇을 해야 하는가. 미륵의 분노로 자신의 운명을 깨달았고, 미륵의 울음으로 나아가야 할 길을 얻었다. 헌데 이제 여환은 무엇을 해야 하는가, 어디로 나아가야 하는가. 큰비가 오지 않은 이후의 일을 견디라는 전성달의 말이 이런 의미였을까. 미륵의 분노와 울음으로 계시 받은 삶을, 이제 온전히 여환 자신의 것으로, 사람의 이치로 새로이 만들라는 뜻이었을까.

여환은 손바닥의 검은 점 세 개를 바라보았다. 미륵의 계시를 받은 후에도, 모든 것이 그저 자신의 환영이면 어쩌나 싶을 때도 있었다. 더없이 순수해서 불길할 수밖에 없는 한바탕 꿈이면 어쩌나 싶을 때도 있었다. 그럴 때면 여환은 손바닥에 선명히 새겨진 세 개의 검은 점을 바라보았다. 분명 세 개의 점은 있었다. 미륵이 누룩을 주셨고 벌통에 세운다 하셨고 용화세계를 열라 하셨음을 증거해주고 있었다. 환영이 아니었고 물거품이 아니었다. 꿈을 꾸는 것도 아니었다. 여환은 또르르 소리를 내며 굴러가는 세 개의 점들을 바라보았다. 깊숙이, 더욱 깊숙이 점들을 바라보았다. 점을 좇으니 점은 사라지고 점 너머의 세계가 모습을 드러냈다. 점 너머의 세계에서 세 개의 점들은 미륵의 선명한 징표가 아니라 미륵이 왔다 간 어련한 흔적이었다. 세 개의 점이 증거해주던 시간은 결국 오지 않은 큰비와 함께 여환의 과거가 되었다. 과거가 되어버린 시간, 그 시간들이 촘촘히 스며 있는 현재, 그리고 지금의 여환이 보내고 있는 시간 속에서 다시 피어날 새로운 미래. 여환은 돌연 깨달았다. 이제 여환 앞에는 미륵의 계시대로 움직이는 삶이 아니라, 미륵의 꿈을 여환이라는 피와 살을 가진 사람의 의지로 물화하는 삶이 놓여 있다는 것을. 그것이 큰비가 오지 않은 후 여환이 견디어야 할 시간들이라는 것을. 큰비가 오지 않은 이 순간의 이 깨달음, 이것이 여환에게 내린 큰비라는 것, 하여 큰비는 오고 있었다……. 삼각산 문수봉의 동굴 법당에서, 오롯이 혼자, 오지 않은 큰비를 맞고 있는 이, 그가 바로 여환 자신이라는 것, 이것이야말로 미륵이 점지한 이의 운명이었다. 여환은 전성달의 첫걸음을 이제야 이해했다. 미륵의 울음을 만난 것이 첫걸음이 아니었다. 큰비가 오지 않은 것이 일의 끝인 것도 아니었다. 결국 오지 않은 큰비를 맞고 있는 지금 이 시간을 견디는 것이 여환의 첫걸음이었다. 지금 이 순간이야말로 미륵이 점지한 이의 운명을 향해 첫발을 내딛는 것이었다. 여환은 일어섰다. 동굴의 벽을 타고 흐르는 석간수는 더 이상 흐르지 않았다.

*

　황회는 행장을 한 무리를 둘러보았다. 거사를 이루지 못했지만 무리는 흩어지지 않았다. 오늘 아침 황회가 무리들에게 일렀다. 이번 일은 이루어지지 않았다, 미륵의 때가 아직 이르지 않았음이다, 올해 시월 오일이 가장 길하다. 다시 거사를 할 것이다, 이태 뒤인 경오년이 가장 길하다, 경오년이면 여환님도 팔 년 공부를 마치니 일이 자연스럽게 이루어질 것이다, 미륵의 심오한 뜻을 미진한 사람이 명명백백 헤아릴 수 없음을 알아야 한다. 우리에겐 여환님이 계시니 저어할 것은 없다, 기다리면 때는 온다…….

　다시 길 위에 섰다. 무리의 발걸음은 도성으로 향할 때보다 가벼웠다. 일은 그르쳐졌지만 다음이 있었으므로, 이번에는 미진했지만 때는 또 올 것이었으므로 무리의 마음은 가벼웠다. 흔들림이 없진 않았으나 무리를 흩트릴 만큼 큰 균열로 이어지진 않았다. 여환이 다시 바로 서서 미륵의 꿈을 싱기시켰고 황회가 사람의 미진함을 경계시켰다. 하여 무리는 다시 길 위에 섰다. 꿈은 이루어지지 않은 것이 아니라, 잠시 지연될 뿐이었다.

　홍인문을 나서면서 황회 뒤에서 걷던 정호명이 말했다.

　—어영청 군관들은 도망갔다 하오. 내 그럴 줄 알았소. 도성 사람들이 겁이 많은가 보오.

　이원명이 거들었다.

　—큰비가 오면 우리와 함께 궐로 들어가면 될 것을, 큰비가 와

서 도성 사람 모두가 쓸려가버릴 거라 저어했나 보오. 겁쟁이들 같으니.

—사람이 하루아침에 바뀌겠는가. 뜻이 굳지 못하니 저어하는 건 당연한 걸세.

—명색이 어영청 군관이잖소.

—목숨줄이 달린 마당에 군관이 무슨 필요 있겠는가.

—목숨줄이 뭐 별거겠소. 인명은 재천이라 하지 않소. 무슨 영화를 보겠다고 그리 조심들을 하는지.

정호명과 황회의 대화를 듣고 있던 김시동이 말했다.

—그들이 보기에 우리가 해괴할 수 있소. 큰비가 와서 세상이 기운다는데, 그 기울어가는 세상의 한가운데로 달려가는 꼴 아니오.

—하긴 그렇소. 그들이 겁이 많은 게 아니라 우리가 겁이 없소. 미륵님이 보우하사 겁낼 필요가 뭐 있겠소.

정호명은 거사 전의 기세등등한 모습으로 다시 돌아가 있었다. 거칠고 우락부락한 성정이지만 뒤끝이 개운하니 태평할 만했다.

—용녀만 없었어도, 진즉 칼을 써서 입궐했을 터인데.

정원태가 어느새 걸음을 함께하고 있었다.

—용녀 부인이 다른 일을 꾸미고 있었던 것이 맞소? 내 그럴 줄 알았소.

이원명이 말했다.

—어젯밤 일은 입에 담지 말게나.

—일이 그르쳐진 건 부인 때문이오. 부인이 무슨 일을 꾸미는지

황 지사가 보시질 않았소? 넋건지기 굿을, 그 밤에, 모화루에서, 양주 무녀들을 불러놓고 한다는 게 말이 되오? 비를 내려 도성을 휩쓸어버릴 용을 부리는 게 아니라 넋을 건지고 있었단 말이오. 해괴하오, 기이하오.

정원태의 말대로 기이한 일이었다. 그의 처가, 그와 뜻을 같이 한 계화가, 자신도 모르는 일을 원향과 함께 도모하고 있었다. 그들의 짙고 깊고 매서운 눈빛의 의미를 진즉 알아차리지 못한 자신의 불찰이었다. 그 눈빛에 걸맞은 깊고 매서운 춤을 어젯밤 모화루에서 무녀들은 추고 있었다. 광도난무狂蹈亂舞, 광기가 극에 달한 듯 춤을 멈추지 않았다. 무녀들은 뛰고 달리고 돌았다. 누군가의 넋을 건지고자 하는 무녀들의 선득한 기운이 축축하기만 했다. 그 달밤의 춤에 스며 있는 어떤 의지, 어렴풋지만 불안했던 그것을 왜 진즉 알아차리지 못했을까. 황회의 몸이 부르르 떨렸다.

―넋을 건졌소?

김시동이 물었다. 정호명은 대답했다.

―넋은 올라오지 않았소. 어떤 구천을 헤매는 넋인지는 모르겠으나 우리 뜻이 아니질 않소? 부인이 신령과 통하는 건 맞소이다. 헌데 어떤 신령이냐가 문제였소이다. 여환을 벌집 가운데 세우려는 그 미륵이 아니질 않소? 우리의 미륵이 아닌 다른 신령을 따르고 있지 않소? 죽 쒀서 개 줄 뻔하지 않았소?

―말이 지나치네, 정 장군. 우리 일이 성사되지 않은 건, 미륵의 때가 아직 이르지 않았기 때문일세.

황회가 말했다. 정호명은 아랑곳하지 않았다. 황회는 눈을 감았다. 의문은 여전했다. 송화의 기우제에서 보았던 용을 부르고 비를 내리게 하는 신이한 능력의 원향, 여환 아닌 다른 남자의 아이를 갖고서 다른 일을 꾸민 원향, 빈천한 사람들의 삶의 고비마다 하늘을 이어주었던 성인무당들, 그들이 원향과 함께 건지려고 했던 넋, 이것이 도대체 무어란 말인가.

어젯밤 원향이 물속에 얼마나 잠겨 있었는지 알 수 없었다. 희재가 뛰어 들어가 원향을 건져 올릴 때까지 시간은 흐르지 않는 듯했다. 원향은 죽지 않았다. 숨김을 불어넣고 몸을 주물렀다. 원향은 컥, 하고 품은 물을 두어 모금 뱉어내고는 다시 정신을 차리지 못했다. 원향의 손에서 성수방울이 딸랑, 하고 맑은 소리를 냈다. 서둘러 원향을 업고 희재의 거처로 옮겼다. 잠이 든 원향의 얼굴을 바라보았다. 수척했지만 편안해 보였다. 황회로서는 처음 보는 낯빛이었다. 황회는 원향의 가슴 아래께를 바라보았다. 어진이 말했다. 아이는 무사하오. 희재가 어진을 바라보았다. 황회에게 묻는 얼굴이 되었다. 황회는 고개를 끄덕였다. 희재는 원향의 손을 잡았다. 황회는 방을 나섰다. 어진이 따라 나왔다. 둘은 툇마루에 앉아 더할 것 없이 가득 찬 달을 바라보았다. 귀뚜라미 소리가 애잔했다.

—왜 떠나지 않았소? 십팔 년 전 역질이 돌 때, 미음을 토하고 설사를 하는 것이 역질이었소, 내가.

—알고 있었소.

─아비가 그 아비를 죽이고 어미가 그 자식을 버리는 세상이었소. 하물며 뒤돌아서면 남남인 부부 사이야.

─역질이 별거요? 죽는 게 대수요?

─왜 지금에야 떠나는 것이오?

─당신은 불결하오, 술과 고기를 드시잖소.

황회는 허허, 웃었다. 어진의 얼굴에도 옅은 미소가 떠올랐다.

─왜 말하지 않았소? 내가 감당치 못할 거라 여긴 거요? 이 황회가?

어진에게 물으면서도 황회는 정작 자신이 어진의 눈빛을 감당할 수 없었음을 깨달았다. 쉰다섯을 살면서 나름대로 세상의 이치를 꿰고 있다 여긴 황회였다. 헌데 살을 붙이고 사는 사람의 속마음은 꿰뚫지 못했다. 어진이 어떤 생각을 하고 어떤 마음을 품는지 들여다볼 새도, 들여다볼 정성도 기울이지 못했다. 같은 세상을 살고 같은 꿈을 꾸고 있다 여긴 것이 교만이었음을, 황회는 떠나는 어진의 얼굴을 보고서야 깨달았다. 일을 그르치고 난 후에 깨닫는 게 사람이라, 는 원향의 말이 떠올랐다.

─선덕이 그 일을 당할 때, 당신은 그저 숙명이려니 했소. 선덕의 굿당이 불타오르기 전 피신시키자 했을 때, 당신은 훗일이 저어되어 나서지 않았소. 좌수의 힘이 두려워 당신은 아무 일도 하지 않았소. 그때 난 당신을 떠났소, 지금 떠나는 게 아니오.

─그리했다면 우리 둘 다 죽었소.

─죽는 게 무에 두렵소?

―새 세상이 올 때까지 살아 있어야 했소, 미륵의 뜻이 그러했소.

―당신네 미륵은 무녀들의 통한은 살피지 않았소, 서러운 여인들을 위해서는 움직이지 않았소. 하여 내 당신을 떠나오.

―왜 원향이었소?

―부인은 무녀들을 위해 울었소. 그 울음이 우리를 깨운 것이오. 여환의 미륵은 우리의 미륵이 아니라 했소. 무녀의 미륵은 만신의 서러움을, 여인의 통한을 품어준다 했소. 칼 쓰는 미륵이 아니라 베 짜는 미륵이라 했소. 부인과 함께라면 죽을 길도 외롭지 않겠다 싶었소. 사람의 의지대로 만난 인연이 아니오. 허나 사람의 사연이 우리를 맺어주었소.

―딸 같았소. 꼭 십팔 년 전에 묻었잖소, 내 손으로. 역질이 잡아가지 않았으면 원향의 나이요. 저리 컸겠다, 마음이 포근했소, 볼 때마다.

―부인도 당신을 아비처럼 여겼소. 내색은 하지 않았지만 늘 신경을 썼소. 당신이 낙담할까 그것을 가장 저어했을 것이오.

―열아홉 나이에 너무 큰 짐을 지우는 것 아닌가 못내 가여웠소. 헌데 그럴 필요가 없었던 것을. 이리 영이한 무당들이 한편이 되어 있을 줄 누가 알았겠소?

황회는 다시 허허, 웃었다. 어진도 따라 웃었다. 다시는 어진과 원향을 보지 못하리라 생각하니 마음이 아려왔다. 못 볼 건 없겠으나 무리가 용납하지 않을 것이었다. 원향의 무리 또한 여환의 무리를 다시 만날 일이 없을 거라 여길 것이었다. 이제 각자의 길로 가면 될 것이었다. 그렇게 길을 가다 어디쯤에서, 어떤 모습으로 다시 만나게 될지 황회는 짐작할 수 없었다. 다만 서로를 꽃으로라도 겨누지 않기만을 바랄 뿐이었다.

*

너의 하늘을 열거라…….

원향은 어둠 속에 잠기는 하랑을 바라보았다. 어둠이 하랑을 집어삼켜 하랑이 어둠이 될 때까지 바라보았다. 어디로 가시옵니까, 어디에 계시옵니까, 어디에……. 누군가가 원향의 손을 잡았다. 눈을 떴다. 희재가 원향을 내려다보고 있었다. 원향은 수염이 듬성한 희재의 얼굴을 바라보았다. 목덜미를 싸고 있는 옷섶의 누런 때가 이곳이 이승임을 말해주었다. 원향은 다시 눈을 감았다.

우린 둘이어 본 적이 없다……. 하랑은 열두 살 원향의 몸에 들어와 열아홉 용녀의 몸까지 함께하고 있었다. 만신의 혼령을, 만신이 모시는 일은 흔하지 않았다. 원통한 혼이 저승과 이승 사이를 떠돌면서 신령한 힘이 되기는 힘들었다. 기껏해야 잡신이 되어 구천을 떠돌다 남의 집 굿판에 나타나 한 줌의 위로를 받으며 밥한 끼 얻어먹는 것이 전부였다. 헌데 하랑은 원혼이 아니었다. 신령이었다. 살아생전의 원망을 죽어서 승화할 줄 알았기 때문이었다. 이승의 사람을 괴롭히지 않고 이승의 복덕을 도모하려는 큰 뜻으로 하랑은 신령이 되었다. 허나 원향은 알지 못했다. 하랑이 원통히 죽어 원혼이 되었을 것이라고 여겼다. 있지도 않는 하랑의 원혼에 사로잡혀 있었다. 원혼을 달래주고 원통함을 만든 이들을 징벌하는 것이 자신의 소명이라 여겼다. 하여 하랑의 신령을 만나지 못했다. 원향 안에 살고 있는 신이한 하랑의 뜻을 읽지 못했다.

원향은 지금까지 걸어온 행로를 더듬어보았다. 무엇이 원향을 지금 이곳 도성까지 오게 했는가. 원혼을 위로하고 무녀가 귀히 여겨지는 세상을 만든다는 뜻이었다. 큰비를 내려 무참한 세상을 쓸어버리고 새 세상을 열려는 의지였다. 헌데 누구를 쓸어버리고 누구를 기울게 한단 말인가. 무엇을 사라지게 하고 무엇을 만들어 낸다는 것인가. 세상을 뒤엎고 사람을 움직이는 것, 그것은 인간의 일이었던가, 신령의 일이었던가. 원향은 깨달았다. 텅 비어 있어야 할 무녀의 마음이 부풀 대로 부풀어 올라 있었다. 신령의 뜻을 인간에게 전하는 중간자가 그 중간의 궤도를 벗어나려 했다. 신령의 말을 전하는 몸이 되는 것을 넘어서 신령이 하는 일을 하고자 했다, 신령이 되고자 했다.

거칠 것 없는 무녀의 삶이었다. 열두 살 내림굿을 받은 후 숱한 신을 모시었다. 만 가지 신이 제각각 무녀의 몸에 깃드니 만신이라 했다. 원향이 청배하여 불러들이지 못한 신령이 없었고, 원향의 작두거리에 산 자와 죽은 자가 하나 되었다. 원향의 타불타령에 원혼은 울음을 토해내며 가벼워졌고 원향의 공수에 산 자들은 살아갈 힘을 얻었다. 대신발은 나부꼈고 서리화는 불타올랐으며 삼지창의 돼지머리는 하늘을 향해 우뚝 섰다. 헌데, 그 거침없는 신기가 원향을 교만하게 했다. 어떤 마음을 품게 했다. 어떤 마음을 품는 순간, 신령의 소리를 듣지 못하게 되었다. 텅 비어 있으되 모든 것을 품을 수 있는 힘을 잃어버렸다. 무리의 불경함을 탓하고, 원망하고, 분노에 사로잡혔다. 쟁투를 하려 했다. 신령을 빌려 세간의 쟁투를 벌이려 했다. 신과 사람을 이어주는 무녀로서 위험한 길을 가고 있었다. 원향 자신의 의지를 신의 뜻인 양 사람들을 속이고 자신까지 속이는 위태한 일이었다.

원향은 무巫 글자를 떠올렸다. 글자라기보다는 그림에 가까웠다. 하늘과 땅 사이를 잇는 기둥 옆으로 두 여인이 춤을 추고 있는 모습이었다. 사람들의 눈에는 보이지 않는 것, 형상이 없는 것을 믿는 두 여인이 이승으로 신을 부르기 위해 춤을 추는 것 같았다. 그 춤은 아름다울 것이었다. 신이한 혼을 삼키고 뿜어내며 사뿐거리다 질주하는 애절하고도 아름다운 춤이었을 것이었다. 원향은 알았다. 만신인 자신이 어느 순간 무를 잃었다는 것. 하여, 아름다운 춤을 출 수 없있다는 것.

만신이 해야 할 일을 하지 않았다. 신령은, 부르고 모시다가 잘 떠나보내야 되는 존재였다. 신을 보내는 일, 만신의 몸에 깃든 신이 신령의 자리로 되돌아가도록 놓아주는 일, 그것이 무의 끝이었다. 허나 원향은 그리하지 않았다. 원향 안에 머무르게 했다. 신령의 신이한 힘을 제 것으로 만들고자 했다. 원혼들도 보내지 아니하였다. 죽은 자를 붙잡고 죽은 자의 사연을 놓아주지 않았다. 목매달아 죽은 혜실의 원통함을, 복돌이 어미의 슬픔을, 강에 몸을 던진 평양댁의 저주를, 매 맞아 죽은 오월이의 무참함을 흘려보내지 않았다. 원혼들이 원향 안에 켜켜이 쌓였다. 분노의 용이 되었다, 멈출 줄 모르는 교룡이 되었다. 그것이 원향을 부풀어 오르게 했다, 텅 비어 있지 못하게 했다. 신령을 불러들이기만 하고 떠나보내지 않은 마음이 단단해져갔다, 날이 섰다, 영의 칼이 되었다. 원향은 영의 칼로 사람을 베려 했다. 스스로의 몸을 영의 칼로 날 세워 세상에 휘두르려 했다. 하여 큰비는 재앙이었다, 파괴였다. 원향은 신이한 힘으로 재앙을 앞당기려 했다, 재앙을 부추겼다. 신령이 주신 힘으로 모든 살아 있는 것을 쓸어버리려는 파괴의 심성을 피워냈다. 허나 큰비가 내려 세상을 기울게 한다고 미륵이 오는 것은 아니었다. 큰비가 내린다고 무녀의 서러운 세월이 씻겨나가는 것이 아니었다.

무녀를 쓰고 버리는 사대부들이 겁박하면 할수록, 사대부들이 예의 신령으로 지배하는 세상이 무참하면 할수록, 원향은 원망과 분노의 마음을 승화할 줄 알아야 했다. 원망과 분노를 느끼지 않을 수는 없었다. 그것은 만신이라면 당연한 것이었다. 무녀들에게서 하늘과 통하는 힘을 빼앗고 여인들에게서 그 자신의 시간을 살려는 의지를 빼앗는 세상을 원망하고 분노해야 했다. 그 여인들의 원망과 분노를 손끝까지 발끝까지 처절하게 느끼고 기억해야 했다. 그것은 제 하늘을 열지 못한 채 죽어간 원혼을 달래는 시작이었다. 허나 그 분노를 떠나보내지 않은 채 세상을 향해 영의 칼을 휘둘러서는 아니 되었다. 세상을 향해 내지른 분노가 세상을 떠돌다 더 큰 분노로 되돌아오게 두어서는 아니 되었다. 만신이라면 그리해서는 아니 되었다. 원향 자신이 분노의 종착지가 되어야 했다. 세상의 분노를 제 몸으로 받아 안아 남은 한 방울까지 태우고 태워 텅 비어 있게 만들어야 했다. 슬픔과 통한을 제 몸으로 받아 안아 죽음보다 더한 고통으로 몸부림치면서 산산조각 내어 텅 비어 있게 만들어야 했다.

부풀어 오르는 대신 비어 있고 사람들 사이에 있어야 하며 사람들을 품어 안아야 했다. 그랬을 때, 원향의 하늘은 열릴 것이었다. 원향의 큰비가 내릴 것이었다. 태초의 미륵 세상, 하늘에 축원해 사람을 갈구하여 있게 한 그 미륵의 큰 세상이 열릴 것이었다. 당신 손으로 감을 짜 베틀로 옷을 짜 입던 그 미륵의 세상이 올 것이었다. 세상을 한 번에 갈라 치는 영의 칼을 휘두르는 것이 아니라, 한 올 한 올 베옷을 짜는 마음이 미륵의 세상을 열 것이었다. 그 일을 위해 용 부리는 하랑의 힘을 더할 필요는 없었다. 여환을 빌려 강림하는 미륵의 힘이 필요한 것도 아니었다. 미륵과 용신의 교접으로 용자가 나와야 하는 것도 아니었다. 용이 미르이고 미륵이었다. 원향이 용녀이고 용자였다. 원향 안에 무녀들의 신이한 능력이 흐르고 있었고 미륵의 힘이 잠자고 있었다. 그것을 원향이 깨우지 않은 것뿐이었다. 그 미륵은 여환의 미륵이 아니었다. 여환을 벌통에 세운다는 미륵이 아니었다. 원향의 미륵이었다. 원향의 신령이었다.

그것을 알기 위해 원향은 죽어야 했다. 부풀어 오를 대로 부풀어 오른 마음을 죽여야 했다. 원향 속에서 점점 커져가 마침내 원향을 사로잡은 단단한 염의 덩어리를 산산이 조각내어 흩뿌려야했다. 태초에 미륵이 세상을 열어젖힌 그 힘과 통하기 위해서 원향의 부풀어진 마음이 작아져야 했다. 작아지고 작아져 한 방울의 얼로 남을 때까지, 작아지고 작아져 텅 빈 그 얼굴로 돌아갈 때까지, 원향 안의 교만해진 마음을 덜어내야 할 것이었다. 처음 작두를 탈 때, 스스로의 의지라고는 먼지 하나조차 가차 없이 내버리고 몸과 마음이 허공만큼 가벼워진 채 신령에 의탁했던 것처럼, 첫 마음을 지녀야 했다. 누구도 모르는 길, 아무도 가지 않은 길을 걷는 그 마음으로 가야 했다. 그래야만 새로운 만신으로 태어날터였다. 그 길은 고통스러울 것이었다, 어두울 것이었다. 별이 쏟아져내긴 후의 밤하늘의 아가리가 떠올랐다. 그 아가리로 들어가야 할 것이었다. 그 아가리 속에 더 검은, 더 철저하게 무無인 세계로 들어가야 할 것이었다. 그 어둠을, 이제 원향은 믿을 수 있을 것같았다. 별이 떨어진 후의 검은 아가리를 믿을 수 있을 것 같았다. 원향은 알았다, 크고 강한 만신의 길은 이제 시작이라는 것을.

나의 죽음이 너의 오늘이다……. 하랑은 떠났다, 아니 원향이 하랑을 보냈다. 하랑이 사라지는 것을 원향은 느꼈다. 죽은 후에야 만날 수 있었던 하랑을, 다시 태어난 이 순간 떠나보냈다. 하랑과 함께한 시간도 흘려보냈다. 이제 원향은 하랑이 누구인지 기억하지 못할 것이었다. 그러다 문득 원향의 마음이 다시 부풀어 오를 때면, 존재의 아련한 저편에서 단단하고 정갈한 어느 영혼의 목소리가 원향에게 이를 것이었다. 나를 빌려 너를 살지 말거라, 너의 하늘을 열거라. 원향은 언제라도 그 목소리를 알아챌 것이었다, 놓치지 않을 것이었다.

원향은 눈을 떴다. 희재에게 말했다.

─황해도로 갈 것이오.

─그리하오.

─내가 있어야 할 곳은 그곳이오. 인생의 고개를 팍팍하게 넘어서는 사람들 사이에 있을 것이오. 그들이 제각각의 하늘을 열고, 자기에게 주어진 시간을 맹렬히 살도록 도울 것이오. 사람들이 하늘과 통하던 다리, 언젠가부터 끊어져버린 그 다리를 잇도록 도울 것이오.

─그리하오, 그리하고도 남음이오.

─신꽃을 만들어주시오. 굿판을 벌일 것이오, 나를 위해, 나에게 의탁하는 이들을 위해.

─이여쁜 꽃을 만들어드리리다. 노란 나비도 잊지 않으리다.

희재의 눈 속에서 열아홉 살 원향이 웃고 있었다. 어두운 꿈이 걷혔다. 황해도 은율의 북이 둥둥, 둥둥, 둥둥, 세 번을 울었다. 이 세상에서 가장 오래된 이야기를 새로이 시작할 시간이 왔다. 이제 다시 길을 떠나면 될 것이었다.

결초

무진년 7월 18일 저녁 6시

삭녕 군수 이세필은 동헌의 서고에서 대명률직해를 펴 들었다. 중국 명나라의 형법을 조선의 실정에 맞게 번역한 책이었다. 관리가 되고 나서, 아니 출사의 뜻을 품을 때부터 자주 들여다보았지만, 오늘 분명히 확인할 것이 있었다.

박사와 무녀, 화랑 등이 요사한 신을 의지하여 부적을 베껴 쓰거나, 미륵과 제석이 내려왔다고 망령되이 칭하거나, 향도 일체의 사도, 정법을 어지럽히는 술수, 그리고 도상을 숨기거나 밤에 모였다가 새벽에 흩어지며 선한 일을 닦는 것처럼 꾸며 인민을 현혹하면 주모자는 목 졸라 죽이고 추종자는 각각 장 백 대를 때리고 멀리 유배를 보낸다.

사도를 행하는 자, 인민을 현혹하는 자는 목 졸라 죽이라, 당연한 징벌이었다. 이세필은 이어지는 내용을 계속 읽어나갔다.

군민이 신상을 꾸미고 피리를 불고 북을 치며 신을 맞이한다며 모여들어 빌고 축원한다면 장 백 대를 때리되 우두머리 된 자에게 죄를 물린다. 이장이 알고 먼저 고하지 않는다면 각각 볼기 사십 대를 때리되 그 가운데 민간에서 이미 전부터 행해지는 봄가을의 제사 모임은 금지하지 않는다.

금지사무사술 조항이었다. 요사스러운 술책과 귀신을 섬기며 길흉을 점치고 굿을 하는 무를 금한다는 것이었다. 태조가 조선을 개국하고 미개한 예를 바로잡고자 한 지 삼백 년이 지났지만 백성을 현혹하는 무리들은 여전했다. 백성들이 어리석은 탓이었다. 사람의 길흉화복을 귀신에게 의탁하는 어리석음을 무당이 파고든 것이었다. 하늘은 인간이 선하면 온갖 복을 내리고 불선하면 온갖 재앙을 내린다는 서경의 말씀을 백성들은 외면하고 있었다. 복은 스스로 취하는 것이지, 귀신에게 아첨과 기도를 한다고 해서 얻어지는 것이 아니었다. 재앙 또한 나에게 달려 있으니 무를 섬긴다고 하여 면할 수 있는 것이 아니었다. 스스로 겸양의 덕을 갖추고 수신하는 자세가 길흉화복의 근본이라는 것을 모르는 백성들이었다. 그 몽매함이 지금 이곳 삭녕에서 도를 넘어서고 있었다.

오늘 새벽 삭녕 좌수 윤여형에게서 전해 들은 것은 민간에서 행하는 의례적인 제사가 아니었다. 미륵과 제석이 내려왔다고 망령되이 칭하고 인민을 현혹하는 것은 음사였고 사도였다. 더욱 위험한 것은 이들이 군장을 갖추고 왕도를 전복하려는 움직임을 보인

다는 것이었다. 역모의 정황이었다. 모반대역죄로 다스려야 함이
었다.

무릇 모반과 대역은 다만 공모자라 해도 수범과 종범을 구분하
지 않고 모두 능지처사한다. 부자父子 십육 세 이상은 모두 교형에
처하고, 십오 세 이하와 모녀母女, 처첩妻妾, 조손祖孫, 형제자매는
공신의 집에 주어서 노비로 삼고 재산은 관가로 몰수한다.

모반대역죄인의 처벌 조항이었다. 이세필은 머리가 아파왔다.
윤여형의 보고가 사실이라면 앞으로 몇 달, 아니 근 일이 년간 이
지역은 쑥대밭이 될 터였다. 죄인을 찾고 나래하고 형문하는 과정
이 그려졌다. 죄인을 잡기 위해 관원을 동원해야 함은 물론, 죄인
을 추국하기 위해 한양까지 이송하는 책임을 져야 할 것이었다.
만약 모반대역죄로 확정이 될 경우 군현의 수령은 그 책임을 물어
좌천되거나 강등되었다. 이 어마어마한 일이 이세필을 기다리고
있었다.

양주에 있다는 요승과 성인무당에 관한 이야기를 들었을 때 이
세필은 자신의 귀를 의심했다. 해괴한 일이었고 요망한 일이었다.
윤여형의 말은 다음과 같았다. 지난 칠월 십일에 현복명의 집에
갔더니 주대천이 그 집에 와서 복명과 함께 은밀하게 귀엣말을 나
누고 있었다. 장포에 사는 사람들의 거동이 심상치 않은데, 무리
가 모여서 입경한다는 것이었다. 기이하게 여겨 물으니 칠월 십삼
일 장포에 사는 사람들이 작당하여 전복과 전립을 착용하고 한양
으로 출발했다는 것이다. 십삼일에 양주 대전리에서 집결하여 십

사일에 양주의 군기를 털어 상경한다는 계획이라고 했다. 들을수록 몹시 괴이하게 여기고 있을 때 송계망이라는 자가 따라와서 말하기를, 어제 저녁 이원명의 동생이란 자가 와서 지시를 내린 후 다음 날 온 마을 사람들을 이끌고 떠나갔다고 했다. 마을을 살펴보니, 과연 온 마을 사람들이 떠나가서 모두 비어 있었다.

삭녕 좌수의 말을 전해들은 후 이세필은 은밀히 장포와 삭녕, 양주에 관원을 보내 일의 동태를 살피라 지시했다. 그들이 가져온 이야기는 삭녕 좌수의 것과 다르지 않았다. 무녀와 요승이 길흉화복을 핑계로 백성을 미혹하는 것도 모자라 미륵의 시대를 칭하며 왕도를 겨냥하고 있었다. 무당과 술사, 중이 신령을 맞이하는 굿판을 벌이며 간사한 말로 신분의 질서를 넘어서고 국가의 질서를 뒤엎으려 하고 있었다. 흉모의 정황이 분명한 이상 지체할 시간이 없었다. 사사로운 번거로움보다 이 나라의 안녕이 먼저였다. 이세필은 종이를 펴고 비밀문서를 써나가기 시작했다. 양주 목사 최규서에게 이 사실을 알려야 했다. 도당의 무리는 이미 도성에 입성했을 것이었고 모반은 진행 중일 것이었다. 붓을 잡은 이세필의 손이 떨렸다. 일필휘지로 써나갔다.

본 주의 청송면 다탄 근처에 요사스러운 중 여환과 해괴한 무당 용녀 부인이 있는데, 스스로를 성인의 영이 내렸다고 하면서 화복을 말하여 어리석은 백성들을 꾀고 도당을 모으려는 기미가 있는 듯합니다. 영평 지사 황회가 주모자 노릇을 하고 있고 성인의 영에 의탁한 무녀들이 어리석은 백성들을 속여 세를 넓히고 있습니다. 양주뿐 아니라 삭녕과 장포, 연천, 영평까지 도당의 손이 뻗치고 있고, 군장을 하여 왕도에 입성했다는 증언이 잇따르고 있습니다. 미천한 백성들이 전해준 말을 그대로 믿을 수는 없으나 왕실의 안녕을 보하고 반상의 질서를 바로잡기 위해 속히 잡아들이는 것이 좋겠습니다. 무진년 7월 18일 삭녕 군수 이세필.

이 소설을 쓰기까지

　원향에 관한 소설을 써야겠다고 마음먹은 것은 한 편의 논문을 읽고 난 후였다. 다른 소설을 구상하면서 자료를 조사하던 차에 접한 글이었다. 한승훈의 「조선후기 혁세적 민중종교운동 연구: 17세기 용녀 부인 사건에서의 미륵신앙과 무속」(서울대학교 대학원 석사학위 논문, 2012)에서 조선 숙종 때 경기도 양주의 무당 무리들이 도성에 입성하여 미륵의 세상을 맞이하려 했다는 역모 사건을 읽게 되었다. 무당 무리들을 한양으로 이끈, 도성에 큰비를 내려 세상이 기울어진다는 대우경탕설은, 뜬구름처럼 허황되기 그지없었고 그 허황됨만큼이나 실패할 수밖에 없는 불길한 꿈이었으나, 뜬구름에 사로잡힐 수밖에 없는 순수한 그 무엇이, 나를 달아오르게 했다. 그중 열아홉 살의 푸르디푸른 무녀 원향이 성큼 내게로 와버렸다. 그 사건의 전모를 더 자세히 알기 위해 서울대학교 종교학과 연구자들이 번역한 당시의 추국 자료 『국역역적여환등추안』(최종성 등역, 민속원, 2010)을 꼼꼼히 살폈다. 이 책을 통해 그 사건에 연루된 이들이 남긴 목소리를 들을 수 있었다. 당시의 추국 상황을 한글로 읽을 수 있었던 것은 큰 행운이었다. 이 책은 추국 시 주모자들이 자백한 내용뿐만 아니라 사건의 전모와 그 의미까지 밝혀주고 있어 소설의 큰 틀을 짜는 데 도움을 주었다. 한탄강을 출발하여 도봉산의 누원, 어의동에 이르는 무당들의 여정과 여환에게 내린 미륵의 계시에 관한 부분은 이 책에서 가져왔다. 그런데 아쉽게도 무리들 중 유일하게 여성으로서 도성에 입성했고, 대우경탕을 일으키는 불가사의한 힘을 지닌 용녀 부인으로 추대된 원향의 목소리는 추국 자료에서 거의 들리지 않았다. 추국을 시작하면서 양주 목사 최규서는 "죄인 양녀 원향의 진술은 그 말이 실로 심히 요사스럽고 끔찍하"다고 했으며 "말이 지나치게 많아서 원장에다 적기 어"렵다고 했다. 무녀 원향의 '요사스러운' 말들은 기록되지 않았다. 용녀로서 추대된 원향과 그를 따르는 무녀들이 품고 있었을 어떤 이야기는, 이 역모 사건의 구멍이었고 그만큼 작가의 상상력을 발휘할 수 있는 가능성이었다. 무녀 원향을 사로잡은 것, 무녀들에게 역심을 불러일으킨 것이 무엇이었을까를 고민하면서 조선시대 무녀의 삶을 공부하기 시작했다. 최종성의 「조선조 유교사회와 무속 국행의례 연구」(서울대학교 대학원 박사 학위 논문, 2001)를 통해 조선의 지배이데올로기로 작동했던 유교가 어떻게 무속과 무녀를 배제하고 추방했는지 그 역사를 알 수 있었다. 소설 속 하랑의 기우제는 이 책에 빚졌다. 무녀의 신내림 과정과 굿거리 연행, 산 자와 죽은 자의 매개자로서의 무녀의 존재성에 대한 사유는,『만신 김금화』(김금화, 궁리출판, 2014),『황해도 굿의 음악인류학』(이용식, 집문당, 2005),『황해도 굿의 이해』(한국무속학회, 민속원, 2008),『한국의 샤머니즘과 분석심리학: 고통과 치유의 상징을 찾아서』(이부영, 한길사, 2012)를 통해 얻었다. 소설 속 '하랑은 말했다'에 나오는 창세가는『창세가: 아동문학가 최정원 선생님이 다시 쓴 우리신화』(최정원, 영림카디널, 2007)의 내용을 참고했으며, 원향이 부르는 무가는『한국의 무가 6: 황해도 무가』(홍태한, 민속원, 2006)에서 가져왔다. 조선 팔도를 나락으로 떨어뜨린 경술년 대기근의 참상은,『대기근, 조선을 뒤엎다』(김덕진, 푸른역사, 2008)를 참고하였다. 이 외에도 헤아릴 수 없는 많은 글에서 도움을 받았다. 이 소설은 미신 혹은 비과학적인 것으로 치부되는 무당의 삶과 존재성을 기록하고 무당의 종교 경험을 사회문화의 맥락에서 해석해내려는 단단한 지적 산물에 빚지고 있다. 눈에 보이지 않는 것을 보여주려 애쓰고 과학으로 잡히지 않는 정신문화를 사유하도록 하는 지난한 작업에 몰두하고 있는 모든 분들께, 진심으로 감사의 말씀 드린다.

작가의 말

작년 봄에 꿈을 꾸었다. 거리에 사람들이 가득 차 있고 온통 잔치 분위기였다. 남자인지 여자인지 알 수 없는 이가 붉은 꽃갓을 쓰고 내게로 왔다. 누가 가르쳐주지 않아도 그이가 무당임을 알아차렸다. 그이가 손에 들고 있던 성수방울을 내게 주었다. 나는 크고 묵직한 그것을 받아들고 흔들어보았다. 팅팅, 하고 맑은 소리가 났다. 너무도 생생한 꿈이라 인터넷으로 해몽을 찾아봤다. 신내림을 받아야 하는 꿈이라고 했다. 회피하면 집안에 우환이 닥친다고 했다. 어떻게 꿈 해몽도 하드코어인 시대냐, 웃어넘겼다. 그리고 육 개월 후, 『큰비』를 썼다. 큰 상이 따랐다. 우환 대신 경사가 난 걸 보면, 소설 쓰기란 신내림의 다른 이름이 아닐까 싶기도 했다. 삶의 새로운 국면이 그렇게 내게로 왔다.

마흔 초반까지 열두어 개의 직업을 전전했다. 그야말로 유목민

같은 삶이었다. 이 세상에 굳건한 나의 자리가 있을 것이라는 기대를 하지 않았다. 불혹을 넘어 이야기에 혹하고 인물을 탐하게 되었다. 소설을 쓰면서 세상에 조금 더 깊이 뿌리를 내리게 된 것은 아닌가 생각했다. 숱한 글을 쓰면서도 맛보지 못한 단단한 기쁨이었다. 존재의 전이가 일어나는 중인지도 모르겠다.

모든 것은 이미 씌어졌다는 보르헤스의 말에 수긍하는 편이다. 새로운 이야기가 아니라 새로운 눈이 필요하다는 것을, 뒤늦은 소설공부를 통해 깨달아가고 있기도 하다. 내게 세상을 바라보는 약간의 새로운 눈은 있지 않겠느냐 하는 믿음은 아직 건재하다. 그래서 쓰고 또 쓸 것이다. 관찰자가 아니라 연루자로서 쓰고 싶다. 세상에 연루된, 그것도 깊이 연루된 자의 시선을 잃고 싶지 않다. 그것이 나의 눈이라 믿는다.

소설 쓰는 자의 소망을 지속하게 해준 것이 세계문학상이다. 제대로 한번 써보고 싶다는 불끈거림도 동시에 주었다. 부족한 작품을 뽑아주신 심사위원들께 감사드린다. 넙죽 절이라도 하고 싶은 심정이다. 배움의 기회가 흔치 않은 지방의 젊지 않은 문학도들에게 숨구멍이 되어준 생오지문예창작촌의 문순태 작가님, 글 쓰는 이의 태도에 대해 늘 가차 없는 지적을 해주신 심영의 교수님, 힘겨울 때마다 마음을 토닥거려주는 글벗님들께 감사드린다. 무엇을 하든 영원한 나의 뒷배가 되어주시는 이프북스의 류숙렬 대표님과 이프 선후배님들 감사드린다. 내 인생의 첫 스승이신 김은실 교수님과 이화여대 여성학과 선후배님들께도 감사드린다. 믿고

응원해주신 엄마 박길순 여사와 세 언니들, 당신들이 있어 감히 날아보려는 마음을 갖게 된다. 나를 평온하게 해주는 남편은 내가 거머쥔 행운 중 으뜸이다. 감사한 일이다.

  새 작품의 새 장면을 쓰기 위해 다시 책상에 앉는다. 이 순간의 두근거림, 나는 뿌리를 조금 더 뻗어간다. 이것이 이제 나의 일이다. 이 또한 감사한 일이다.

2017년 8월
정미경